新散文精读
xin sanwen jingdu

ZHONGXUESHENG
DIANCANGBEN

中学生**典藏**本

冯秋子·作品

刘颋
导读

丢失的草地

山西出版传媒集团
北岳文艺出版社
BEIYUE LITERATURE & ART PUBLISHING HOUSE

图书在版编目(CIP)数据

丢失的草地 / 冯秋子著. — 太原:北岳文艺出版社, 2015.1
ISBN 978-7-5378-4310-2

Ⅰ.①丢… Ⅱ.①冯… Ⅲ.①散文集–中国–当代 Ⅳ.①I267

中国版本图书馆 CIP 数据核字(2014)第 285894 号

书　　名	丢失的草地	
著　　者	冯秋子	
导　　读	刘颋	
责任编辑	金国安	
助理编辑	范　戈	
书籍设计	张永文	

出版发行　山西出版传媒集团·北岳文艺出版社
地　　址　山西省太原市并州南路 57 号
邮　　编　030012
电　　话　0351-5628696(太原发行部)
　　　　　010-57571328(北京发行部)
　　　　　0351-5628688(总编办公室)
传　　真　0351-5628680
网　　址　http://www.bywy.com
E – mail　bywycbs@163.com
印刷装订　山西人民印刷有限责任公司

开　　本　787mm×1092mm　1/16
印　　张　13
字　　数　210 千字
版　　次　2015 年 1 月第 1 版
印　　次　2015 年 1 月山西第 1 次印刷
书　　号　ISBN 978-7-5378-4310-2
定　　价　19.80 元

目录 contents

蒙古人

这本散文集里,大多数的文章都与内蒙古有着千丝万缕的联系。因此,在阅读文章之前,请先简单了解一下内蒙古的自然状况。内蒙古自治区位于中国北部边疆,由东北向西南斜伸,呈狭长形,东西直线距离2400公里,南北跨度1700公里,横跨东北、华北、西北三大区。全区地势较高,平均海拔高度1000米左右,基本属高原地貌,是中国的第二大高原。内蒙古天然草场辽阔而宽广,总面积居中国五大草原之首。

我们习惯将居住在蒙古高原上的人称为蒙古人。蒙古人,这是三个再熟悉不过的汉字,但有多少人在看到这三个字的时候,能停顿几秒钟仔细想想字面后的含义。蒙古高原,在人们的印象中,是苍茫的"父亲的草原",美丽的"母亲的河流",是"风吹草低见牛羊",是成吉思汗和他的战马……但作者写作此文的用意,显然不在于浅薄地描述一些通识中的印象和概念,以此呼应愈来愈被娱乐化了的家乡的历史、草原和人。

文中的"蒙古人",既是地理概念上的蒙古人,即从内蒙古这个行政辖区上走来的人们;更是一种文化上的概念,指那些深深烙印上了那片土地上的文化精神和民族血脉传统的人们。蒙古与人,二者缺一不能成此文,而人,更是支撑这篇文章的支点。任何文章,离开了"人",离开了人的活动、情感和思想,都只能是一堆码在一起的汉字而已。

文章第一句话就颠覆了一般读者心目中关于内蒙古的想象，"长途轿车吃力地翻上一座山"，是连绵的山而不是辽阔的草原，这是作家给出的内蒙古的第一印象。城市已经像小人书上撕下来的一张画遗落在"遥远的山谷"，还是山。"从这座山开始数，数到车停下不走"，是山多得数不清，还是一个妈妈在敷衍好奇闹腾的孩子？一个"山"字，让文章的起笔有了不一般的情思。

勒勒车，又名"哈尔沁车""罗罗车""牛牛车"等，是蒙古民族使用的传统交通运输工具。通常以草原上常见的桦木制作，其特点是车轮大车身小，结构简单，使用方便，适于草地、雪地、沼泽和沙漠地带运行，载重数百斤乃至千斤，用牛拉、马拉、骆驼拉都行。牧民拉水、拉牛粪、转场搬家等多离不开它。慢悠悠的行程与穿插期间的紧张，是勒勒车的宿命，也是牧人的生存方式。紧张对峙之后的互不伤害，这种默契，就是蒙古人与自然关系的第一次彰显。

有一天，孩子问我内蒙古有多少山？我们正乘坐一辆破旧的长途轿车从通火车的城市出来，吃力地翻上一座山。流浪汉背着渍满油光的布袋四处游荡，或者坐在街边晒太阳、吹小喇叭（当地人叫它毕什库尔）的那座城市，像小人书里撕下来的一张画，已经遗落在遥远的山谷里了，隐隐约约又从那里传出一两声干燥的火车笛鸣，酷似深秋向南飞逃的最后一只孤雁在呻叫。我说："从这座山开始数，数到车停下不走，你来告诉我。"

可是才看见四五群土黄色的羊，他惊喜一阵就倒在我怀里睡着了。土道上趴伏的一堆堆牛粪已经风干，汽车一过，牛粪骨碌碌跟着跑出好远，跑进道路旁边的荒地。这条被勒勒车轧出来的土道无限延伸，在浩瀚的戈壁草原划出坚定的走向。当年勒勒车慢腾腾跋涉这条土道，赶车人倒在车板上呼呼大睡，偶尔遭遇了狼或者金钱豹一类野兽，埋头赶路的牛立刻死死钉在原地，竖起犄角哞哞大叫，赶车人坐起来，抽出猎枪……紧张的对峙之后，牛车仍旧慢悠悠开路，野兽留在身后引颈张望，双方互不伤害，要有怎样的分寸和默契，内中奥秘只有当地人和同在那个环境生存的野兽们长年累月地揣摩了。一场虚惊算是远程旅行的一部分内容，更多的时候，勒勒车满载而归，野兔、狍子、沙鸡应有尽有。长途大卡车第一次出现在这条土路上，就像喝醉酒的小伙子那样直着脑袋往前冲，几十年过去，颠破的长途大卡车几乎跟爬墙上树的孩子磨破的衣裳一样多了。

长途轿车颠簸着前进，嘎啦嘎啦轰响。孩子不管不顾一直酣睡，他看见这片大草甸子就觉得踏实，有了安全感，怎么会被吵醒呢？他尽可以在动荡的梦里，挥舞他的塑料刀剑，冲锋在前英勇无畏。连清醒的我也对汽车后面拖带的滚滚黄尘幻影幻现，和十七年前跟随一辆大卡车捕猎黄羊的惊险混淆在一起。那是哥哥开枪以后，受惊的黄羊反扑过来，猛追卡车，气势浩荡汹涌，那感觉真是落荒而豪迈。

长途车停下，已是黄昏，没风的日子，黄昏柔和极了，房屋黯淡，炊烟缥缈。疲惫的旅人走下长途车，回到自己的栖息地，这是一个看见风筝就喊"赛、赛"，想和风筝干杯的草原小城。

孩子很懊丧，一路睡觉把时间都睡完了，问我怎么办呀。我说："没关系，日子长着呢，你以后都能看到，山呀草地呀牛羊呀，草原上多得没有办法，你记着它，它就永远跟你在一起。"他说："你是说一辈子也数不清楚啦？""是的，数不清楚。"我说，"这地方想数清楚东西不是一件容易的事，我从小就想知道这座小城一共装了多少人，哪怕光数出老人和儿童，也没做到。"他显然知道他跟这里的关系，他出生不久，我就把他送回来，上幼儿园才接回北京。我们一想家的时候，就听回家时录下来的内蒙古的歌曲。此刻，他的眼睛明澈而专注，这使我又一次相信，和孩子的交流早在他出世以前就进行过，也许使用了语言，也许通过神情，也许就在一个深夜，我的灵魂，或者他的灵魂，骤然照耀过对方。

我有什么错吗？当然，没有。这里的孩子们，愿意盯着那朵白云，热布吉玛额嬷叫它察干达拉额赫，也就是汉语说的白度母，他们盯着云彩从小城上空飘过，盯着小城像进入傍晚似的一下子阴凉昏暗起来。这时，云朵和它的影子快速飘移，孩子们跟着跑，大声呼喊着云朵——他们心目中的天马：黑莫里！黑莫里！让自己跟上浮云，让天马的身影多在自己身上停

在我的孩子的塑料刀剑和草原上追逐天马黑莫里的孩子们的对比中，呈现了蒙古草原人与自然关系的又一种形态。

留，以庇护他们这些常干一点小坏事的孩子们那小小的愿望。不知不觉，跑出了小城，吉祥的云朵回到它的世界去了，孩子们只好折转身往回走。他们不能跑远了，他们的翅膀还没有长坚硬，哪儿也去不了，只好在他们的出生地，一边玩耍，一边等待时机。

太阳和云彩总在明媚的午后创造一个又一个奇迹，孤寂的孩子们一次又一次掀起脚板往远处跑，他们向往的远方神秘莫测，他们清楚去到那里需要无比多的力量，投下影子安慰他们的云朵就是天马就是方舟，总有一天会帮助他们离开小城到想象的天地里驰骋。在等待中，孩子们长大，而他们的长辈——草原上的老人，终于在祈祷了几十年之后，乘骑这种上天赐予的神驹，走向通往天国的路。老人与儿童，什么时候开始的这种膜拜旅行，只有上天知道，但生命的轮回从此依照了这种执着的惯性，真的一往无前。

蒙古人居住的这块高原，冬天漫长，冰天雪地，寒潮频繁侵袭，夏天短暂干旱，温差悬殊，去过那里的内地人说那里"早穿皮袄午披纱，晚围火炉吃西瓜"。一到六月，人们就开始祈求雨水浸润他们的土地，但是雨水偏对他们极尽吝啬，牧草常年疏黄、低萎，难得葳蕤。一场大雨在人们的千呼万唤中好不容易落下了，却来得桀骜不驯、异常疯狂，无情地鞭挞草地和生灵。人们陆续走出家门，站在天空下，他们仿佛听到了神灵的召唤，在滂沱的雨水显现出远古声音的那一瞬间，洗涤灵魂的时刻便来临了。雨水浇淋他们吧……

沉寂多日的土地先是微微战栗，而后剧烈震动，地下的蕴积隆隆滚沸，如千军万马奔腾呼啸，霎时

说到蒙古高原的自然形态了。自然特性决定了这片土地上人和自然之间关系的性质。祈求，省醒，在大雨滂沱中感恩而忏悔，洗涤自己的身体和灵魂，在他们的关系中，敬畏这一层面的含义在这浮现了出来。

作者是从这片土地上走出去的，所以她的目光里除了理解、感同身受和解说，还多了一层反思和疑问：雨水真的冲刷了他们的罪孽？马背上的民族的沦落，依然是一个谜。

间日灭天陷，混沌一片。牧人们深深弯下他们的腰，倾听远去的祖先悲怆的昭示，承受故人痛苦的省醒，挖掘自己已经蜕变得微茫、虚妄的灵肉，羞惭的眼泪混着雨水流下来。浇淋吧……他们诚心诚意祈求，草木的枯萎没有心灵的枯竭可怕……浇淋吧！

　　草地上浑然升起诵经声，像众声齐唱一首节奏柔缓的歌，低沉地唱下去。他们的灵魂还能复苏吗？蒙昧的日子实在过得太久了。此时，他们的虔诚感动了上天，雷声融进了他们的祈祷声，一阵阵撞击着他们的灵魂。大雨如注，吟诵的男女伶仃在风雨中，任雷火在头顶上闪烁。许久，他们抬起沉重的头仰望上苍，目光却像死去的人一样痴迷不动。雨水真的冲刷了他们的罪孽？但雨水和眼泪的确都埋在他们脚下了。

　　马背上的民族，沦落到今天，仍然是一个谜。

　　谁能数清那里的东西呢？数字可以帮助牧羊的孩子数清他率领的羊群，可他默默凝视羊儿，心里涌出的绝不是孤零零的数字，而是他为羊们起的名字，他熟悉每一只羊，像熟悉自己的脚指头。他站在羊栏出口、坐在野外的山坡上，看着羊儿，就在和叫汉娜或是木勒根的羊对话。他把听来的故事讲述给它们，也听它们绵绵不绝的叙叨，他和它们常作倾谈，快乐和悲伤悠悠地相互传递过去，到日落西天，他虽然感到身上有些疲乏，但心里已然舒畅，无怨无悔地踏着晚霞走回村庄。有时他实在回想不起别人讲过的故事还有哪一个藏在他的肚子里，他皱着眉头苦苦地想，想不起来，就自己编造一个，他把它讲得神乎其神。讲完故事，他为说不说出这个故事是靠他的大脑想出来的犹豫不决。朗朗嘎嘎晃荡在他屁股后头的两片羊肩胛骨，是他忠实的伙伴，在野外他有时候想放开喉咙

数字在草原上不是特别有用的东西，因为草原的广大和辽远。数字显然有着现代性意味，意味着文明和进步，然而这种文明和进步在草原上是真的文明和进步吗？一头羊以数字"1"出现和以"汉娜"出现有什么不同？"现代文明"在此遭遇了尴尬。"1"的命名有着功利的居高临下的意味，"汉娜"则隐含着一种众生平等的对话意味。孤寂而荒凉的草原因为"汉娜"而有了温度和温情。这是对蒙古高原人与自然关系的更深一层的表现。

唱歌，就敲这片"骨钹"伴奏；撵羊的话，两片琵琶骨又能拍出好多种信号。那些活到两岁的羊，已经被他训练得像一个合格的兵，可它们两岁的时候已经到了中年，日子所剩不多了，三百六十五天？不，重要的是它们能不能顺利越过这个冬天。他还用两片羊骨头拍打羊的屁股，以它们的白骨威慑它们中的捣乱分子，这个办法也很灵。当然，他知道什么时候从羊皮口袋里掏几把晶盐撒在山石上，让他的宝贝们像嚼糖果似的享受一下。数字在草原真的不是一个特别有价值、特别有力的东西。

蒙古人的祖先习惯随着季节迁徙，在北方荒漠的土地上一代一代地走过来。后来，选定一个牧草还算肥美的地方落脚，许多小小的、兴旺的牧村就这样诞生了。然而，土地实在广阔人实在稀少，千百年的演变未曾改变这一点。那里的山雄健、厚实，但是光秃秃的缺乏色彩，草地奈何不了天灾人祸，留给牲畜的只有山羊胡子一般的茸茸纤草，而稀疏的草地里乱石兽骨比比皆是，一派荒凉。时间淹没了发生在那里的无数故事，横亘在荒山野岭的历史早在这群人到来之前就已经是赤裸裸的了，历史袒胸露背，而他们无法装饰山头。

是历史留给这个民族的荣辱过于沉重，还是这个民族压根就驮载不起历史的重负？也说不定是它的历史残酷不仁，无以收拾？那么从前的人们都充当了辉煌的牺牲？后来的人又与他们的历史割裂开来？

……沉缓的山涌出大地，山峰凝重地屹立，一座接着一座，山里山外都是草原和戈壁滩，曾经开垦过的土地留下了劳作的痕迹，黄土壤上一簇簇绿色马莲花随风摇荡，村庄和附近农田里的绿色植物

人和自然都做了时间的奴隶。一年年枯荣着的牧草和零落的兽骨就是时间在蒙古草原上书写的历史。历史袒胸露背，然而却沉重。历史覆盖在人和自然之上，人们享受了它的好和辉煌，人们也一定要承受它的残酷和牺牲。作者在文章中显露的姿态很值得关注：悲悯的理解和审慎的反思。

悄没声息。回头看，还是山脉，是的，山脉。山脉富有韵律地起伏，和沙漠里风势造就的一个个沙丘似的那样延绵，与天相接。天湛蓝悠远，干涩的风习习吹拂，羊群散落了半个山坡，星星点点仿佛雨后草地里冒出来的一堆堆白蘑菇，孤独的牧羊人就坐在山丘上。苍茫、悲壮的山，沉寂得的确太久了，生长在那里的人感觉到他们和那里的山一样学会了沉默。

小时候，常看见热布吉玛额嬷跪坐在后脚弯里整理她的黑发，一条粗粗的大辫子，最后被她盘在后脑上，随后，她从衣袍里掏出小镜子前后照一照漂亮的发鬓，这件事就做完了。她露出笑容。把一天的活儿干得差不多以后，已是后半晌，她要唱歌了。她想说的话，都在歌声里。是不是深刻，有没有人在听，她不去想，后半晌是安宁的，她喜欢寂静的午后，她发现那段时间心地开阔、舒坦，说不出地幸福，而内心翩翩欲动，很想对蓝天诉说，对不谙世事的孩子诉说，对她自己诉说，她就唱出歌来。唱完天就黑了，她又要忙碌一家人的晚饭。

她出生以后和别的地方别的孩子一样，很多时候混混沌沌睡觉，但在她的睡梦里，蒙古人的歌声憧憧，她学着走路即从那种抑扬跌宕的节奏中找到了平衡，那种音乐从此在她的血液中繁衍，她把蒙古长调变幻出无数种旋律，每一种旋律都是她吟唱那一时刻才萌发创造的，是那一时刻她想说的话，她想说的就是这样表达的，那声音、那旋律，就是她心里埋藏的秘密。因此午后，太阳西下时，她常被自己激励得泪水泫垂。

艰难的生活和人的尊严，在热布吉玛额嬷的心里竟然有简单的母子关系，一个孕育另一个，她唱。她还反反复复吟诵太阳：太阳帮助我们的心灵脱离黑

从热布吉玛额嬷进入到具体的蒙古人的日常和内心情感的写状了。做活，唱歌，说话，忙碌着，混沌着，这是一个普通蒙古牧人的日子，也是一个普通蒙古牧人注定的命运。艰难的生活和人的尊严，在草原的落日里，在热布吉玛额嬷的泪水里达成了和谐。对自然的敬畏其实就是对自己的尊重，沧桑的蒙古长调里有着蒙古人和蒙古高原的秘密约定。草原因为人而成了有意味的草原，人因为草原而成了蒙古人，相生相依，这就是蒙古高原和蒙古人之间的约定。

歌声唱哭"邪恶"的牛羊的故事有不少的文字记载，红柯长篇小说《生命树》里也浓墨重彩地写了歌子唱哭牛的故事。重要的并不是牛或者羊的改邪归正，而是歌声里为什么会有那么大的力量？还是因为情感。苦难的生命和沉重的历史，因为必须要背负的苦难和沉重，生命之间达成了默契。蒙古人的歌子就是他们直面苦难、超越苦难和沉重的载体。

暗。不朽的是什么呢？她问自己。是力量。她唱道。有时她哼唱的是没有歌词的歌，也许是词语不如音乐之声更能表达额嬷的内心？额嬷的歌，出落在那片土地，出落在传统的蒙古调式里，仍旧带着无法抗拒的沧桑感，在高亢、辽远中，在自由、奔放中，在大幅度的回旋、跳跃中，仍旧潜藏着深深的忧郁。那时节，草原上行进的只有额嬷的歌，万物祥和、静谧，额嬷回过头来看望我们，我们才知道还有自己的呼吸。蒙古谚语说："活着，我们亲如兄弟；死后，我们的灵魂一同成佛。"我就是从热布吉玛额嬷唱歌开始理解一个生命怎样孕育出他的世界，并且理解了世界上有一种哭泣，不是为着艰难、痛苦哀戚，仅仅是你看见了你吟唱的万物，看见了上苍，你为之感动。

有一回额嬷讲起她的母亲，那件事发生在很早以前，她母亲放牧归来，母羊们和圈里的幼仔纷纷团聚，有一只母羊却大发脾气，用后蹄狠狠踹踢挤到它身边的两只小羊羔，它们刚出生四天，它们的妈妈不认它们了。额嬷的母亲喝喊那只母羊，但无济于事。老人无奈，坐在羊圈旁唱起歌来。歌声娓娓地叙述了一个古老的传说，那是一场旷日持久的战争，部落里的成年男子奋力抵抗入侵者，终因寡不敌众全部战死，血水淹没了草场。敌人驱赶着俘获的牛羊和儿童，踏着血海凯旋而归，为了庆贺胜利，他们宰杀了这些牲畜，而命令那些俘虏的孩子们"快去逃命"，只见背后乱箭齐发，孩子们在奔跑中全部丧生。孩子们曾经栖息的家园从此凝结成马蹄般坚硬的板块地，荒废了……归圈的羊儿静静地倾听这如泣如诉的苍老歌声，那只被邪恶迷惑了眼睛的母羊已是泪流满面，没等额嬷的母亲唱完，揽过自己的幼仔，让它们在它的怀里拱动，急迫地吮吸它的乳汁，母羊复又慈爱如初。

这不是童话。我亲眼见过歌子把牛唱哭。

我听过很多蒙古人唱歌。在北京的蒙古歌手腾格尔有一回唱起他创作的《你和太阳一同升起》，大家听他粗犷中稍带感伤、嘶哑中略显压抑的歌声，喝下很多白酒，然后笑着擦掉眼泪。

我常想，蒙古人唱歌就是那些沉寂的山的动静。

总评

　　文章题目为"蒙古人"，所以通篇紧扣的都是蒙古高原和蒙古人之间的关系来写，没有浮华的抒情，也没有浅薄的讨好，这篇文章和作家一贯的散文写作路数是一样的：在细腻的呈现中展现生命的痛感。

　　"我"和儿子走在回老家的路途上，儿子的发问是进入本文写作的通道。儿子眼前的蒙古高原和我生命里的蒙古高原有什么不同？作者并没有直接回答这个问题，而是为我们呈现了两幅画面：儿子挥舞着塑料刀剑在他的世界里驰骋，草原上的孩子追逐着天上的白云——他们心目中的天马。在两种不同形态童年的对比中，呈现草原人们的生活和生存方式。因为辽阔因为苍茫，草原上的人们需要更多的心灵慰藉来应对命定的孤独感，变幻的白云就成了他们寄托，白云既是他们的天马也是他们的方舟，承载他们的祈祷，抚慰他们的心灵。在这一部分里，作家通过孩子的嬉戏，呈现了蒙古人生存状态的一个层面。

　　第二个层次，以蒙古高原的雨及人们在雨中的姿态，进一步深入到蒙古人的精神和心灵世界。磅礴的大雨洗刷的不仅是久旱草原的尘垢，还有人们的灵魂。雨中的祈祷和忏悔，雨中的自省和悔悟，雨对于蒙古高原来说，不仅是生命之水，也是灵魂净化的仪式。尽管作者对于这种仪式感很强的自我净化有着非常复杂的情感，但在雨和泪的交织中，作者为我们揭开了蒙古人精神世界的帘幕。

　　第三个层次，从宏观的生存、精神描绘进入到具体生命体的展现。热布吉玛额嬷的安详、从容和顺从命运，展现了一个蒙古人的生存姿态。作者再进一步呈现的，是热布吉玛额嬷为什么会成为这样一个蒙古人。血脉里的继承，文化中的熏陶，蒙古高原生生世世的精神传承，让热布吉玛额嬷成为一个物质上也许匮乏，但精神上快乐而满足的人。从对热布吉玛额嬷的刻画，作者展现的，是蒙古人隐秘精神世界的质地和成因。

　　三个层次，自然而层层递进地完成了文章的写作主旨，从几个层面为蒙古人画像，卒章以"山的动静"再为蒙古人的精神和情感加上一层厚重。细腻而不动声色的文章结构，诚实而朴素的语言风格，值得称道。

白音布朗山

　　阴山山脉和灰腾格勒是这篇文章的地理坐标，它们决定了居住在这里的人们的生存形态和生活方式。阴山山脉位于内蒙古的中部，东西走向，是中国重要的地理分界线。包括狼山、乌拉山、色尔腾山、大青山等。古代诗词中有不少阴山的记载，比如北朝民歌"敕勒川，阴山下，天似穹庐，笼盖四野。天苍苍，野茫茫，风吹草低见牛羊"，唐代王昌龄的"但使龙城飞将在，不叫胡马度阴山"，当代台湾诗人席慕蓉的"敕勒川，阴山下，今宵月色应如水。而黄河今夜仍要从你身旁流过，流进我不眠的梦中"。文章中的白音布朗山是阴山山脉中的一座山峰。白音，蒙古语意为富饶、富裕，既是曾经的历史的记忆，也是后世人们的渴望和期盼。灰腾格勒，蒙古语意为"寒冷的高原"，海拔1800多米，冷是这里的自然特征。属于高山草甸草原地貌，天然形成的湖泊也很多。了解了地理坐标，才能明白文章中的几个关键细节。

　　这是作者很有代表性的一篇散文。作家散文写作的特色、文字风格和精神向度在这篇文章中都呈现得较为丰满。尤其文字，朴素、细腻中不乏跳脱和活泼，平和安静中不乏冷峻和严肃，有种不动声色的大气。

每个人心里都有一个最深的印记，时间难以磨灭，岁月只增加它的底蕴。在作家来说，白音布朗山就是她心底最珍贵的记忆，是神山，在她的成长历程里具有不可替代的意义和地位。白音布朗山也是她童年的玩伴，是她心灵成长的导师，是她血脉的载体。

神牛的传说更强调了白音布朗山的神性，以及它在灰腾格勒人们心目中的地位。对于神牛的不同的态度导致了人们的不同的生存状况。与其说这是传说，不如说这是人类最古老最根深蒂固的道德标准和伦理准则。尊重自然，敬畏自然；尊重生命，敬畏生命，这是人类能在自然界繁衍生息的重要法则。神山启示人们，追逐利益，牛羊零落，光景萧条，虔诚祈祷，日子一天比一天好。但再好的日子，也经不起人们的折腾。在矫揉无序中，神山被遗忘。遗忘神山，也就意味着遗忘了祖祖辈辈遵循的道德伦理准则和生存法则。

灰腾格勒的人，抬头就能看见白音布朗山。那座山几百万年前发生地壳裂变从海底升上来，就矗立在我们旗东南方。

在绵延的阴山山脉，有多少受人注目的山，我不知道。关于白音布朗山的传说，每个孩子听过很多。其中流传最广的故事说，有一年秋天，人们正抢在上冻前收割牧草，忽然下起大雨，巨雷在白音布朗山上轰响的一刹那，火光迸裂，一个大火球顺着山势滚下来。快到山底时，火球渐渐散落、扭动，变成一老一小两只金牛，它们金光灿烂地走下山来。有人一见金牛母子忙双手合十诵经祈祷，另有不少人撒腿就去追赶，喊声四起。母牛怒目圆睁，护着牛犊，想返身回到山里，但回山已无退路，围堵的人越聚越多。母牛发出一声凄绝的长鸣，带领牛犊毅然奔向不远处的尼日淖尔湖，纵身跳进湖中再没有出来。

追赶金牛的人家，此后牛羊零落，光景萧条；而虔诚祈祷的人家，牛羊肥壮，日子一天比一天好起来。

不过，这个神奇的传说，随着草地的大幅度开垦，和沙尘暴的日益侵蚀，终于被残剥一空。

再后来，日子好起来的人家，被划成牧主、富牧，被牧民们打倒了。岁月几经摧折，变得矫揉无序，这座神山也快被人遗忘了。

夏天，高拔的白音布朗山有一层浅浅的绿色。更多的时候，春秋季节，一片土黄。四季风从山这边卷起黄土送到山那边，声音凄厉。不过，最威严、最壮观的，要数漫长的冬天，神山被厚厚的白雪围裹起来，银光闪耀，远远看去，与天辉映，与地相接。

我们的学校在东边。走在路上，火红的太阳从白音布朗山后面升出半个，霞光把大山映照得虚无缥缈。

看着红扑扑奔突的日头，和晃晃悠悠的神山，我常常觉得，这个日头跟神山，很像自己家墙角木架上的笼屉，和那个踩上去就要散架的烧火板凳。每天出门前，我踩着板凳，踮着脚丫，从笼屉里面够出少半块窝头。无限美好的早晨就从这块莜面白面玉米面捏成的"三面"窝头开始。跟我同座位的男孩说，他们家笼屉里什么也没有。我说我们家笼屉里有一个窝头，不过得和哥哥妹妹分着吃，一人一小块。他说，他妈愁得脸这么长——他耷拉出红红的大舌头："让我识字，得给我吃东西，推磨的驴还得吃草呢。"是呵，不吃东西哪有力气？我把自己的一小块窝头又分一半给他。他推让说："吃了白吃，吃了也记不住那些乱七八糟的字。"我说记不住更得吃。他推搡几下，捏住窝头扣进嘴里，说："长大还你白音布朗山那么多白面馒头。"白面馒头吗？天哪，收回你的话，别让白音布朗山听见，我们哪能有那么多白面馒头。

一路走，一路吃，我把剩给自己的一部分搓成碎末，一点一点嚼着吃。

太阳不赖，窝头不赖，山也不赖。

正是六月，山上牧草稀疏。缕缕柔光轻柔抚问，像有小草破土而出……这时候，广播喇叭传出器乐合奏《草原晨曲》，曲调扬上去弯下来，搜肠刮肚，好听得没有办法。这是每天早晨停止播音前的最后声息，不知道别的孩子是不是跟我一样，心里头也有东西直想往外涌。我和几个孩子索性跑下路基，跑向神山，去看看山背后的太阳。等我们跑到山脚

"太阳不赖，窝头不赖，山也不赖。"在少年饥饿的记忆里，分食一小块三面窝头的时光也是快乐的。学校的纪律和要求终于抵不过白音布朗山的吸引力，孩子天性中的好奇心让"我"独自一人爬上了神山。亲近自然，探索自然，是所有孩子的天性，唯有在天性自然中呈现出来的，才真实自然和可贵。"我"喜欢不赖的自然，并对此充满好奇，终于逃

014

学上山，在"我"充满孩子气的举动中，我们可以感受到人身上的神性，那种与天地万物通灵、并对自然持有敬畏之心的神性，只不过，在生命成长的过程中，人们往往遗失了自己与生俱来的神性，逐渐变得越来越世俗，越来越功利。

下，太阳已经升到天上。

神山近在咫尺，太阳远在天涯，但是刚才那一会儿，它们还是紧紧连在一起的。

正感到失落，听见学校的炮弹钟使劲敲响。孩子们已不见踪影。我只好扭头往学校跑。我已经迟到过好几回了。我讲不出早晨这段时间，太阳好得呀，不能够到学校里遥望它。那种感觉我说不清楚。可是那位从山西原平嫁到口外的老师说："太阳有甚好看哩，你老皱眉头就是看太阳看的。女娃子家家的，成天撒野炝蹄，像个甚？没晒够，没晒够在外头多晒一下。"在教室外面站得差不多了，我鼓足力气喊："报告——"老师不理我，继续讲中南海在祖国的心脏北京，红太阳毛主席住在里头……有几个脑袋飞速贴近玻璃窗，跟我挤弄一下眼睛。过一会儿我再喊，老师还是不理，同学们笑起来。等老师终于心平气顺了，才说："进来。"第一节课正好结束。我的同桌只能晚点吃我给他留的那一小点儿窝头了。

几天后，我决定采取一次行动。

我背着书包，像平常那样出了门。走在这条大路上，把属于我的和同桌的干粮一起掰碎，结结实实装了少半个袄倒岔——就是袄补丁上方撕开一条缝形成的口袋。我一点一点地吃着，然后趁人不注意，哧溜一下，跑向神山。

这座山偶尔有几头无人放领的牛上去吃草，羊倌和羊群从下面绕着走，他们习惯从比邻的山上弯下来，走白音布朗山脚，这样他和羊群就能相安无事。稍微茂盛的草场，再翻两座山头，走二三十里路，还有一片。我小几岁时，见过羊在白音布朗山上炸群，羊倌手脚并用，不大的肢体在山上划来划去，也无法聚拢疯癫的羊群……羊倌惊慌失措的喊声顺风飘来，旗里的人纷纷从家里跑出来往白音布朗山瞭望。那个人和惊散的羊群像被猴皮筋抻着，四面冲击，却下不来那座山。

这件事老人们说不算"日怪"。他们讲的白音布朗山的"日怪"故事，像小孩子对付不了的噩梦，没有因果，只出现场面。东一个西一个，女人上一趟山变成哑巴，男人上一趟山就白了头……令人惶惑。

孩子们越惧怕白音布朗山，就越想上去，不出事则已，惹出麻烦——孩子们说"拉下大疙蛋"，大人第一个反应就是转过身去望白音布朗山。就像白音布朗山尽知一切，孩子不言，家长凝望神山即明，审问不过是教育手段。等孩子把"罪过"交代出来，大人的表情变得更加扭曲不安——他们再次转身遥望白音布朗山，尊贵的、博大的白音布朗山，请包容我的孩子吧！他们在心里乞求。山上的每一根草，都是神灵的毛发，每一块石头，都是神灵的骨头……他们低声、但很是严肃地告诉孩子。

神山是约束，也是依靠。弱小生命体在强大的自然力量面前，本能地为自己的存在寻找着生命和灵魂的庇护。神山与人在这样的时候就互为表里互为镜像，人们用神山来约束自己，从而让自己变得更有尊严，让自己的生命变得更为尊贵。

我只想等待明天日出。我看着白音布朗山长大，除了面对它跺过几次脚，发过几次誓，什么也没做过。

但是明天过于漫长。

我在山上慢慢溜达。

石头缝里垫一些干草的地方，就是麻雀窝，每个窝里都有白色的鸟蛋。漫山遍野，一转身就看见一窝。这是那场持续了三四年的大灾荒过去后又生出来的。那几年人们饿得吃完榆树叶子和树皮，就砍榆树吃。白音布朗神山的蛋啊鸟啊，被人吃得皮毛不剩，就连大雨冲下来的神山的泥土，人们也要

"世界上有些东西是饿死也不能动一下念头的"，这是人类繁衍至今最为朴素的行为准则和认知，但人们总是会在各种欲望的借口之下有意或无意地忘记。因为饥饿，人就会去山洞里抓同样饥饿的动物幼崽为食，直到遭遇到动物的凶猛反击，人才会记起那最古老的准则。生生世世，人类就是在侵犯自然中扩张自己，遭到自然的报复后才会反省自己，而后陷入新一轮的野蛮扩张，终至于神山沦陷。其实，沦陷的不是神山，而是人身上弥足珍贵的神性。

冲上去抢，然后吃得肚子圆滚滚的，倒在地上。

那时候我太小，天天清汤寡水，吃进多少，拉出多少，小肚子扁扁的，肠肚碰到一起疼得直抽筋。我妈老说，我那时候整天坐在房前的土堆上，呆眉蹙眼地看白云遮住太阳以后投下来的黑影慢慢移动。那是北方草原特有的景象，大地无声无息，一片静谧，我看着看着就睡着了。我的两个哥哥，从白音布朗山后面的洞里，掏回一只狼儿子，说过了这夜大狼不来找，就给我煮了吃。天一擦黑，几十只大狼包围了旗所在地、我们家所在的库伦城，嚎叫声惨烈、凶暴，吓得我和哥哥，还有那些平时像铜头铁臂的战士般满世界冲锋的孩子们，蒙在被窝里，把一辈子要做的忏悔、要发的誓言都发诵完了。天亮以后，大狼收兵，两个哥哥赶紧把狼儿子送回了狼窝。为这个骚扰了全城人的大动静，我妈上了一趟白音布朗山，晚些时候到家，她的眼睛有点红，看我们几个缩在后炕角落里，悔恨得鼻涕眼泪一把一把往下抓，她说："子不仁，父母过。我也有错啊。"没再说别的，把这件事画上了句号。狼肉没有吃成，但是我们都知道了，世界上有些东西是饿死也不能动一下念头的。

后山坡的狼洞，已被大水冲垮，从快到山顶的地方一路塌下去，形成一个沟渠，把山劈开两半。不知道狼洞为什么那么深、那么长。也许这本来就是一个山洞，狼借住在里边。我哥哥说大狼回窝，是倒着身子，头冲外、屁股冲里那么进。因为他爬进去掏狼儿子时，大狼正好回来，他听见动静，一看，大狼的屁股已经挨到他的脚了，装进口袋里的狼儿子跟着有了反应，大狼知道洞里情况不妙，"嗖"一下飞射出去。藏在洞外一棵杨树后面负责望风的二哥，之前没看见大狼回来，猛然看见大狼从洞里一跃而出，惊呆了。

传说中的金牛也来自这个山洞吗……山洞有没有可能隐藏起一截？我找不到沟渠的源端。它会通向哪里呢？人们说，白音布朗神山下面有一条河，通到几里以外的尼日淖尔湖……我不敢多停留，从后山返回前山。这里能瞭见我们的旗。

坐在山坡上，远远望着被太阳晒得灰塌塌、多少年没甚起色的旗，有点瞌睡，又担心人们房顶上垛的柴草被太阳烤着，不敢睡。我把肚子里攒下的歌放开嗓门唱了一遍，太阳开始偏西了。

我盼望大鸟早点回家，去搂抱它们生出来的蛋。但是大鸟站在离我不远的石头上跳一跳，腿一蹬，又飞走了。

我看看四周，天高地远，太阳干不龇咧地向西移动。远方的风空洞无力地吹拂，送来北边一座山坡上老羊倌忽有忽无的叫骂声。我感到又饿又渴，就势躺到一块还算平坦的石头上打了一个盹，真想放开胆量睡一觉，忽然又想到被喇嘛抱走不行，赶紧坐起来。人们看谁找不到妈妈，就说"你妈让喇嘛抱走了"。我也常拿这句喇嘛挟持妇女的话诅咒惹恼我的小孩，他妈妈被喇嘛抱走……呵呵。一般情况，小孩的反应差不多快气死了。喇嘛到底藏在灰腾格勒草原哪个角落？人们都在讲，很多歌子也在唱，但都不说完全了。后来我见到街上一个人伸出拳头打另一个人，嘴里说："喇嘛回家睡炕头，肚皮朝天瞎思谋。"有些人家至今没有走到另一个塔什么，噢，塔尔寺地方，没有走到塔尔寺地方做喇嘛的亲人的消息。

太阳快要落山的时候，我捡到一块印着一条鱼逃课上白音布朗山探险的"我"，为我们呈现了神山自然、真实而普通的样态，探险看似平淡无奇，一方面是"我"的一次成长之旅，另一方面也从一个侧面印证了神山是因为人们潜意识里希望留住神性而存在的。

面向白音布朗山敖包的跪拜和祈祷，只是因为人们需要说话，需要有活着的动静。跪拜和祈祷是属于生命的仪式，和迷信无关，和生命的尊严有关。一句"为什么现在不去成佛呢"既是孩子气的随口一问，也是作家的质疑：与其为现世无尽地忏悔为来世无尽地祈祷，人类为什么还要纵容自己屡屡犯下相似的错误？

骨架的青石板。海底升上来，这里变成高原牧场以前，干死的鱼铺满山野。罚我站在教室外面的语文老师，有一次启发我们要热爱自己的家乡，她激动得声音有点发颤，说："鱼比人多，或者说，鱼比人的祖先猿猴多，或者鱼比猿猴的祖先……多的日子，这里是个什么悲壮样子啊？"我把鱼石板放到山顶的敖包堆上。敖包只剩下一堆塌下去的石头，没有一点点土。几棵青草在石头缝里摇动。臭扒牛从干牛粪片片里窜出来，爬到鱼石板上使劲嗅，屁股撅着，后腿蹬着，跟推手推车上坡的老汉似的。

我绕着敖包顺时针转了三圈，最终下山了。我实在心慌心跳，熬不过黑天。

我第一次这么晚回家，炊烟已经熄灭，黑天落色，空蒙蒙地泛着靛蓝。许多土房子里的人正面向白音布朗山做晚祷。我加快了脚步。

每天早晚，很多老人面向白音布朗山的敖包行跪拜礼。有关禁止迷信言论和行动的号令，在我没有出生前已经传达了若干回，然而私下的祈祷并没有停止。老人们执着的、毫无表情的脸似乎在说：有没有吃，是一回事，有没有声音，是另一回事。我们活着，心里还有动静，心里的动静就是活着的声音。我们想跟人说话，就是这样。有什么错吗……他们默默祈念上苍，让他安宁吧，有一天灵魂能够升入天堂，祈祷地狱里的鬼安息永驻，不要纠缠他的灵魂，等到来世，一定善待所有生灵，立地成佛。

奇怪，为什么现在不去成佛呢？

我妈把我哥哥的鞋子套在倒立的斧头上，咚咚地钉补胶皮鞋掌，说："趁人还活着，把心愿许给神灵，让神灵看到我们的赤诚，收留我们，帮助我们。"

这是不是一个漫长的旗帜下的旅程？

我妈是不是也在心里做这件事？

大人们都为来日嘱儿屁着凉匆匆忙打点，他们不想做些别的事吗？

从白音布朗山回来，我发了好几天高烧。烧得昏昏沉沉的时候，看见小鸟满满地站了我一身。恍恍惚惚，听见我妈说，明天就要下雨了……我费了很大力气，脱下毡靴，靴子里尽是死鸟。我抽起疯来。

转动着沉重的脑袋，我说了很多胡话。连续高烧不退。我妈跑去请来一位姓连的大夫，他没说两句话，就行动起来，给我手指头放血。高烧缓解了，可伤口化脓，我的手指、手背串联起大小几十个燎泡。连大夫再次应请到我家，告诉我妈是感染了。他用盐水洗涮洗涮，撒了一层磺胺粉。出了门又返回来，说："娃娃营养不良。"

我妈说："可怜的，你能吃下，整夺整一个窝头都给你。"

我好几个月吃不动窝头。自然地不用去上学了。

等身体有了一点力气，我就走出家门去晒太阳。蒙古高原的太阳直通通的，穿透力极强，坐在阳光里没几天，人就变得又红又黑，连一头黑发也晒出了红发梢。我们的土语说：有盐吃，娃娃也成仙（咸）。我学着老年人的样子，晒太阳的时候，嘴里放一块晶盐，头虽然晕晕乎乎，但是心满意足。这是饥饿的人们，为太阳唱的颂歌。

很快我就好利索了，腿脚又有了力量。我真留恋这段晒太阳的时光，从早到晚眯缝起眼睛望着天，心被圣灵震动着，也被恐惧困扰着。

整个夏天，没有下一场雨。

进入三伏天，白音布朗山上的草，被太阳晒得早早地枯萎了。广播站传出旗革命委员会的紧急动员令：全旗各族革命人民，迅速行动起来，与天斗，与地斗，与无时不进行破坏的阶级敌人斗……在大旱之年，争取大丰收。蓄冬牧草……

大人们正为蓄冬牧草愁眉不展。仅有的几处农区，小麦、莜麦还没长起来就干死了，农民纷纷拿土坯封了门窗，倾巢出动去讨吃要饭。牧民放着公社见天见少、瘦骨伶仃的羊儿在荒草地里唉声叹气。活出夏天，活不出冬天。夏天越旱，冬天越有可能遭受雪灾。人们在心里跟自己说话。草原上能行走的，牛马羊和放牧它们的人，多少年来，哪一年都有可能被饿死冻死，但这一年真的是活不出去了。人已经把畜群吃的沙蓬、荨麻、甜苣，都吃光了。恐慌随风漫延，干枯的土地裂开一道道缝隙。

全旗人惶惶不可终日，他们等待上苍的引领。

不久，他们听到革命降临的讯息：哪个当权派，被扳到哪个指挥部。

这又是一场自上而下的群众运动，喇叭里说是"文化革命"。"文化革命"也意味着群众实现理想，想怎样就能怎样。他们有些振奋。

他们将瘫倒在街上的饿死鬼、醉死鬼，报告给那些荷枪实弹的指挥部。但没等说完目睹的情况，就被赶出来。指挥部的人告诉他们，欢迎群众革命，欢迎揪出暗藏的阶级异己分子，但是这些死人已经自觉退出革命队伍，不归他们管。

连去几个指挥部，都说管不着。

无人认领的尸体，横在街上臭够了，"地富反坏右"奉命把他们背走，浮皮潦草埋到城外的土坑

以儿童视角写"文化大革命"这段特殊历史的作品并不少，作者的特点在于，在平实朴素的叙述中，尽量客观地呈现当时的生态，呈现历史的样貌。当然，历史都是书写的历史，呈现哪一部分，以何种文字语气来呈现，已经表明了书写者的立场和态度，但作者尽力以白音布朗山的生态变化为着力点，在神山一点点走向贫瘠的过程中，呈现这一段特殊历史给人、给自然带来的整体的影响。但不管是什么样的运动，不管是什么样的号召，生存就是试金石。天花乱坠的理念掩盖不了

里，当夜，野狗饿狼就把他们刨出来消灭了。

所有不革命的，都得被革命。形势发展到后来，人们已经看出来。于是要求革命的人越来越踊跃。被打倒的人，如丧家之犬。但革命阵营也在不断淘汰，留下来的人，更加疯狂地出击。批判会以后或者武斗以后，胜者领回两个窝头，给他们家还和他保持一个派系的大人、小孩吃。

不久，旗里揪出一个"历史反革命分子"，这使各派系之间的争斗暂时趋向一统，正所谓"集中有生力量，各个歼灭"。那位历史人物，是个五十多岁的秃手老汉，解放后从山西忻州逃到西部草原，一直没有成家。秃手老汉整天坐在十字路口的马路沿上，头直梗梗地朝向过往的牛车、马车，不说一句话，脸晒得就像非洲黑人。有一天，他突然冲向大街，挥舞着秃手，用他的家乡话嚷道："内蒙古、中央规定有三条：第一不准叫俺秃手手，第二不准叫俺神经疙蛋，第三不准叫俺阎锡山匪帮。谁要违反了这三条，男的枪崩，女的牺牲。"他重复着这"三条规定"，进了旗革命委员会大院。

原来他是送上门的阶级敌人，隐藏多年的阎锡山旧部，中校参谋长。那只秃手就是指挥围剿共产党的时候被打掉的。

广播里说："敌人迟早要跳出来，就像被人民的汪洋大海淹了洞穴的耗子……跳出来的越多，我们的土地越干净。所以要怀着对阶级敌人的刻骨仇恨，紧急动员起来，抗旱夺丰收。"

丰收终于没有夺来。只一个秋冬，全旗因饥寒死去成百上千人，而被革命者打死的人，比饥寒交迫丧亡的人多出十几倍。

白音布朗山上山下，闪耀着横七竖八的白骨。

牛羊饿死冻死的事实，花样百出的运动阻挡不了人们蔓延的恐慌，白音布朗山就像一面镜子，照出了那个时代的反自然和反人性。尤其是当老百姓带着"想怎样就能怎样"的理想振奋着迈入运动的现场时，才发现事实是只有少数人在"想怎样就能怎样"，更多的人只能忍受无序的社会带给他们的荒唐和灾荒。

这是一段白音布朗山被忽视的历史，历来承载神性的白音布朗山，如今相伴的，只有横七竖八的白骨。当人们终于记起它的时候，不是祈祷，不是跪拜，而是"开山造田逞英豪"。没有了敬畏，征服替代了平等相处，白音布朗山的惩罚也就不远了。说到底，白音布朗山喻示的神性，只是教导人类如何与自然、与万物和平共处，平等相待。白音布朗山见证了时代的荒谬，见证了人们的盲目和无知。

一场洪水，是自然的必然，植被的包裹覆盖是白音布朗山的血肉，没有了它们，神山自能裸露出它的骨骼——瘦瘦的灰脊梁。冒犯有多大，遗忘有多大，自然的报应就会有多大。白音布朗山记录了这一切，今天的神山，又在如何记录历史？作者说，为什么不现在成佛？这不是儿童的随口一说，而是作者对神山喻示的感应。

天一黑，疯狗野狼大摇大摆穿过旗里的那条大街。下过一场大雪，白骨就被封得严严实实了。雪地里，野兽刨的坑，留下的脚印，下了一场又一场大雪，都没有盖住。

第二年一开春，积雪尚未融化，旗里的广大革命群众和暂且还隐蔽着的"阶级敌人"，都被动员上了白音布朗神山，学校的大队人马也参加进来。山顶上飘扬着红旗，高音喇叭一遍遍播送"开山造田逞英豪……"的诗歌。人们要战天斗地修梯田，从山顶修到山底。我妈挖出了死人骨头，别人也挖出很多，还有其他动物的尸骨，和着白雪，全都埋进梯田里了。梯田里摊着厚厚一层冻土，那是我们从山底挖了一筐筐抬上来的。擦汗的一个老头说，这回可以长出好麦子。

两个月以后，梯田里长出了麦苗。

白音布朗神山披上了绿色的军装。

广播说："新的时代终于来临了。"

可惜梯田里的麦子，八月的大雨一来，就给冲跑了，白音布朗神山多处塌方。那天夜里两三点，又爆发了几十年不遇的山洪，排浪冲击，响声震天。第二天，人们看见白音布朗神山露出了瘦瘦的灰脊梁。大石头滚到旗里，死人骨头，插在梯田里吓唬鸟兽的烂衣裳，还有浑水，在旗里仅有的那条大街上汪漾。

总评

这篇文章切入的这段历史，是今天仍然语焉不详的一段历史。没有了约束的人们，失去了理性的时代，让今天谈论那段历史的文字，总带着深深浅浅的痛楚、质疑和批判。反思、解构或者重构历史，本是文学作品应有之意，问题是，我们该如何进入那段历史？冯秋子的这篇文章，提供给我们一种进入那段历史的方法和途径。作者以家乡的神山和少年的感受进入历史，神山的今昔既是自然的变化，也是时代的变化，以神山与人的关系的微妙的变化，烘托出了那个具体时代的大的生态背景和人文背景。这是文章所要呈现的那个时代的骨，而少年好奇的打探和切身的体会，则是丰满骨骼的血肉。如此，这篇文章才能摆脱众多文章的窠臼，真正写出了属于"我"的历史记忆和个人经验。

第一部分呈现的，是白音布朗山作为神山存在的历史传说。这个传说奠定了全文的价值判断的基调。神山的存在是人与自然关系的写照，也是灰腾格勒地区人们的一种生活方式。第一部分虽然简短，却快速地铺陈了文章的题意。以神话传说切入正题，是一种简洁而有效的起意方式，尤其在自然力量强势博大的时候。

第二部分以"我"——一个顽皮好奇的孩子的视角，近距离地呈现了白音布朗山的真面貌。"我"对于神山的探索，是伴随着少年最天然、最纯真的好奇心的，也是最没有功利性的探索。伴随着"我"的视线，读者看到了一个普通、自然的山的面貌。从赋予了神性意味的山到普通自然的一个山头，作者去神性的描写其实只为彰显人内心神性存在的重要性和珍贵。狼家族前来讨要被逮的小狼崽，与其说是白音布朗山的神性作用，不如说是对人心底的神性的一次呼唤。

第三部分，被人类野蛮开垦的白音布朗山，终于以自己的方式报复了忘记了神性的人们。与对白音布朗山的野蛮开垦相应的，是人们对自己欲望、私心的放纵，对人类赖以存在的道德伦理规约的毁坏和践踏。满目疮痍的神山其实是满目疮痍的人性的写照，神山不语，却以自然的方式警告了放纵无序的人类。

三个层次，从神山的神性写到神山脚下的人性，从白音布朗山写到灰腾格勒的人们，表面写山，实际写人。从山的喻示到山的惩罚，实则写的是人的放纵无序是如何给自己带来灾难的。神性其实是人性，人如果破坏了和自然的约定，受惩罚的必定是自身。

值得注意的是，作者在这篇文章中用了三种语调来写作。客观陈述的、孩童活泼而跳跃不拘的和成人反思的语调，随着内容的推进和发展，三种语调切换自如不露痕迹，可见作者在散文语言调度上的功力。

额嬷

额嬷，邻家妈妈。怎么写出"这一个"邻家妈妈？写人散文易写难工，原因就在于人难写好。要在几千字的篇幅里画皮画骨，必须要对描写对象有深刻的体认，精准的描摹。说起草原上的阿妈，人们一般会有宽厚、能干、吃苦耐劳，乐观、善良如长调回旋的悠扬与悲凉，这是人们对草原上女性的共性认知。额嬷如何能在这种已有的共性中脱颖而出，关键在于作者是否能捕捉到额嬷区别于一般人的那一点点特性。这个特性既要和额嬷身上的共性相吻合，又要在共性中铺垫下特性出现的必然性。也就是说，怎么写额嬷？首先要写出额嬷作为一个草原上普普通通牧区妇女的日常状态，当然，这种日常状态中已经暗含了额嬷不一样的特性，然后再写出额嬷的不一般的特性。共性和特性，共同组成了我们看到了额嬷。

作者的文字一如既往地朴素，诚实，但这篇写邻家妈妈的文章里，因为血脉、乳汁的灌注，格外流淌着一种动人的温情。

额嬷一家搬到这个地方，比我家晚两年。两家合住一套从前的富人盖的石头房子，宽敞的堂地，把两户人家分隔在左右两边，门对着门。母亲和额嬷，总是一前一后，不断怀孕，不断地生。一旦孩子降生，就在两户人家共同进出的大门外面，按照边区居民的遗俗，挂上红布旗子。有红布旗子飘扬，就是新地，人们在你的门前停下脚步。

人畜肃静的黄昏，空旷的草原小城穿透了野风，红布旗子就在家门口哗啦啦哗啦啦地飘。

母亲生的日子，额嬷早早煮了奶茶递到母亲手里，两个女人守着一铜壶奶茶，守着骨肉分割前稀稀拉拉的安宁，一碗一碗地喝。母亲生头胎难产，后面几个还算好生。额嬷呢，每生一个孩子都像过一次鬼门关，母亲说，替钦格勒接一回生，她就掉一地头发。

钦格勒，是母亲对额嬷的称呼，我父亲叫她梅林，我不知道她的名字究竟是什么，我一直喊她额嬷。

额嬷听我说大城市很多女人生孩子都要剖腹、侧切，或者自己撕裂，就问我：她们愿意吗？有没有人管这件事？大城市的女人都不确实啦？我说不知道。她愁苦着脸说：不可以，不好，回来吧，回家……她的汉语操练了几十年，仍然僵硬，她就夹杂着蒙语告诉我，人们都回来生孩子，来她这里，这里地方很多很多，告诉你的朋友们如何。额嬷说，她生的孩子个头都很大，虽然难生一点，但没有一个孩子损坏她什么。

母亲说，钦格勒生孩子生不够，生不厌烦（她说额嬷生不"草"），她可真有点儿害怕了。母亲的小臂上至今镶嵌着一块额嬷挣扎的时候咬伤她的疤

在人类历史上，不断怀孕，不断地生，既是人类繁衍生息至今天的标志，也是女性生存的一种形态。"我"的母亲和额嬷就是在这种生存形态下度过自己的一生的，成千上万和额嬷一样的女性就是这样度过她们的一生的。这是额嬷们在他们的时代的宿命。在医学不发达、医疗不普及的时代，都说女性生孩子就像过鬼门关，额嬷一次次地从鬼门关来来回回，赢得了钦格勒和梅林这样两个称号。钦格勒，蒙语意为欢快、快乐；梅林，蒙语意思里既有智慧之意，也指头领、首领。两个称呼已大致描摹出额嬷的性格轮廓。顺应命运的安排，从容平和地过着平淡的日子，是千千万万额嬷们的生活常态。

痕。母亲说，看钦格勒红天黑地流血，就怕她闭上眼睛再不睁开。

额嬷的男人，阿木古隆阿玛在哪儿呢？他离开房子的时候，老婆还像一头母牛在地上拱来拱去，还有奶茶给他煮好端上来，也许是半夜，也许是下一天的哪个时辰，他东摇西摆找到家门，家门口已经飘起了小红旗，孩子已经出世了。额嬷的火炕上，又多了一个占地儿的人，阿木古隆不看也知道他是个人物了，他也有高高的鼻梁、厚厚的嘴唇和金黄色的鬈发，跟他的父亲一样。阿木古隆摸到一片空地儿躺下来，他得醒两天酒。

生吧，哪个女人不生育呢，哪只鸿雁不远飞呢。

孩子的动静，在男人的梦里。

我母亲说，她是怕真实的一个人说过去就过去了。

还好，没出什么事，母亲缓了一口气。可是不久，母亲有了，额嬷也有了。

我和敖登都出生在一月，那是北方最寒冷的月份。人们数不清入冬以来下了多少回大雪，白毛风刮过来多少沙土雪花，又刮走多少破衣褴袍。冰雪覆盖着，大地惨白。早晨，趴在羊皮门帘上的积雪被抖落下来，一个勤快的人走出户外，去清扫一条通向远处的小路。太阳升高了，雪地晶光闪耀，遮挡在玻璃窗外的棉窗帘终于被卷成一个卷儿靠在墙角，遥远而清淡的阳光顿时渗入沉寂的房屋，孩子们立马看见屋子里尘埃欢乐四处飞扬。夕阳西下，棉窗帘又严严实实封闭了所有的人家，一天就这样结束了。从早到晚，玻璃窗始终没有解冻，那上面纹刻着悬崖沟壑、椰林草丛，还有刀光剑影、妖魔鬼怪……每一天，每一块玻璃上的内容都重新开始，

我和敖登的出生是额嬷和母亲常态生活的延续，也是终结。

就看风怎么刮。

风犹如刀子，磨砺所有成活在那里的生命。

土地冻裂了，噼噼啪啪地响，等到冰雪消融，土地上就有了无数纵横交错的缝隙。孩子们始终解不开土地的秘密：有一天，原来的裂缝不见了，田地又龟裂出新的深不可测的轨迹。

额嬷的奶就在昏暗的房子里裸露着，像两架皮鼓，跟随她移动，跟随她抖擞。不一会儿，乳浆胀破了奶头，不失闲地流淌，额嬷发出"噢噢"的叫声，她急不可待地拉过敖登，拉过我，用她的一只奶喂饱一个孩子。

额嬷要是出门，比如去野外挖耗子洞里的粮食，我和敖登就各在各家炕上的一点范围里爬蹭，很想爬远一点，但是寸步难行，我和敖登都被拦腰捆着，拴我们的那根绳子在炕角一根铁棍上绑死了。我和敖登就隔着宽阔的堂地大叫大哭，街上干瘦干瘦的野狗听到我们的声息，跑到院子里来，隔着玻璃窗，跟我们一起蹿上跳下，沸沸扬扬。这时，要么是母亲三步并作两步从工作的地方跑回来，要么是额嬷背着口袋"噢噢"叫着推门走进来，反正这个世界上只有她们俩能听到我和敖登呼叫。母亲急急忙忙说，快吃，她只有半个钟头时间，她的奶胀啊，疼啊……她就知道孩子们饿了。奶水洇湿了她的衣裳，她先过去喂完敖登再过来喂我。奶水被我们抽空，她就离开家继续去工作。

太阳昏昏沉沉，还不能射进房子里。我们又饿了。我听到敖登跟我一样哭那种瘪嘴巴的颤音。我们的委屈说不出来。清汤寡水。

那是耗干孩子们哭声的年代，也是耗干亿万个母亲身心的年代。没有人告诉我们的母亲，少生一

艰辛的日子，额嬷饱胀的乳房就是我和敖登的天堂。尽管日子艰难，额嬷需要去野外挖耗子洞里的粮食度日，却仍然有足够的乳汁喂养两个孩子，草原上的女性，就是这样，把艰难过成了日常，把苦困视为生活的常态，以她们的坚韧、吃苦耐劳缝补着平平淡淡的日子，让这样的日子因为她们的存在而有了亮色、有了不一般的滋味。但终究是缺衣少食的年代，饱涨的乳汁缺少足够的营养，喂不饱两张嗷嗷待哺的嘴，额嬷到底也成了空空荡荡的母亲。额嬷的个人史，就是那个年代的历史。

个孩子，让世界少一张苍黄的脸，是她们的贡献。也没有人告诉她们那场自然灾害没有人为祸害的话，其实不会那么严重、那么惨痛。因此她们从不怀疑，无论领袖，无论自己，也无论是岁月。

60年代出生的孩子，陪伴了执着得空空荡荡的母亲。

额嬷经受得更持久一些，是靠了她的底气吗？

额嬷的高颧骨永远幽黑发亮。她眯着一双细长的眼睛，不停地对我和敖登叙说，一串音节在她飞快地转动舌尖时滑出来，又一串音节跟着混入，蒙古语言就在我们的心田里开垦耕种了。额嬷急了就骂嘿哈赫森！可你判断不出她是真恼还是正高兴呢。有时候她说：我生气啦！可她的脸上还是慈祥一片。我和敖登就在她宣布"生气"以后快乐得忘乎所以，把炕上能搬动的东西都推到地下，再把自己跌下去，她看着我们折腾，在那里笑。只有当我们各自坚守一个乳房，在额嬷怀里拥挤，敖登表现出不愿意我在他妈妈怀里的意思，伸出脚踢我，我把他的脚推回去这样来往时，额嬷的喊声才准确无误就是嘿哈赫森！两个孩子于是认真，停战。

她与她的两只奶终于松缓下来，孩子们已经睡意迷蒙。

她仍旧跪在炕毡上，臀部稳稳地偎进后脚弯里，脸上呈现着那种恒久不变的微笑。蓝布棉袍罩住了她的身子，她跟菩萨一样坐出一座山，坐出一个宁静。突然，从她胸腔里流出悠远跌宕的声音，那是天然淳厚的蒙古长调。那声音粗犷、没有遮拦，自由自在地走，走过沉睡，走过苏醒，万物萌动，天地啜泣……顽强的颤音被送得很远，你相信它已经接近了人生前无法晋见的天堂。我睡着了，但一直

这一段文字很温暖，很有意味。被吸空的额嬷在孩子们的睡意迷蒙中坐成了一尊菩萨，坐成了一座山。在属于额嬷的宁静里，额嬷不再是"我们"的额嬷，成了她自己。从她胸腔跌宕而出的长调，粗狂而自由。为生计劳累的额嬷，在这一刻的时光里，释放了自己，日子里遭受的内容，都在长调渐渐飘远的声音里得到了救赎。短短的一段文字，借由蒙

跟着额嬷的声息飘游。在她的歌儿消失得渺无踪迹的时候，我挺起身子，看她是不是哭。

二三十年后，我接触了一点音乐，有了一些作曲的朋友，可我始终想不出额嬷的歌儿是谁能写出来的，人们有了章法，就不能尽情地野；有了感觉，就把它加工得离开了原味……山，冰雪，寒流，牛羊，蓝天，和女人，那些流淌不息的东西。

长大以后，我远离家乡。一听见马头琴声，就想哭。

额嬷就在琴声里。

额嬷和母亲都日见苍老，两个家庭也发生了不少变故。额嬷这边，阿木古隆阿玛患肝癌去世了，额嬷的儿女们远走高飞，小儿子巴耶尔死了。

额嬷独自住在城边上一所开阔的院落。院子比篮球场还大，杂草肆意丛生，有半人高，星星点点，长出白花、黄花、紫花、蓝花，草原上点缀的差不多就是这些碎花。杂草丛中，踏出一条小路，环绕院子，成了一个不规则的圆，额嬷早晚就在小路上走动。她埋着头，缓慢地走完一圈再缓慢地走，只是身子更加弯曲、更加笨重，宽大的胯骨拖着她朝前的沉重，在齐腰深的草丛里左边、右边，这么摇晃，摇晃得很有耐心。

我走进额嬷的大院子，看见额嬷正在小道上走动，我和儿子站到她面前。她"噢"了一声，双膝跪地去抱巴顿，随后颤悠悠地托起孩子，托至头顶，混沌的目光在太阳底下闪亮，直到气喘吁吁，她才把孩子搂进怀里，在他的小脸上亲，巴顿尖厉的哭声随之而起，我知道是额嬷亲得太重，就像当年亲我，把我的脸深深吸进她的嘴里，想把我吃掉那样，吸出我的眼泪了，也不放我。但她放了巴顿。

古长调，勾画出了额嬷的精神和魂魄。长调是内蒙古草原上的精魂，只有长调才能填满那样广阔无垠的草原，只有草原才能装得下那么悠长、厚重而苍凉的长调。长调是流动在音符里的草原，草原是物化显形的长调。额嬷把自己装进长调里，就是把自己交给了永恒。蒙古人和长调之间的关系，是很难解释描述的，却又是最好去理解的。

额嬷和我面对面跪着坐在后脚弯里，一人端起一碗奶茶，慢慢地喝。奶茶就像醇酒，你可以喝上一整天，从天亮喝到天黑，又从天黑喝到天亮。

额嬷疲惫地微笑着。从前在她棉袍下拱动的羔羊，如今已经三十岁了……她说："萨仁嘎娃，可怜的孩子，你的小英雄坐火车啦……没看清火车长什么样子就回家啦？噢，嘎娃，我的孩子！"额嬷摇头，额嬷笑。

她比画着说：女人撕破确实不好，回来生。

做梦都想回来生呵，可是回得来吗，额嬷？遍地都是女人，就像遍地长的草。

是啊是啊……她喊黑狗嘿哈赫森。

黑狗就跑出去了。

黑狗在额嬷踩踏出来的小路上追逐什么东西。

母亲说，钦格勒这些年和人们走动得少了，越来越沉默寡言。她在院子里挖了一口水井，用绳子拴着那个她年轻的时候就使唤的皮斗子打水，皮斗子用一阵就补一块补丁，里里外外补贴满了，人就是不喝外面水站供应的自来水。除了上街买点儿炒米、奶食，很难见到她。

巴耶尔，是母亲为额嬷接的最后一次生。

他死了。额嬷弯腰从彩绘的硬木碗里抓一把炒米倒进我碗里，又为我兑满奶茶，然后挺了挺腰身，重新坐稳当。当她抬起头，眼里有了浑浑一层泪水。

巴耶尔是个头重脚轻的孩子，你简直想不出他的头有多大，有多结实。头上的毛都是浅黄色，嫩得有些透明、发绿。射弹弓的把戏他从小玩儿，长大以后还是玩儿得不亦乐乎，石头子从你家玻璃窗钻进去打你家的电灯泡。这种被他称作"二踢脚"的快乐游戏射击完毕，他掉头就跑；有时却站在原

再见额嬷，欢快的钦格勒已经变得越来越沉默寡言，外人很难见到她。就像很多人一样，随着岁月的推移，额嬷遭遇了家庭的变故。究竟是什么样的变故让热气腾腾地生活着的额嬷变得如此的离群索居？

巴耶尔出场了，巴耶尔是额嬷的生命中不能承受之重。巴耶尔是额嬷最小的孩子，额嬷的生育史到巴耶尔这儿终于画上了句号。但巴耶尔终结的，不仅仅是额嬷的生育史，还有额嬷的生命史。没有了巴耶尔以后，额嬷只是生物性上的活着了，不是一个人在活着。

地不动，看有没有人追出来，没有人追，他就一脸
沮丧，有人追，兴奋不已，单等对手追到眼跟前，
他才像野羚羊一样嗖地逃遁。你有耐心你就追吧，
巴耶尔正巴望有人跟他玩儿，也好有一点儿热闹。
一旦跑不过你，巴耶尔就停下来，任你劈头盖脸打
他，他弹来弹去像个拳击沙袋。

你打他他跟你笑，打巴耶尔让人扫兴。

巴耶尔会漫天云雾编造一个故事，把城里七零
八落的孩子笼络到自己麾下，如果卡了壳，他就随
意揪出一个孩子揍上一顿，借机结束他的讲述。

他每天重复自己的游戏。

我知道巴耶尔，尽管他长大的日子我已经离开
了家。

他是十八岁闯出人命的。他把皮靴里插的匕首
插进伙伴的胸膛，碰到心脏，那孩子当下就死了。
这一回他终于认真起来，所以他就失踪了。

巴耶尔杀了人，逃了，追捕他的，
正是当年他父亲的部下。

警察搜寻了四十多天。

警察都曾经是阿木古隆阿玛的部下。

有一天，人们看见警察从额嬷的菜窖里抬出了
巴耶尔，那孩子僵硬地挺在一块木板上，头还是大
得不可思议。

警察把套过巴耶尔的皮绳递给额嬷，看着额嬷。

她依旧默然无语，直到大院子里的人都走尽了，
又静静地呆立了很久，最后在门前的石头台阶上坐
下来。

母亲说，本来，钦格勒要受审。

额嬷对所有找她谈话的阿木古隆阿玛生前的同
事说，巴耶尔在菜窖里，她不知道。至于巴耶尔每
天吃掉两斤多食物，那是法医的说法。额嬷对显而
易见的事实，遵守得像个秘密：谁提供的食物？

额嬷爱自己的孩子，哪怕他杀了人。只不过，额嬷爱自己的孩子的方式，是替孩子选择一种有尊严的死亡方式。让孩子在母亲的心里死去，是母亲最后唯一能替孩子做的事情。这就是额嬷的不一样，是额嬷之所以成为这个额嬷的关键所在。一个坚韧的母亲，一辈子生了五个孩子，又亲自送走了一个孩子。在额嬷的生活中，生育孩子、养育孩子花费了她一辈子的时间，她的世界里，只有这些，在日常生活之外的内容，额嬷都是懵懂未知的，她也不想知道。就连她不再生儿育女，也是丈夫以国家的理由说停就停的。一个看上去并不了解、也不想了解外面世界的额嬷，也许在很多事上是懵懂的、无知的，但在对待生命这件事上，额嬷却是最清楚、最明白的，所以，她选择了巴耶尔的死，并且为巴耶尔选择了死的尊严，同时，额嬷也为自己选择了维护生命的尊严。所以，进入暮年的额嬷，还是像年轻时候一样有力量。

当初警察说：知道巴耶尔的消息就来报告。

额嬷答应：好。

警察在等待额嬷吗？

额嬷几十年来从未去过阿木古隆阿玛工作的地方，人们记不起来额嬷是不是讲到过阿木古隆这个人。二十多年前，阿木古隆被关起来交代历史问题，专案人员上门询问额嬷：阿木古隆为什么给国民党送信，又给共产党送信？他跟没跟你说过？额嬷神情专注地听完这个问题，沉思良久，终于恍然大悟，好像突然明白，相守多年的这个男人有许多故事是她以前所不知道的，这个阿木古隆！但是令人失望的是，她依然答非所问。她说："谁的信我都没送过。"显然你花多大力气，也没有办法让她明白其中的大是大非。专案人员失去了耐心，厉声训诫，额嬷站在靠门的地方，低下头虔诚地倾听。工作人员说："你要和阿木古隆划清界限。"怕她不明白，又说："不要再爱他。"额嬷这回像是听懂了，她松弛了肃穆良久的脸颊，点点头说："好。"

其实她仍然不懂这里面的道理，不懂要她做的是什么。在她看来，干部们或许是说她的男人还要在外面待一段时间。阿木古隆总是有事出去，从这个苏木到那个嘎查，公社啊大队啊，跑来跑去……即使是准确理解了工作人员的意思，谁又能影响她呢？谁又能改变她身心运转的方向呢？

阿木古隆喝醉酒打她像打一面皮鼓，她爱他什么呢？这个旗里的人都不怀疑，她确实爱他，这一点，没有疑义，跟阿木古隆再有恩怨的人，也指望不上什么。多少年来，她望着阿木古隆的时刻倾心尽力，都像是第一次望见他，那一次，她上了他的马背。那是十几岁？从她家乡的草地上路过一个小伙子，她扔下正放牧的羊群，跟着他走了。一走就走了数不清的白天黑夜，走到她陌生的世界。直到她送走阿木古隆，送走小牛犊子巴耶尔，一个人生活在一所静悄悄的大院子里。

额嬷为阿木古隆阿玛生育了五个儿女。

她两年坐一次月子。阿玛说他是干部，不能按人头分走国家那么多供应粮票、油票、肥皂票，让她停她就停下，不再生了。

停在巴耶尔这儿，这个孩子。

额嬷心里埋藏了什么，都会让它跟着她一起衰老，跟着岁月消逝。

巴耶尔是她杀的。一个母亲和她的孩子，明明白白选择一种方式，孩子在母亲心里死去，就是这样。

你还想知道额嬷如何度过那四十多天？她把皮绳子递下菜窖时对巴耶尔说了什么？还想知道巴耶尔的最后吗？

我记忆里的额嬷，年轻时候就显得苍老。如今真的进入暮年，动作迟缓了，可还像年轻时候一样有力量。

额嬷每年在蒙古人隆重的小年和大年，买来鲜果、鲜奶、黄油和洁白的哈达，煮好牛羊肉，供在炕桌上，然后长时间跪在桌前默诵真言，祈祷神明。

炕毡上，额嬷经常跪坐的地方磨出一个洞，她在那里放了一块老羊皮，老羊皮又磨掉了毛。

送我们出来，额嬷亲了我，亲了巴顿。

总评

　　写人散文易写难工，难就难在写出人的精气神。但散文几乎都离不开写人，在秋子的散文里，人物众多。虽然每个人物身上的笔墨不多，但人物的气质都鲜明，辨识度高。这就是作家的功力。《额嬷》这篇文章，写出了一个在艰苦岁月里普通女性负重的一生，生活的重压没有让她屈服，对于生命的尊重，对于生命尊严的维护，让她普通平凡的一生具有了不平凡的色彩。

　　第一部分，多年后"我"带着儿子回老家，再见到额嬷，由此展开了对额嬷一生的叙述。在这一部分里，额嬷是健朗的，明快的，是充满生机和活力的。尽管生活并不宽裕，但坚韧的额嬷在草原上的生活就像牛和羊天生属于草原一样，自然而自在。宽广的草原给了额嬷宽厚的心胸和宽阔的生命力。生育，接生，红布条，几个简洁的场景勾勒出了额嬷生活的常态。钦格勒和梅林，属于额嬷的这两个名字，也给读者留出了足够的想象空间。不多的几个自然段，是日常生活状态下额嬷的速写。

　　第二部分，额嬷喂养刚刚出生的敖登和"我"。在幼儿的视角里，额嬷忙碌而充实，充足的奶水让额嬷可以同时喂养两个嗷嗷待哺的孩子。当额嬷揣着两个饱胀的乳房"嗷嗷"叫着踏进房门寻找两张饥饿的小嘴时，额嬷和孩子们都是"钦格勒"。这样的场景，在草原上是随处可见的。哺乳的妈妈或牛羊马的妈妈们劳作的时候，会突然停下正在做着的工作，急切地寻找喝奶的小嘴。这样的场景蕴藏着生命的秘密，也是草原生命生生不息的纽带。喝饱了孩子睡着了，额嬷把自己交给长调，让蒙古长调释放自己、清洁自己，这样的画面，庄严、美好而带着一丝悲凉。当额嬷和孩子们相伴佯装生气时，又是一幅苦中作乐的最为美好温馨的画面。在这部分里，额嬷是个强壮、能干、坚韧的母亲，既平凡又伟大，她坚定地完成着自己延续生命的使命，并在养育的过程中得到快乐，实现自己的价值。

　　对于一个以孕育生命为己任的母亲来说，有什么比自己亲手送走自己的孩子更为残酷？第三部分围绕巴耶尔写额嬷。这一部分作者的文字是克制的冷静的含蓄的，如果说第二部分的文字还显喧闹的话，这一部分的文字是死的静默。巴耶尔杀了人，额嬷把他藏了四十天，然后，额嬷递给了巴耶尔一根皮绳子，巴耶尔用这根皮绳子结束了自己的生命。在这部分里，额嬷只有几个动作，和外界没有语言和眼神的交流。但从前面两部分的铺垫里，我们完全可以想象出额嬷的内心里经历了怎样的波浪滔天、翻江倒海？最终，额嬷用巴耶尔的死维护了巴耶尔的尊严，维护了生命的尊严。一个普通草原妇女就这样默默地捍卫了她心目中的道德伦理，捍卫了她认为的生命的尊严。前两部分，作者画的是龙身，第三部分，作者给龙点上了晴，额嬷就这样活了。

这是一篇非常能体现作家散文写作功力的文章，从篇章布局到叙述节奏，包括文字色调的转变，都配合得恰到好处，共同完成了文章写作的主旨。

丢失的草地

在作家的这本散文集里，有大部分的篇章都和内蒙古、和草原有关。生于斯长于斯，而后京城求学工作，让她拥有了双重目光。与内蒙古草原骨血里的亲缘关系，让她时刻关切那片土地的一点一滴的变化；立足于京城，又让她关切内蒙古草原的目光里，多了一份审视和反思。两种因素交织在冯秋子关于内蒙古的文章里，使她的这组散文具有了特别的气质：发自内心的关切、细致入微的洞察和冷静客观的反思。《丢失的草地》依然是关于家乡、关于草原的，依然是从对草原的关切进入到对人的精神状态的关切，这是爱之深而痛之切的文字。从中可以发现冯秋子散文一以贯之的一个主题：对人的精神状态、生存状态的冷静而不留情面的考察。

1999 年 7 月，巴顿放暑假，我们去了河北丰宁县坝上草原——大滩镇元山子东道自然村，住进一个旅游站的蒙古包。

丰宁满族自治县，紧挨过去的察哈尔蒙古八旗的"四牧群"中的三大牧群，出产著名的"口马""口羊""口蘑"。我们所在的东道自然村，耕地稀薄，沙地牧场。它西邻河北沽源，东接森吉图，往北，连接内蒙古锡林郭勒盟的太仆寺旗、正蓝旗和多伦。而正蓝旗是蒙古语标准语言基地，元朝时重要的政治、军事、经济、文化中心。元朝迁都大都（北京）后，正蓝旗境内的元上都改为陪都，每年夏季，元朝皇帝率领众臣僚回到这里处理政务、连带避暑。上都和大都并称两都，13 世纪时，上都这座名城通过《马可·波罗游记》远播四海。到明代，此地属北元云需部万户游牧地。清乾隆元年，清廷于察哈尔左翼四旗置四旗直隶厅，四十三年改为丰宁县。以后丰宁划归卓索图盟，成为当时内蒙古地区六个盟制之一，民国以后丰宁归属热河省。新中国成立后，1955 年热河省建制被取消，所属丰宁等县市划归河北省。

丰宁，从地名字义理解，过去应该是水草丰美、富足安宁的地方。

巴顿比较熟悉西北部的内蒙古，每次乘火车回去，兴奋不已。从低海拔的京城，攀旋进入中国北部山脉紧缩、沟壑纵深的断块山地，海拔一千米到一千五百米高处。而姥姥家，是在蒙古高原上，隶属察哈尔右翼旗部，位于海拔两千四五百米处，山势相对和缓，间有望不到边涯的草场、荒野。在那里，开垦的农田，要么沉闷于风雪，要么奄息于风沙，村庄与村庄之间，相距非常遥远，被戈壁草原隔断在寂寥的北方。巴顿想在那里上学，我没同意，做母亲的不能放弃抚养孩子的义务，他就说上完学所有的草原都离太阳更近。一句看似孩子气的话，蕴含着最为朴素的真理。广袤的草原没有多余物的填充，没有人的喧嚣和吵闹，一切都是最为自然最为天然的存在，它可以净化人的灵魂。孩子，是散落人间的天使，是离真理最近的人。孩子，也是成人世界的参照。在冯秋子的散文中，巴顿（蒙古语意为勇士，作者的儿子）多次出场，这并不是作家散文写作的随意文字。孩子的天然、直接、纯真和诚实，是成人世界正逐渐遗失的可贵品质。

传统湮没了，习俗没有了，忌讳和礼节都成了传说，草原的丢失还会远吗？沉重的一笔。

要到那儿当一名体育教师。但愿他的想法能够持久，他在北京住的院子里踢球，"撩了一下脚"——他这样向我解释，就把邻居的玻璃踢碎了，有两次玩儿得高兴和小朋友喊叫出声，被占地建房的一家公司的领导抓住揍了一个耳光。我怀疑，有一天，他忘记了在北京踢球的遭遇，还会不会想去内蒙古当一名他称作的"自由奔放"的体育教师。

这是巴顿第一次坐长途汽车，不去姥姥家那边的草原，而去另一片草原。这片草原也坐落在那么多高山上，他感到惊奇。他说，原来所有的草原都是在高山上，所有的草原都离太阳更近。

傍晚，我和巴顿出去骑马。这片低山丘陵草场，蒲公英、黑麦草、羊草、散落的野蘑菇和杂类草，让我和巴顿像置身在察哈尔家乡的草甸子上。

草地里只有两个当地人，牵着两匹马，一马雄健，站着就想往出蹿；一马低矮，闷着头吃草。巴顿提出他骑大马，他七岁时在内蒙古学会骑马，嫌小马跑不快。小马的主人刘亚飞是借马来让客人骑的。骑到半途，原主人又送来一匹马，刘亚飞上马，和我并排，一边骑马一边拉呱。刘亚飞租出借来的马两匹，所得的二十元费用归马主人（其中两元交税），他另得小费十元。我上马前他跟我讲定价格。刘亚飞是满族人。我问他，现在还保留了哪些满族人的习俗。他说现在没什么忌讳了，讲究也没有了。看了电视剧《雍正王朝》，老辈人讲起过去的礼节，他们就听，只剩下听的份儿。

满天满地的乌鸦，在夕阳的残红里追逃，那些站在电线上、跟着电线荡漾两下的乌鸦刺刺啦啦地叫唤。我来坝上前一天，跟母亲通长途电话，她说腿疼，又不能下地走路了，坐在炕上看天上的乌鸦。

乌鸦刚把旗里的广播线扯断，把母亲喂狗的食物也带走了，母亲给院子里那窝麻雀洒的米麻雀都没吃着。现在她下不去地，出不了院子，她窝在炕上等人来帮她给小鸟送点粮食……

我交了坐骑。返回驻地已是黄昏。微光照射，浅草疲惫地喘息。而乌鸦成群结队踞守在草地里吵嘴。刘亚飞说这是不吉利的东西，但猫头鹰更不吉利一些，老乡从不伤害这些个东西，怕惹出什么麻烦。他们到冬天打一种叫斑什么的鸟……是国家保护鸟类？他说管它保不保护呢，到城里，一只可以卖到二十几元。还有山兔，冬天多，夏天也不少，但夏天的兔子有青草味，不好吃，老乡一般不打，到冬天家家下套子……当然不能伤到马。还有狐狸，现在人们不太打狐狸了。但是打山羊……这里没有黄羊，他们打黄羊要到北面一百多里外的内蒙古锡林郭勒地界打，可那里规定不让打野生黄羊，这边的人悄悄过去偷猎，那边的蒙古人若是碰到，就把人放倒……

说到短处，我一时语塞。我曾经早出晚归，拍摄纪念抗战的纪录片，拍摄活佛转世的纪录片，但没做过一部牧人和偷猎者之间痛苦交战的纪录片。想过多次，没真正动手去做。内蒙古的野生动物几近绝迹，广袤的草场日暮途穷，悲怆世事时有见闻。说实话，有多年了，深感忧虑、不安。

内蒙古人对偷猎和破坏草场的事无可奈何，只能叹息。但近几年，每次回家，我都能听到发生在家乡的关涉草场的伤人甚至命案，以暴易暴，粗陋、悲惨。在日益退化的草场上，牧人白天喝喊、恐吓偷猎者，夜晚打伤甚或偶尔打死搂地毛（发菜）的农民。除附近的农民外，很多偷掠者是宁夏的农民，

偷猎，又是一个"偷"字。人与自然的和谐也成了白音布朗山一样的传说。草原成了人的无止境的欲望的放大镜。"内蒙古的野生动物几近绝迹，广袤的草场日暮途穷，悲怆世事时有见闻。"这几句话简括出了内蒙古日渐恶劣的生态环境。

发生在内蒙古境内的由于偷猎、偷搂地毛而引发的人和人之间的打斗层出不穷，粗陋而悲惨的以暴易暴，遮挡了草原上纯净的太阳的光芒。正如作者文中所写，白天像人，黑夜似鬼。问题是，人是怎么样变成鬼的？

他们成群结队潜入草地，将内蒙古的地毛大规模搂耙、运输到宁夏，经挑拣加工，精装成品，上印"宁夏特产"向全国甚至海外出售。搂过地毛的草场从此裸露，不再有混生草芥。昔日繁茂的草场，就这样被人为地损毁、撂荒，沙石泛起，刮得漫天遍野，牛羊无草可食纷纷倒毙。悲苦的牧民拿起猎枪保护牧场。一俟案发，警方去现场走一趟，草草询问一番走人了事。死者扔弃荒野，任狼和秃鹰分解。

一个人自生，就此自灭了。一个家走出去一个人，这个人再没能回来。一个村庄二三十人和别的村庄的二三十人结伙……很快组合起二三百人的队伍，每隔十来天就出发，去草地做发财的梦。白天像人，躺在坡地低洼处挖掘的等身长的地洞里睡觉；黑夜似鬼，悄悄潜进白天侦探好的草地搂一夜地毛，天亮返回地洞，在睡觉的地洞边上埋伏好裹着杂草的地毛，一觉睡到黑，等待下一个黑夜降临。返回村庄时也许某个同伴已经不再……我曾经跟踪采访内蒙古地域一个搂地毛的青年农民和他的妻子。那位叫郭四清的农民彻底丧失了昔日天不怕地不怕的"二不愣"气概，记忆消退、目光呆滞。他的妻子劳花对我说，她丈夫"一走十几天，哪有吃的带呢，一天顶多吃一个窝头，有水喝一口，没水就干着，实在渴得耐不住了，喝草地的水泼洞积的绿毛水。怕被人发现不敢四处走动，一白天尽窝在地窖里头。能回来算事，回不来那就回不来了……能怎么着呢。"她在地里锄草，顺带瞭望出去搂地毛的男人们回还的身影。"没钱交税，孩子们上学也没钱给学校。"

牧民与草依稀生长，对草场一般不有暴殄、暴利之心，其后生晚辈从小被灌输"要像爱护自己的眼睛和心脏那样爱护草原"。劳花说，这些她知道。
"咱们的铁耙子真的把人家的草败倒了。铁耙子下
去，草就连根拔出来。"她丈夫跟村里的男人们冒险
在深夜耙搂草地，所有搂到的乱草都塞进编织袋，
等逃出牧民的领地，再粗粗挑拣。回家后浸泡，梳
理，一根根把地毛细挑出来。搂二十多亩草地能得
到一斤地毛，专门有人走村串户收购地毛，卖到南
方一斤地毛能得二三百元。她说她只能挣个小头。
我说郭四清会不会再去？她吭哧了一会儿，说要是
没办法死也得去搂哩。

　　河北丰宁大滩镇元山子东道自然村的刘亚飞说，
这些，他们这儿也有人干，去的就是北面的草原。

　　刘亚飞家兄妹四人，他是老大。他有两匹马，
靠租马乘骑一年可以收入两到三千元。他们村满族
居多，汉人、蒙古人也有，哪族人都学会了种地。
一百多年前，这里是一片深草地——我想，这儿跟
我家乡一百年前也许一样，是风吹草才能低下那种
景气。刘亚非说，他们县的地盘在河北是第二大。
他笑着说，他们迁移到此地时，这里更大。快有一
百年了吧，迁到这儿。他们在关里受不了欺负出来
的。我推算，正是清朝虎落平川、下岗歇菜的时候，
满族人那时节万马齐喑。

　　结束骑马，我付他多一倍小费。他很高兴，说
明天八点他等我们"娘儿俩"。

　　第二天，我和巴顿按时出了木栅栏。有农民走
上前来让"骑马"，我们说不行，约定下了。栅栏前
面都是马，都是当地人，还有拴马的一米半高的木
桩子。我们从他们身边穿过，没有看见刘亚飞。终
于见到头天借给刘亚飞马的老乡，他一指西北方，
说刘亚飞的马在那儿，有人骑呢。那是一片看不见

牧民从小被灌输要像爱护眼睛和
心脏一样爱护草原，偷猎、偷搂
地毛的人心里也知道，搂地毛把
人家的草败倒了，把草原毁了，
但一旦生计无着落，还得去败人
家的草原。这段文字不动声色却
又触目惊心。

刘亚飞的失约和我们的等候。不
是简单的失约，也不是简单的等
候。我们等候的是诚信、是礼节，
刘亚飞失约的，是只能听着的习
俗和理解，以及被遗忘的忌讳。
这一段与前面的几句闲聊相呼应，
开始切入正题的关键词：丢失。

篝火晚会，"我"遭遇了又一次的丢失。只有声音没有灵魂的姑娘，她又是怎样丢失了自我的内核的呢？迷茫的、虚妄的、冷若晨霜的眼睛，不单纯、不踏实、不自信的声音，我听不到幸福和快乐，只能听到年轻一辈的没落声息。

马和人的草坡地。我和巴顿一面等待，一面在草地里晃悠。捡了几个小蘑菇。巴顿问："我们必须等那个刘叔叔和他的马吗?"我说，头天说好了，得守约。我们踩着露水走到草场深处，希望能够碰到刘亚飞和他的马。直到中午，没见人和马影儿，我们只好返回。在木栅栏前的集中地，见刘亚飞在跟抽税的人高声交涉。

周末，旅游站举行篝火晚会。百里以外的内蒙古正蓝旗乌兰牧骑的散兵游勇赶过来包场演出，一场晚会，一个队员挣一百元左右，而旗乌兰牧骑日下已经开不出他们每月降至二三百元的工资。这群特古斯（时任正蓝旗旗委宣传部长，算是我的朋友）的兵，唱《青藏高原》，嗓音条件比李娜天然、宽厚，颤音悠远，但那位姑娘把歌仅当声音发出，而且是别人的、不是自己的声音，她又还给了别人。自己的声音有没有生长呢？一定的，她一出生，就坐进一种长草的土地，坐进长了草的内心，若按正常情况发展下去，会日益地丰腴，日益地博大，一生一世，再一生一世，轮回成长。但一段时间以来，她忽略了自己的草地，她的心或许已经从草地脱落得远远的了，她唱出的歌像流泻出来的冷空气一样，在听众心里一下、一下地顶撞，直至冷却。她的心和声音剥离了，不相关联了。一个人的"自己的声音"到了哪里？她的眼睛是迷茫的，虚妄的，冷若晨霜。

从灵魂里截止了自我意识的那种感觉，是怎样发生、怎样发展的呢？原始的，像土地一样沉重的分量由于什么原因减少了？原本的激情，真心诚意的活法和态度，消失了。人变得不那么单纯，不那么踏实，不那么自信，不那么相信他人，不那么快乐，不那么幸福，不那么安于现状……她只是一味地播放颤动的嗓音，她的声波在夜空来来去去地滚动。歌曲的内容和她发出的声音的内容已然间歇、消逝。这是我从西部到东部内蒙古不时听到的年轻一辈人里的没落声息。

听着驳斥了诚实的歌声，像有一根皮鞭抽打身心，疼痛，羞惭，难耐。

我闷着头发呆，然后进去跳舞，又坐下来喝了一些啤酒。见巴顿正和几个半大不小的孩子在沙土地里、在空旷的乐音里，欢歌笑语。跟孩子在一起，在我是很幸福的事，现在我一个人在那里悲伤。

回到草地确实是好。多年离家在外，现在这些草场，这些原来北方各少数民族，匈奴、东胡、乌桓、鲜卑、柔然、突厥、回纥、契丹、女真……割据活动的地区，真实地铺展在眼前。这片经年流渗鲜血汗水的土地，被一盏高高悬挂的电灯叠映出一些花样，忽忽然然闪动，让人欢喜，又不由得哀痛。默饮了一些生啤酒，感觉稍好一点。可这时，千年古话真就黯然照映了……

许多真实确实已经消失，真实的幸福，真实的悲苦，真实的拥抱，真实的哀悼……还有真实的爱恨恩仇。一种真实谢世，另一种真实还生，好比真实的绿色牧场几十年间一下子消退，冷酷的黄沙走石漫天遍野。

人活着，还有什么比这更干燥、残酷的事呢。

突然想到忽必烈和其兄弟之间的征战。成吉思汗之子拖雷的第二个儿子忽必烈，对中原的制度和文化了解很深，在他身为亲王时，奉兄长蒙哥大帝之命多次率众南征，每战必胜，每胜必使新征地的新臣民归心于他。1256 年，他命人在桓州之东、滦

在失落的痛苦里，"我"找不到幸福和快乐的感觉，于是愈加认识到，草原上的确很多真实已经消失了，比如真实的幸福，真实的悲苦，真实的拥抱，真实的哀悼，真实的爱恨恩仇。失落了这些人之为人的生存的基本形态后，人还是人吗？这是残酷的现实，这个残酷的现实让作者更为痛苦。

忽必烈与阿里不哥的征战，手足尚且如此，遑论他人？回望历史，便会发现，辉煌的历史也是凶残的历史，而人的失落、草原的失落其实早已开始。

水北岸的龙冈营建宫城，三年后完工，命名为开平府，就是今正蓝旗元上都遗址——此地离我们所在的旅游站仅有一百公里之遥。1260年，忽必烈在开平府被推举为蒙古合汗，他的弟弟阿里不哥几乎是同时在西部大汗都城哈剌和林被支持者推举为合汗，于是兄弟二人多次兵刃相向。开平府升为都城、定名上都的第二年，即1264年，大败的阿里不哥和他的同党诸王前来向他的兄长忽必烈投降、请罪。兄弟二人在御帐里相隔阋望，潸然垂泪……不幸，元帝国末了，到继元代遗业、统一蒙古各部的鞑靼国，以及各部随后几百年的聚散合分，无不败于蒙古后人间不休的争夺、离析、内乱。生灵失声、景致荒芜。

有一句蒙古谚语，翻成汉语大意是：覆灭的火焰自燃。

草地连起的城郭，像人的耳朵。它能完成什么呢。只为让人躲在窝廓那里？我的家人是在那里。我听不见他们的声音，他们也听不到我的。我的忧郁，在这轰鸣着幸福的时刻那么多地充盈到我的心里。我的心境是那个草地的城郭所不能窥见的。

人与人是不是有另一种渠道可以连接，像草地那样式的？草地有生命，和人一样，但也和人一样，颓萎，没落，虽有犹无。谁愿意注意它，倾听它呢。需要草地的人，是些顽冥之人，无力地依附于草地，想请草地倾听他、帮助他，而非他倾听草地、帮助草地。人何时能够自觉地顾忌到草地呢？

草地的秘密如同人的秘密，随从季节生成和泯亡。

我在这里，等待一个声音。而我母亲正在察哈尔西部草原，等待一个人来帮她给院子里的麻雀送一些粮食。

是什么阻隔了人获得真正幸福的能力？人和人之间，人和自然之间，究竟有什么方法可以畅通地交流和倾听呢？仅仅是众生平等的理念就足够了吗？作者写下了痛苦的思索，但是没有写下答案。读到这里，我们会明白，草原，是真的被丢失了。

总评

　　这是一篇写起来读起来都很耗费情感的文章，读完全文，第一感受是痛。

　　作者关于内蒙古的文章，向来都有着很深沉、很复杂的情感。一般而言，再深沉、再复杂的情感，"我"承担的都是叙述者、观察者的角色，所以，文字中都透着股冷静和客观的劲儿。但在这篇文章中，作者是在内心里和自己较劲，向自己追问着问题的答案。这种撕裂着自己的写作，没有深到一定程度的情感和思考，是写不出也无法驾驭的。散文写作，可贵的和可怕的，都是这种状态。

　　在第一部分里，作者以自己和孩子暑期到丰宁度假开篇，原本轻松的假期，却在一次小小的意外中开始变得沉重起来。与刘亚飞约好第二天接着骑他的马，结果刘亚飞把约定抛到脑后，而我和儿子则等了他一个上午。从刘亚飞的失约开始，作者进入了沉重主题的解剖。接着，作者荡开笔墨，由草原上的偷猎者和偷搂地毛的农民，写了一个叫郭四清的搂地毛的草原农民。尽管知道搂地毛会导致草原荒漠化，但为了发财梦，他们依然会明知故犯。人和草原、任何自然之间已经失去了天然的和谐的秩序，在利益和欲望的驱使下，人开始凌驾于自然之上。丢失了秩序的草原，开始丢失更多的内涵。刘亚飞的失约，郭四清的失去禁忌，在失序之下成为必然。

　　失序之后，是失魂。第二部分里，从一个年轻女歌手失去灵魂和自我的歌声里，作者进一步深入到丢失的草原的精神内核，揭示出被丢失的草原的几个层面。浅层面上说的是自然形态的草原的丢失，深一层面说是草原上人的伦理道德规约的丢失，更深一层面上说，则是人们把草原所具有的内涵和精魂给丢失了。人和草原的关系，已经被利益、不安分重新定义，已经不是千百年流传下来的和谐的生态关系。而这种生态关系的改变是从什么时候开始的呢？作者引入了一段历史掌故，用忽必烈和弟弟争权夺利的血腥历史给出了答案。

　　揭示、呈现并不代表答案。作者归根到底是痛苦的，迷惑的。作者的痛苦在于，在这么多的丢失之后，什么是重建人和自然和谐秩序的方法？人和自然、人和人之间倾听、沟通的渠道在哪里？

　　作者在等待，老妈妈也在等待，这个心酸的结尾让文章倍增苍凉之感。

荒原

本文涉及一个重要词语：沙尘暴。从20世纪90年代到21世纪的前几年，中国北方的沙尘暴愈演愈烈，并在2002年3月18日至21日迎来了20世纪90年代以来范围最大、强度最强、影响最严重、持续时间最长的沙尘天气过程。这次沙尘天气袭击了中国北方140多万平方公里的大地，影响人口达1.3亿。正如本文中所披露的，中国北部地区的草地沙化情况近年来快速恶化，但亚洲大陆的沙化、荒漠化却是从200多万年前就开始了。喜马拉雅山地的抬升阻断了印度洋暖湿气流的向北移动，久而久之，中国的西北部地区越来越干旱，渐渐形成了大面积的沙漠和戈壁。这里就堆积起了黄土高原那些沙尘的发源地。为了防沙治沙，经过几十年的努力，中国建立了三北防护林带。内蒙古著名的洪善达克沙地，曾经是北京沙尘天气的重要源泉，经过近十年的治理，绿化面积已大幅提高。但正如文章所说，人类在防沙治沙的道路上，的确是走了太长的弯路，甚至到今天，依然还在犯着同样的错误。

2001年"五一"节前，我给内蒙古家里打电话，母亲说风大听不清我的声音。当时风暴中心正从内蒙古地区向南移动，北京地区天色混浊。母亲说，这里是黄颜色。家里外边都是黄颜色，天上下黄土呢。

一年的时间，大部分内容，在老人们眼里，是一场风。生成败灭，风起云涌，在四季里不间断地发生，人们早有准备。只是风沙势头见年上长，沙子越刮越多，沙漠面积越造越大，从小踩踏、摩挲，熟悉于心的土地已经不成样子。今年过完年，风沙就没断了刮，比起往年，百般有劲。母亲说，这回是要把天刮漏了。

我说，你小时候见过这种风没有？她说，印象里，小时候刮风，没这些年刮得厉害。那时候冬季刮干风，实际温度比现在低，冷气重，沙子没有这么多，放眼望出去看不见沙地，没边没沿儿的尽是白雪盖住枯草地、戈壁滩啦耕地啦，整个冬天，湖泊和原野结了冰，得有一米厚。道路上也都是冰。现在，要么不下雪，要么下大雪造成雪灾。缺的东西，一直让你缺，好容易盼来了，它不是好东西了，成了灾难。想想这些年，哪一年都有雪灾，旱灾，水灾，风沙。你记得吧。

老人们细数节气，说立夏不起尘，起了尘，刮四十天大黄风。而立夏那天，一准儿刮大风，时辰一到，就起风，于是黄沙源源不断运送过来。其实，立夏以后，风平的日子也有几天可数，也许是长出来的草太过稀疏的缘故，它阻止不了风从草间穿过，拖拽不住大风执着的衣袖、肆意的腿脚。只不过立夏以后，小草初长成，土里有了湿气，卷不起太大的风了，小风二三级、三四级不断地刮。假如哪天不刮风，就是好天气，人们欣喜难耐，千肠百肚挂

天上下黄土，沙尘天气非常形象地出场。

和母亲关于风和天气的对话。在母亲年纪小的时候，冬天是白雪覆盖，湖泊和原野结着一米厚的冰。在今天，这已经是非常让人羡慕的自然条件了。借老人之口，生动描述了当年草原上的风和沙尘，还有在沙尘和风中偶尔出现的好天气。

出来晒，把那一天当成一个节日过，从人到房子通通梳洗、打扫一遍。不管怎么说，总算有几天好日子。是，有过，好日子出现过，不应该忘记。好日子早已升至人们的理想。只是好日子实在少得稀罕、可怜。不过再少，好日子总是好日子，好日子终有到来的那一天。好日子带给人的好，比起坏日子只多没少。好日子跟向往、跟理想靠在一搭儿，也跟坏日子纠合在一起，它埋伏在人们的日常生活里。不过好日子总是能从日常生活里，从坏日子里蜕变出去，攀升起来，像那个金灿灿的太阳。

　　大不了你是处在坏日子里，某一段时间，活在那个不算好的时间里，比方说是一个大风天。刮多大的风，该出门还得出门，出了门，就在风中了。一旦身在风中，你的眼睛，一定要想办法睁开。假如上有兄长，他会告诉你，跟狼狗咬住人一样，你咬住方向不放。他会向你传授一些基本诀窍：不管身体被风旋转到哪一边，都要保持高度的警惕性，记住一个标志。就是不忘记目的地，就是记住自己要去的那一个方向，是通向小学校，或者是能回家。万一迷惑了，进到荒无人烟的地带，就想方设法寻找电线杆子，顺着电线杆子走，总能找到人家。我被风沙刮迷糊以后，顺着电线杆子找到的人家，都像埋伏在草原上的战备防空洞，看不见有多大形状，一多半墙体埋在沙子里，但那些房屋多年来确实一直踞守在荒原上，深挖洞——一筐一筐往出倒土；广积粮——动员全家老少常年辛勤开地、种粮；备战备荒——心怀远大理想，保持旺盛的精力和坚强的斗志，尽管每年长出来的粮，比老人头顶上的毛发还少，收获的粮食颗粒比娶进村庄的媳妇少得稀奇，也从不懈怠，内心挟带着阶级斗争、路线斗争

风再吹，沙尘再刮，由于有了好日子的盼头，沙尘里的日子也就不觉有多难就过去了。

必然取胜的信念，一年又一年就打发过去了。

> 风沙沐浴着
> 太阳穿过风刀沙海照耀着
> 我们
> 一天天长大

这是我后来写的诗。

但在当时，内心的困扰和忧虑，庞杂混乱地贮藏在我们的身体里和头脑里。比如我们常常呼吸急促。因为心里的复杂感受，对谁也讲不清楚，对谁也不敢讲，全部归缩于不算大的心窠，于是日日夜夜，那个不算大的薄伶伶的身心被压迫着。一方面，感受着自己的惊惶失措，另一方面领会着父亲母亲由内到外的惶惑不宁，我们和父亲母亲早早地就有了共同的地方，一致的地方：想要顾自己，没顾上自己；想要顾上其他事情，也没顾上其他事情。我们的能力在那个环境里，显得不成比例。说起来，有夸张的感觉，但是确实是这样，一个小身体，在风沙弥漫的漠北草原，在居中国五大草原之首的内蒙古近88万平方公里的草原上，像一个孤立无援、瑟瑟发抖的陀螺，唯有看不见的家，想念中的父亲母亲，系住了坚决的意识。而父亲母亲，和家的方向，却不在自己的掌握中。后来听到一首歌这么唱："风儿啊，吹动着我的心田……"后面有一点爱的意思，是爱情，要出现了。

> 风把我吹起来吧
> 风不要把我吹起来

我对风沙的直接体验，形象而生动。88万平方公里草原上的一只想家的陀螺，经受着风沙的肆虐。"没有一个小女孩的脸面，没有杂乱的小黑点儿；没有一个小女孩的脸面，不被抽搐成老妇女的形状，我们那里，几乎全是这般成色和印染。"几句话描绘出了常年抗风沙的人的模样特征。

内蒙古草原一直在退化,沙化面积就像军队推进的步伐不可阻挡。人们罔顾事实开垦草原,却不得不接受这样的现实:一年开荒,两年打粮,三年五年变沙梁。从20世纪80年代开始,在中国北方广袤的草原地带,沙进人退的局面正在全面上演。人们妄图以自己的人定胜天的意志改变草原的属性,却不料草原直接给人以致命一击。

如何尊重自然,与自然和谐共处,而不是凌驾于自然之上任意改变自然的规定性,是人类一直需要学习的课程。

那时候,我一遍遍念诵的就是这两句话。我害怕被吹到半空,上不着天,下不落地,像一个绝望的纸片。

没有一个小女孩的脸面,没有杂乱的小黑点儿;没有一个小女孩的脸面,不被抽搐成老妇女的形状,我们那里,几乎全是这般成色和印染。这样的环境,持续的年头已经很久。我们的童年就在这样的风中度过。

扬风漫沙,不讲章程。大风产生的风沙流,推举着土地进一步沙化,绿草死去,或者奄奄一息。中国科学院风洞实验数字显示,60%的沙尘暴物质来自中国的北方草原,20%来自中国的农牧交错地带,这两股沙尘暴占有沙尘物质总量的80%。而内蒙古是主要沙源。内蒙古历年开垦的草原,退化的沙质草场,干涸的内陆河床,萎缩的草原湿地,在蒙古高压作用下,形成了风蚀源,以致发生了沙尘过程,也导致了内蒙古爆发沙尘暴。全内蒙古目前拥有的7491.85万公顷的天然草原,比20世纪80年代减少了388.60万公顷,比60年代减少了1003.43万公顷,尤其是典型草原、草甸草原的减少幅度更加明显。占全中国草地面积四分之一的内蒙古,从20世纪50年代初期到80年代中期,有207万公顷的草原变为耕地,换来的却是134万公顷土地的荒漠化。比较人心的柔韧和遗忘本能,北方的草地是直线的,整齐划一的,固执而刚烈的,千军万马一个步调,如一支不屈不挠、勇往直前的军队,经不起反复、矫情和伤害,不具有变化莫测的实验性。北方人亲见这样一个事实:开垦1公顷草地便会导致3公顷草地的沙化。一年开荒,两年打粮,三年五年变沙梁。冷酷无情的沙梁,呈开放形势,迅速蔓延,出现沙进人退的结局，是为必然，不过是早一天，晚一天的事。

　　其实人们都熟悉，它是怎么样伴随人的无可奈何出现的。

　　歇斯底里的风，挟裹着从裸露的土地上搜刮起来的沙土，将它们扭转变异，形成强沙尘，横亘、弥漫在出人意料的巨大空间里。强大的内趋动力，使其一面卷入颗粒较细的沙粒，倾泻颗粒较粗的沙粒，一面单刀直入、向南推进。大部分较粗的沙粒，在灌木拦截下，缕进缕落，以灌木为支点形成大小均匀的新月形沙丘，直到沙尘强势将灌木埋葬掉。被埋葬掉的灌木和周边的植物群落，终因为缺氧全部窒息死亡。那些出现在北部中国的一个个沙丘，又在大风的作用下不断移动，遇到村庄，像日本人曾经侵略中国以及亚洲其他国家时，对入侵国的人民实行残酷的"杀光、抢光、烧光"的"三光"政策那样，风沙吞没棚圈、房屋、树木、水洼、河流，直至结果掉整个村落。

　　那些在草原上形成的新月形沙丘，便是由较粗的沙粒组成的。遇上暴雨，洪水将其冲进草场，平铺在草地上，地表结构由此发生物理性变化，也就是沙化，变成沙漠化土地。

　　枯燥的、无边无际的土地上，分布了一条又一条因水土流失形成的沟壑，随处可见裸露的树根，牛马羊骆驼们顽强而悲伤地四处觅草……山坡上满是不知来自何方的大大小小的石头，还有沙丘，阻击了人的视线。人们陷入焦虑，的确比过去任何一个年代都更多地感觉到了恐慌。20世纪60至70年代，每两年出现一次沙尘暴天气，90年代发展到每年一次，2000年已增加到每年12次，2001年出现

这一段是沙丘进攻的组织示意图，一段文字生动传递出沙丘步步推进的形式、过程和后果。触目惊心。沙丘的进攻带给人的是毁灭一切的后果。

《中华人民共和国防沙治沙法》2002年1月1日起正式实施，但粗暴的开掘、无序的管理依然存在。对草地的大规模破坏持续了几十年后出台的一部法令，依然无法约束所有人的欲望，所以作者说，"景况令人担忧"。然而风沙却不会停下脚步，等人准备好了再吞噬村庄，所以，人们就一步一步地走进风沙中，彼此共同处于危险的境地。更危险的是人们走在危险境

地上的积重难返,被迫的迁徙既有自然的因素更有社会的因素。于是,最后只留下了无以历数的时间和空间上的痛楚记忆。

了 18 次沙尘天气,沙尘暴过程为 41 天。2002 年 3 月 18 至 21 日经历了 21 世纪最强的沙尘暴,强沙尘暴席卷了北方 140 万平方公里的土地。全球气候变暖虽是大势所趋,但人为的粗暴开掘,和远不是科学有序的管理或者治理,还有就是缺乏保障这种有序能够确立和推进的律法和机制。景况令人担忧。

而风沙每年以更大的规模和更深的力度滚滚而至,沙尘浸湮和翻卷着整个北部中国。

我在风沙中,你也在风沙中,我们都在风沙中,彼此身处同样的危险境地。工农之间,城乡之间,大家早晚会因为沙漠化,走到一起。这是我们制造的生活,我们只不过是一步一步地走进了这样的现实生活中。现实生活,像沙漠地带一样,充满皱褶,现实生活也像沙漠化的土地一样,积重难返。一个村庄望而却步,一个城市望而却步。北方的一些农民和牧民,不少人已不得不奉命丢弃老家迁徙他乡。

风沙覆盖了房屋　树木
熄灭了曾经有过
人的痕迹
半个中国
在春夏之间变得浑黄
模糊

在外头行路的人,总有泪水汪在眼眶里,当大风刮过,他们的脸和眼又一齐窝进胸脯里。他们不顾一切地用胳膊肘和膝盖骨突围,向前移动自己的身体。

走进沙地,总是感受到,在人们的意识深处,隐蔽着一种悲悯情绪。在北方许多地方,都看到和感觉到人们来自深处的哀痛。面对一个身体，一群生命，一座房屋，一条水流，一片沙地，无可奈何。存活于世的人，都因为与地球有真实而深重的关系，并因这种关系太过真切和惨烈，因这种残酷现状的逼迫、折磨，而不能心安理得。那是一些无以历数的令人痛楚的关于时间和空间的印记。

生命虽是众多
却如此脆弱　贫秃
土地虽然辽阔
却不再是立足之地

生存环境和人的生命爆发尖锐冲突，已到了不可调和的境况。

我母亲讲，那时候，人还能出气。现在风沙天，出不上气来。我说，我小时候做怪梦出不上气来，现在醒着也会出不上气。她说空气少了，沙子多了。她刚从四间平房里扫出两铁簸箕沙土。这些沙土都是从窗户缝和门缝钻进来的。这些日子，她每天从房里扫出数不清多少簸箕的黄土。坐在家里，嘴里也会有沙子。有一天，她吃一截香蕉，吃到一粒石头子，她想，莫非香蕉里刮进石头子了？吐出来一看，是她的牙掉了。母亲的笑声通过似有似无的电话线传到北京我住的地方。

母亲的房子装了双层玻璃，双层门。旗里的一些土坯房子，糊了窗户纸的老房子，风沙洞穿，已看不见和外面有多大区别，都是一片昏黄，沉积，苍茫。

5月1日，我驾车从北京出发，沿110国道向西行驶，进入内蒙古兴和县地界。风起劲刮，沙石遮

母亲不停地从她居住的房间里扫出一簸箕一簸箕的沙土。母女对话简短而恐怖：小时候的风沙天人还能出气（呼吸），现在的风沙天，已感觉无法呼吸。香蕉里吃出沙子的自嘲是老人无奈的苦笑，但自嘲也挡不住风沙的脚步，双重玻璃、双重门的住房，进击的风沙依然无处不在。

我亲历的风沙。走入风沙里，风沙湮没道路。

风沙里的人，只能使劲往里收缩自己的身体。一旦人们管不住自己的身体侵犯了草原，在后来再收缩自己的身体也枉然，风沙给人类的选择只有一次。

拥有草原的人却不得不接受沙漠，这是一种怎样的悲凉！这一部分的文字，是作者唱响在心里的长调。哀叹失去草原，哀叹风沙的肆虐。长调为人的过去而唱，长调更为茫然无前路的未来而唱。作家的情怀深重，哪怕在最绝望的时候，也要给自己的家乡、自己的草原点燃一星理想的弱火。

天蔽日。时近中午，风沙已经湮没道路，20米以外看不见道路和行人，沙粒敲击着汽车玻璃，不歇气地咣啷乱响，怒吼的风声震耳欲聋。

逆风行驶半个小时后，见到路面上一位农民正用力往前走，抬起的一条腿，在空中晃悠半天终于艰难着地，另一条离地的腿迟迟放不下去。衣裤包裹着的身体，只在空中显出一种往前的骨头架势，而不能真正迈到前面几步，虚虚实实地挪动着一个慢舞的人形，有点像太空中人。路上稀少的人和车辆，仿佛失去了地球的引力，要被狂风刮出这个世界。

5月3日上午，我从察哈尔右翼中旗出发。当时只有四级风，太阳悬浮在上，大地刚刚有些解冻，草地仍然枯燥，没有绿色，铺天盖地全埋伏着黄沙；戈壁滩满世界焦黄，碎沙烂石被整个冬季和春季的风暴囤积在一个个坡坎下。大货车超压强碾过的路面，沙土烂漫如花。黑色的沥青日积月累，如一块块新旧交替的补丁，东拼西贴，使得一条野地里的路面补丁摞着补丁，而且补得快，烂得快，补不胜补，在补丁上面照开不败的花，最后落成一个个沙坑。

颠簸了两个小时后，这条由察哈尔右翼中旗至集宁市的碎裂公路，并入集宁市至商都县正在修筑中的三级新公路。汽车刚调转了方向，风沙鬼使神差般骤然刮起。稀疏地散落在田地里，播种黄豆、豌豆、油菜籽的男女农民，尽量与地面贴近，往下、往里收缩自己的身体，他们瞭望路面的脸，包裹在头巾和棉、皮帽子里，五官堆聚着，看不清他们的眼睛，也看不清他们心里正有的麻烦或者高兴所在。

我已走进风中，没有了退路。

晚上，央视《新闻联播》报告，这一日发生了当年最大的沙尘暴，呼和浩特市和北京城全部笼罩在沙尘中。内蒙古的许多中小城市和乡村，不在播报之列。缺少抵御设施的中小城市和乡村，周边早已被开辟成了光阴地，生态和土地的结构已被改变。当风沙路经，这些土地被席卷、收编为沙地，不日，即将衍化为沙源。

广播里说，四股来自北部的强劲沙尘暴，其中的两股源自内蒙古。

在内蒙古人眼里，黄沙风驰电掣、横扫一切，无处不在，无处不能。因为，所有的都被使用了。看看手里，还剩余下什么，就知道没有的是些什么了。

拥有草原的人，不得不接受沙漠。

若是唱这种内容——是长调歌曲，你有倾听长调歌曲的经验，你以为那是为你唱的，每一个聆听者都以为那样的歌是为他而起，为他而出——我是说，唱这种内容的歌，唱这样的歌，必须找到什么样的歌词逻辑，匹配什么音调、和声，如同经过了上苍的手那样，凝合为一？我见过一把用死掉的马头琴，没有泉水和眼泪浸润，也许有过，而现在它蜷缩在干巴巴的戈壁沙滩上，像一盘腐朽的车轮，或者是一杆残废的猎枪，触碰它的一瞬间，发出碎裂、轰塌、愤怒或者说是解脱的声音。

拥有草原的人，不得不面对无草的荒板地。

若是唱这种内容——还是长调歌曲，你有倾听长调歌曲的经验，你以为那是为你唱的，每一个聆听者都以为那样的歌是为他而生，为他而息——我是说，唱这种内容的歌，唱这样的歌，需要栽种什么样的理想根芽，永久地，永久地往起长，雷打不动那样往起长？必须包含什么样的本真面目，挚爱草原，包容草原，灵魂一直在衍生着草原？高远的天空，一如既往，天空下面的人，被浓缩成小黑点。走近，看见他们暗古铜色的面容里，跟涌起皱褶的土地一样，千秋万载。追求自由在里面，还有他们十分喜爱的理由，在里面。

故事也在里面。

而一切都与过去有着联系。正如美国作家威廉·福克纳说的，过去其实并没有真的过去，过去就活在今天。

祖祖辈辈以放牧为生的蒙古族人，虽处地广人稀之境，但千百年间已与草地建立了和谐共生的关系，他们顽强地与生存艰难挑战的同时，眼睁睁看着有悠久历史文化根基的绿色草原日益风化、沙化，夷为苍黄一色。历史上，仅察哈尔蒙古八旗东部元上都一带，即今锡林郭勒盟境内，在清朝末叶，"山有木，水有鱼盐，百货狼藉，畜牧繁息"；而察哈尔蒙古八旗西部，沙化严重地区之一的乌兰察布市地区，辉腾锡勒——"寒冷的山梁"一带，昔日四十多平方公里范围内，曾嵌有九十九眼清泉。辉腾锡勒百里野沃，也曾经绿草茵茵，气候宜人，能鱼能猎，鸿雁、天鹅、灰鹤，及名目繁多的许多水鸟在此栖衍。史料记载，北匈奴被汉击兵败漠北后，一部分残余与日渐强盛的鲜卑人杂处通婚，其中鲜卑父、匈奴母形成的拓跋鲜卑南下建立北魏，其开国之君命令，于九十九眼泉旁边立石亭做永久纪念；其子明元皇帝拓跋嗣后也曾率大队人马在九十九眼泉长久盘桓。成吉思汗之子，太宗窝阔台在此地习武练兵，兴师北伐，然后驭其雄师劲旅直指欧亚，使世界震惊。随后辽代五任皇帝在九十九眼泉避暑观光，其中道宗、天祚二帝抵达此地五六次之多。

关于辉腾锡勒的九十九眼泉，现在只是一个传说，一个故事。

它只存在于史料记载里，无论拓跋鲜卑还是窝阔台，抑或康熙帝，那时的辉煌和富裕（自然条件的富足是辉煌的必要前提）已经成为脚下的历史。九十九眼泉究竟什么时候开始消失的呢？

清康熙帝也曾在此游猎、玩赏。

但是到 20 世纪 60 年代，在九十九眼旁出生的孩子们，却只能看到这片土地上稀疏的纤草和孤寂的乱石。曾经矗立的大大小小的庙宇被砸碎了，处决了；往远，山头上像一个人似的坐着一堆碎石头，那是父兄和女人们堆聚的敖包，想给出门远行的人一个志标，心中始终能够树有圣念，清晰明了圣地圣贤；也想让孩子们记住祭祀，并学会以此识别方向。敖包，是老人们与上天，与辽阔久远的历史交换心灵话语的地方。敖包储藏了激情、梦想、愿望，敖包点化了一个又一个冥顽之心，敖包通向远处，敖包是一个高点，同时也是一个驿站。对成人来说，敖包包容了他们的日常生活和精神寄予；琐碎的一切，都在它的眼里溶解为水，滋养心田，滋养长久艰辛的生长。敖包，差不多就是他们心目中的旗帜。

孩子一眼看到本质：那是一堆石头。远远地看，走近了看，好多年以后再接着看，确实是一堆石头。但是，多年以后，他们也像他们的父兄和母亲们一样，走过去，往上堆放转圈诵吟时拣起的石头，也如他们的老人那样，开始敬重石头，珍重石头映照出的光，和那些剥削、流失的沙土，滴落下的水珠。

他们想，这是祭祀用的敖包，辨识方向用的标示，祈祷时能给予人们的昭指。

而九十九眼泉，只是史书上和人们嘴里边的说辞，我们从未得见，如果真的有过九十九眼泉，也已经萎缩沽干，与曾在那一带活灵活现过的众多灵魂一道灰飞烟灭，与周围的原野连成一片蛮荒不羁的、望不见边缘的戈壁滩。但是亡灵和他们的故事至今存活在人们的心里。从小就听到当地的蒙古族人、汉族人神秘而自豪地说："九十九眼，就差错

昔日的美丽和辉煌，只剩下了一堆孤寂的乱石。辉煌的历史退去，引路的敖包凸显。没有了九十九眼泉后，人们只能把激情、梦想和愿望码放在一个一个的敖包里。

一堆石头什么时候就成了敖包呢？孩子什么时候就接受了一堆石头成为敖包的呢？自然条件的险恶，逼迫得人只能为自己树立一个念想。值得庆幸的是，他们还有石头可以码放自己的愿景，还有石头可以寄放自己的理想。不知道什么时候，石头都没了，只剩下了沙源，那时，人们用什么来寄放他们的梦想？甚或他们自身？这是作者深层的担忧，也是可预见的恐惧。

了一眼，要不然咱们国家的首都就会建到这里。"说的人脸上一派光荣，表情是那种确定无疑，眼睛里溶注着真诚无邪和遗憾。

地下埋葬的，是曾经踩踏、磨砺过这片土地的人和事，所以遗址从石器时代到近现代，遍及辽阔的察哈尔草场，出土文物不计其数。还有黄金。还有……地毛。于是不间断地流动来国内、外国的人，对富饶的草场开肠破肚，掘地三尺，致使这片草原遍体鳞伤。那位天才地创造和实践用兵奇术的窝阔台大帝，遗留给辉腾锡勒草原的兵器库，被那些常年遥想九十九眼泉的后人奉为圣地的兵器库，现已脱落为凄凉的土丘。兀然屹立于一片开阔之地的窝阔台大帝的点将台，又一神圣处所，也已没落。装载过奇迹般辉煌的点将台的正中，那个碗口粗细的圆孔里，老人们指出，曾经，高高地插着窝阔台大帝直指欧亚的大旗。

旧时雄姿，今已丧失殆尽。九十九眼泉，像一个传说，也像一面被风刮漏了的残败旗子。

"风干雨水，哭干泪水，土地的灾难哟，无处安葬。低矮的祖母哟，靠在毡房门上，向远处张望……"等待上天招引他们回轮、轮回的老人，斜垂胳膊，掌心里坐着小半碗清淡的奶茶，口齿不清不楚，迷迷怔怔哼唱。

从小见惯了这样沉昏的老人，听惯了他们忧戚的声音。我那时候以为，他们的那一点点力气一定是窝在脖子里。因为他们低头待着，听见动静，微微转动一下脖子，不抬头便知道我进来了。他们喊我的名字，为我倒一碗淡而薄的奶茶，把几粒炒米、一小片奶酪递给我，跟我说话。我听见的故事，在我长大以后，才有能力把它们串联起来，那些事情很久以后才在我心里显出一些眉目。

我很久以后才懂得了，草地的麻烦，非一日所积。

这之前，2001 年春节前，我匆匆回了一趟内蒙古老家。冰雪覆盖了大面积草场，救灾的人们输散进去，但许多牛羊和人，还是在远离城市的地方被埋葬了。我第一次看见大雪是黄颜色的。城市、乡村、牧区的人们，在那里欲哭无泪。以前，雪在地上，月亮在天上，天地清澈，万物明净，人们站在那样的月光下、雪地里，想干好事、想干坏事，都去干了，没有停下他们的脚步。现在，皑皑白雪已经变成黄颜色的了，自然界的因素没落无忌地滋溢，不知道越来越多出来的狂躁的人们会往哪里走。人们干好事或者干坏事，是不是会比以前心甘情愿，或者更加肆无忌惮、了然无有边界？

我在牧区看见一位走不动路的老人，头缩在棉袍里，错综复杂地看着抢险救灾的人们，嘴里念念有词。开始我以为他是说给人们，他死了多少羊。半天前他见到我，拉住我的胳膊说，姑娘，羊死了多少，可怜的羊。走过来走过去几趟，我终于听清了，他在念诵万物安详的经文。

今日草原，会念这种经文的人，没有几个了。

草地一天天败坏，虽然牧民拥有的牛羊多了，但是草地从他们身边滑落了，眼看着它们沉没，牧民的心凄楚如焚。大量开垦草地，且被开垦的大多是条件较好的山地草甸、草甸草原、典型草原及低地草甸；占用草地，挖矿、掘井、修路；农民每年成群结队流散于草原，搂扒地毛——就是发菜，被列入国家一级保护的一种可食用物种——连带地毛所依附、缠结的其他杂草的草根一同拔去；长期过

风沙的扩张带来了黄颜色的雪灾，这种景象只要想想都觉得可怕。自然秩序被改写以后，它就会一点一点地改写人们的生活，改写与人们的约定。白雪、明净的月光没有了，可以净化人心、可以约束人心的也没有了，作者忧虑深重：人类会不会更加肆无忌惮、了然无有边界？

虽然有对人们不断突破底线的担忧，但作者一直不肯放弃渺茫的希望，所以，在雪灾中她看到了一个念诵万物安详经文的老人。尽管，会念这种经文的人已经没有几个了。所有的美好和念想，是不是都会像九十九眼泉一样消失，成为一种传说?在风沙长驱南下的沉重现实面前,作者虚弱地支撑着对她所热爱的草原的微茫的希望:在北方吹来的风里感受到幸福，而不是风沙的苦涩。

度利用草地，建居民点、饮水点，放牧强度超出负载极限，并且过量养殖山羊，把草地和山冈上的最后一棵草连根吞食掉。他们的"有"，使他们更为沉重。

这一行为的结果，也即代价，是整个北方的草地，和草地上的各民族不得不因草地退化而改变生存方式，以及沙漠化逼近各民族珍重的生息之地。有这样一种思维模式和整理手段作为基础铺展，今日风沙厉袭实属自然。内蒙古草原的退化面积，现已达到4673万公顷，而且仍在以每年数十万公顷的速度退化、沙化。研究草原沙化问题的科学家说，内蒙古的天然草原大部分已到了"最后治理期限"。

20世纪70年代，全国土地沙化扩展速度为每年1560平方公里，80年代为每年2100平方公里，90年代的前五年达到每年2460平方公里，后五年则提高到每年3400平方公里。南方的城乡已经感受到了来自北方的风沙侵扰。

我曾在送给朋友的书里写过这样的话：愿你端坐在北方吹来的风里，愿你的眼睛里充满幸福。

但是，那样的风，和幸福，因为渗透了北方人的泪水，已模糊不清了。

源自北方的沙尘暴，无常肆虐，不顾人的意愿南下了。北方的风中，有了说不出的悲怆滋味。

那句题词只是一个诗意的念想，在强劲的风沙面前，单薄虚弱，不堪一击，我再不想提它。

总评

　　《荒原》是一个让人绝望的题目，黄沙漫天大举入侵人类的生活，让人喘不上气来。更为可怕的不是自然的荒原，而是人心也成了荒原。荒原意味着没有生命，没有生机，没有希望，荒原意味着绝望，但关于荒原的书写仅仅就是要呈现一种绝望吗？显然，这并不是作者写作此文的全部意图。在展现荒原之所以成为荒原的原因时，作者也没有忘了剖析人心的荒原，在痛苦挣扎之中，依然对荒原的未来抱以微弱的期待。这是一种深沉而复杂的情感。可以看出，作者在书写内蒙古的文字里，情感的复杂、纠结和深沉是一以贯之的。我们很难在冯秋子的文字里看到风花雪月，看到莺歌燕舞和吴侬软语，她的文字无一例外是沉重的，忧虑的，痛苦的。她所关注的，不是表面的欢欣和悲愁，而是人心皱褶地带的异变。这注定了她是沉重的，不是轻盈的。

　　在这篇文章里，作者从几个方面写风沙。首先写"我"小时候风沙的形态。那个年代的风沙里，人还能喘气，那个年代的风沙过后，人们还能过上几天好日子。这一部分详细描述了还是小姑娘的"我"如何在风沙天行走。在那样的风沙里，是风吹着沙，人们感受到的，首先是风的力量，那个年代的风沙里，沙的含量并没有后来的高。

　　第二部分，以数据展现沙进人退的现实，以对沙丘推进方式的详细描述，说明人为破坏草原植被后，草原荒漠化的势不可挡。这一部分从数据、从风沙的陆地推进和空中推进几个层面，为我们描绘了沙源全面扩大的可怕后果。从自然的荒漠化，进而写到人心的荒漠化，点出正是人的擅自改变自然属性，才导致了荒漠化进程的大幅度加快。

　　第三部分，从我驾车驶入风沙开始至对辉腾锡勒历史的描述，这部分围绕"拥有草原的人却不得不接受荒漠"这句话展开，以锡林郭勒和辉腾锡勒的今昔对比，从历史和人文的层面，展现自然生态恶化带来的后果：九十九眼泉没有了，森林、草原没有了，水草丰美的富足也没有了，而这些今天已经成为传说的过往，因为历史的辉煌而被记载下来，证明了它曾经真实存在的事实。从水草丰美到乱世丛里的敖包，再到逐渐包围过来的荒漠，这一部分再现了漫长人类历史上北方草原荒漠化的过程。

　　第四部分，作者是在复杂煎熬的心情下写下的文字。内蒙古的一场雪灾，雪居然是黄色的，这样的场景让人绝望。在痛苦绝望里作者不肯放弃希望，所以文章结尾，她才会"看见"一个为万物祈祷的老者，她才会不自信地希望从北方吹来的风里只有幸福没有沙。痛苦绝望过千百次后，依然对自己生长的那片土地怀着希望，带着不确定的希望痛苦，这是冯秋子这篇让人痛苦绝望的文字能感动人的重要原因。

　　散文写作贵在真情，一句很朴素直白的话语，真正能做到却不容易。《荒原》不矫饰、不逃避，难能可贵。

老人和琴

文中出现的马头琴，是理解这篇文章的关键。马头琴是蒙古族人喜爱的一种两弦的弦乐器，蒙古语称为"绰尔"。琴身木制，长约一米，有两根弦。共鸣箱呈梯形，声音圆润，低回婉转。相传有一牧人怀念死去的小马，取其腿骨为柱，头骨为筒，尾毛为弓弦，制成二弦琴，并按小马的模样雕刻了一个马头装在琴柄的顶部，因而得名。马头琴所演奏的乐曲，深沉粗犷而激昂，很能体现蒙古族生产、生活和草原风格。马头琴是适合演奏蒙古族长调的最好的乐器，它能准确地表达出蒙古人生活的特质，如：辽阔的草原，呼啸的狂风，悲伤的心情，奔腾的马蹄声，欢快的牧歌等。正因为马头琴包孕着蒙古人生活的特质，所以一幅蒙古老人拉马头琴的铜版画，，才会触动作者无边的乡愁。

这是一篇完全写内心情感波澜的短篇散文，思乡的情愫、流淌在血液里的蒙古人的情绪经由马头琴这个触发点猛烈爆发，情感浓烈而深沉。

064

铜制品和皮革制品，在蒙古人的日常用品中很常见。所以，一幅铜版画，只因为它的质地，就已经为作者营造了一份亲近感。

对画面的描写很有层次感，先是一个一个的局部，基本从上而下的顺序，然后是整体画面的色泽、风格，再到对凝固在画面里的琴声的想象描摹，哈达飘飞，琴声悠长，一切给作者指引出来的，是北方土地上一条回家的路。思乡，在目光投射到画面上的那一刹那就已经开始了。这是一段非常动人的文字，可以默读，可以诵读，每每读完，体会到的情感的层次都会有所不同。

蒙古老人凝结了作者关于家乡那片土地上蒙古人的所有想象，所以，老人一定是安宁持重得如土地一般，琴声里一定包含经岁月沉淀下来的感悟。思乡之情，已经不是一幅画的画面可以容纳得下了。于是，接下来的文字终于直接正面说到想念了。

这是一幅镂刻在铜版上的蒙古老人拉马头琴的图画。老人个头不算高大，身着草原牧人的日常服饰，半盘着腿坐在草地上，正沉浸在拉动马头琴所生发的乐曲声中。十几年前，我从北京潘家园旧货市场得到这幅铜版画，心满意足，一直悬挂在抬头就能看见的墙壁上。

这幅铜版画斜插在一个地摊的杂物中，我远远看见，朝着它走去。没有比它更合适的了，我获得的，进入到心里，不敢想象和指望它这样子真实地跟我回家。吉祥的云朵，野草茫茫，老人身着传统蒙古棉袍，细密的镶边，和老式牛皮靴上常见的人工缝制的祥云跨边，风中飘忽的随人经风沐雨的光荣战帽，还有结在马头琴颈的哈达，柔顺飘逸，随琴声的苍茫律动和拉琴人的凝重朴质互为补充，蒙古人天性中的浪漫柔情，从哈达轻盈、炫烂的舞动中传递出来。夕阳西下，牧羊归来，席地盘坐，满足的幸福和内心深处的孤独、庄重，使马头琴声自胸中悠然生起，琴声与干冽的草地、宁静远阔的天空、老人如静似动的神韵、帽顶起舞的缨带，浑然凝结，指示出回家的路那样，北方土地深埋的秘密严整而清远地昭示着。

蒙古老人的安宁持重，和土地厚存的简洁、深到一致；人的生活气息与自然万物的收放一致。马头琴连接起人和万物，把人对土地的认知与感触梳理成序曲，把人的念想和体悟渗漏成水渠，手指与日行千里的步伐，或急促舒缓、或强劲碎细、高低远近，娓娓地流淌，先是自己，后是他者，感染于琴，萌动湖海。

离开草原的人，听到马头琴声，就想念草原，想念父母双亲。即使没有琴声，马头琴的声息在心里回旋，在有知觉的每一个时间缝隙里，马头琴的声音总是流动，牵着生长于草原的大小人们的手。不管走到哪里，身处苦乐悲欢哪一种境况，琴声与你的脚步一道往前，你有东西在怀中，你揣抱着无限大的和无限小的，脚步乱不到哪里去，何况还有生长中的节奏做支持，长调歌子一支又一支蓄积在心里。

长调歌曲，因马头琴埋伏的性能方向而有传递的力量。这是蒙古人找到的抒发思想和情感的方法吗，马头琴和长调歌曲？

但是铜版画上，柔和单纯的情致里，犹存着面容中的寂然忧郁，触动琴弦，有声之处隐约浮现着无言之痛。这位长者是擅长消化悲喜的人，面孔上依然镂刻下曾经的悲壮、酷烈和罪孽之旅，烙印深进骨髓。

即使是倾听思念母亲的歌，如《鸿雁》，也是幸福与悲伤相并而生的。2011年最后一天，我跑回内蒙古匆匆看望了一下母亲和朋友们，飞机停下，迟迟没有打开舱门，人们等待走出飞机的时间，广播里响起《鸿雁》乐曲。我止不住流出眼泪。我别过头，藏起自己的脸孔，我知道那样的时候，没有道理站在众人群里流眼泪。大家一路同行，现在终于落地回到家乡，自然、放松和欣喜溢于言表，哪里是这种形状。而眼泪却是不管不顾悄悄地流，我悄悄地擦去它又悄悄流出来，怎样努力也是枉然。我心里着急，天哪，不能够这样啊……同志。

一个鸿雁来，两行眼泪情不自禁地出来。不光是我，远处还有一位也在悄悄擦拭眼睛。

我想到艺术和孩子，自然万物和灵魂，怎样就成了律条。做什么，不做什么；有什么，不有什么；

思乡，一定是有所附丽的。还有比父亲和母亲能更代表思乡之情的吗？所以，老人的面容里，有着父亲般的宽容和坦然，也有着母亲的忧郁。思乡至此，一幅画面如何能够？

于是，我终于匆匆跑回内蒙古了，在一年的最后一天里。

舱门打开，《鸿雁》响起，思乡的叠加已到达极致，眼泪不听话地流出就是自然而然的了。

《鸿雁》是一首源远流传的内蒙古乌拉特民歌，由著名音乐人吕燕卫填词制作，它是中国游牧民族歌曲的经典之作。它的旋律里有着浓郁的乡愁，诉说着成长的故事。在这首歌里，故乡成了每个人心里最柔软、最美好的缠绵。

想什么，不想什么，已在心里生根结存。收藏于家中的是有限的，但从中获得的东西与日俱增、无限地多。常常感念事物本身，它保存着悄默的气息和觉悟力，长久地在内心生长。

总评

这是一篇非常精彩的思乡之作。文章由马头琴始，至《鸿雁》到达高潮，而后戛然收篇于内心的独语，一千多字的篇幅里，非常清晰地描摹出了自己思乡之情由触发到浓烈，进而到不可遏制，终于踏上归乡之路的情感历程。文字凝练，情感饱满浓烈而有层次，是一篇值得反复朗读的散文佳作。

依据情感的发展，全文可分四个层次。

第一层，买画，触动乡情。对画面的仔细描绘其实是对自己思乡之情的一点点的释放，所以，描绘画面的文字里，有着很高的情感的浓度。文字虽然简洁，情感却非常动人。

第二层，由画想念起父母亲。拉马头琴的老人是作者思乡情绪的具体外化，老人脸上的神情，其实是在作者脑海里浮现了无数次的父亲的神情和母亲的神情，思乡的落脚点终于落在了家上。有父母在的地方就是家，故此，乡情就是思亲之情。由一幅画萌动的情绪越来越具体，越来越饱满起来。

第三层，按捺不住思乡之情，我终于搭乘飞机回家乡看望亲朋和母亲，一解思乡之痛。舱门打开，《鸿雁》响起，思乡之情近乎崩溃，远离妈妈和家的孩子的思念在这一刻到达高潮。眼泪流出，是思念的泪水，是孩子离家的委屈的泪水，是即刻见到亲人的感伤的泪水，也是高兴的泪水……泪水的成分很复杂，在这样一刻，唯有眼泪是最好的情感表达。

第四层，对自己情感爆发的检视和探究。想什么，不想什么，已在心里生根结存。有时候，人是需要依照自己的内心而活的。

全文情感发展层次清晰，每一层情感的来龙去脉都有清晰的交代。写乡情亲情的文字不少，但能写得凝练饱满没有废话的不多，《老人和琴》堪称经典。

草原上的农民

草原上的农民能做什么？在一般人的思维里，草原是和牧民相匹配的。但这篇文章里的郭四清，既不是传统意义上的在土地上劳作的农民，也不是一般意义上在草原上放牧的牧民。如果一定要找到他和草原的关系，那就是他是在草原上讨生活的人，比如搂地毛。20世纪最后二十来年，中国北方草原荒漠化情况非常严重，内蒙古的草原荒漠化情况尤其有代表性。除了自然条件的恶化，人为因素也是草原荒漠化的一大杀手。这篇文章所追踪的搂地毛就是人为导致草原荒漠化的一个重要原因。

作者以田野调查的形式，深入草原，持续跟踪采访对象，文章初成于2003年，2014年改定。以现在的流行概念来说，这是作者颠沛辗转后发现并且呈现的一次非虚构写作。在20世纪最后十年里，有一种观点引起了很多人的关注：21世纪是个纪实的时代。最近几年影响力非常大的非虚构写作，似乎正呼应着这个观点。人们开始转过头来，仔细打量和思考自己生活的结构、方式，应该说，这是人的进步，也是文学的进步。

发菜也就是地毛，和农民有什么关系？作家不吝笔墨，花费大段大段的文字来介绍发菜的营养价值，又和农民有什么直接的关系？在开篇大段大段的文字里，作者论证了发菜的高营养价值，论证了发菜的稀有，论证了发菜是种讨喜的菜，但这一切，究竟和农民有什么关系？

草原上，前面十几年，搂地毛的农民有很多。

搂地毛和搂发菜，是同一件事。内蒙古当地人，管生长在内蒙古中北部特定区域的一种稀有物种叫地毛；别的省市区的人们还有书面语，称它是发菜，源源不断运往南方的装地毛的塑料袋上也标注"发菜"的字样。

专业术语这样解释"地毛"或"发菜"：旱生蓝藻类低等物种。

地毛或发菜，营养价值高，味道鲜美，口感柔软、滑溜，是野生食用藻类。每一百克干发菜，内含蛋白质约二十克，约是鸡蛋的一点六倍，是牛肉的一点三倍左右，牛奶的七倍左右。它含有比较多的钙、磷等矿物元素及微量元素铁、锰、锌、铜、钴等元素，并含有多种氨基酸和丰富的碘、海胆酮、蓝藻素以及蓝藻叶黄素。中医认为，发菜性寒味甘，有利尿、化痰止咳、清热解毒、顺肠理肺和滋补健身的功效。常吃发菜，对于医治高血压、佝偻病、营养不良、慢性气管炎、内热结痰、甲状腺肿大和妇科病症多有助益。此外，发菜因与"发财"谐音，在南方的广东、港澳等地备受追捧，人们喜食发菜，以图日子适润、吉祥，生意兴旺、隆盛，发财致富、长胜不衰。而且又能在形象上、形式上低调、谦和与质朴，如发菜那样自然而然地生存不殆。这一物质生活和精神生活的强烈诉求，使发菜的需求量陡增，以至美国和一些西欧国家也对发菜产生了浓厚兴趣。发菜成了国际市场上的一匹黑色骏马，一路狂奔。内蒙古的汉族老乡皆说：一吨发菜实打实可以兑换"十五辆汽车"。

我按内蒙古当地人的说法，叫它地毛。

这个精贵东西，柔软而有刚性，铺展在内蒙古的荒野上，经风历雨，似乎很粗糙地生长着，实际是百般挑剔生长的地方。它多长在砂岩沉积物和风积物造就的红土裸地里，海拔1000至2800米高处，而且须是干旱、半干旱的一部分荒漠草原和荒漠地带，具有典型的大陆干旱性的气候条件。

地毛紧贴住潮湿的草滩和沙地生长，速度极其缓慢，天然产量非常低。在内蒙古草原，凡有地毛分布的区域，植被以旱生或真旱生多年生草本植物为主，草势低矮、稀疏，降水稀少，干燥度高，昼夜温差大，四季刀刻一般分明。内蒙古中北部地区，合乎地毛生长的基本条件，为适宜地毛求生之地。

地毛无根、无叶、无茎，呈黑色，幽光发亮，形如人发，丝网一般缠绕在其他植物的茎基或枯枝落叶等死地被植物的上面，是干旱、半干旱草原特有的一种混生苔草。

千百年来，地毛匍匐在北方的草地上，与北方的芸芸众生一起，聆听草地的声息，追随自然的召唤，动静自如，惬意、从容地顺应着上天，款留着行走于草地的灵敏的动物群落，与他们达成了休戚与共的默契。

地毛若是遭遇搬家，便是在土地被动物狂暴地践踏之后，或是在其他外力的作用下——比如风，它的身体发生断裂，脱离土地，被风搬运到别处，被动迁徙他乡，重新分布。地毛搬迁至何处，由风决定，风是地毛进行再分布，或者扩大分布范围的主要动力因素之一。如果没有天灾人祸的侵扰，草原上百草均衡生长，地毛能够随风而动，逐年扩大其分布的范围。

20世纪80年代初开始，持续二三十年时间，规模庞大的集团军式的农民，开进草地搜刮地毛，成

精贵的地毛铺展在内蒙古的荒野上，看似粗糙实则百般挑剔生长环境。对干旱、半干旱的环境要求，决定了地毛的稀有。在人们没有注意到它以前，地毛很安心地长在北方干旱的草地上，与芸芸众生一样，惬意而从容。地毛的散播，也是自然的随遇而安的，它把自己的未来交给了风。这就是草原上万物生长的内在秩序。在人们认识到地毛的价值前，地毛与草原都是顺应上天，共守休戚与共的默契。更值得注意的是"地毛"这个看似漫不经心粗俗的名字，其实已经暗含了地毛和草原之间唇齿相依的关系。地毛，土地的毛发，如果把土地的毛发都拔光了，土地还能成为原来的土地吗？地毛守护着土地，涵养着水土，也即涵养着人类赖以生存的生态系统。地毛之于草原、人类的重要性，远远不是发菜的营养价值所能相比的。

为另一种使地毛搬家的前所未有的强大动因。不同的是，风搬运地毛，是使地毛重新分布，自然进入"扩大再生产"的循环规律。被风带走的、断了骨节儿的地毛，一旦找到适宜的地方，便脚踏实地，坠落土地而后再生。人搬运地毛，是做彻底的分割，使地毛及与之相伴生的杂草、与土地割裂，阻断了地毛的生长可能，彻底消灭了、或者说剥夺了地毛这一草本植物的自然资源，并在同一时间，由此同一行为，对地毛赖以生存的土地造成根本性毁坏，直接导致北方草原的生态环境严重失衡、失序，并最终呈现无序的状态。

搂地毛，算不算一个自发的系统工程？有进入第一线搂的，有走村串户收购的，有固定地点加工、出售的，有不断上升的客户需求消费的……

采访搂地毛的农民的过程，我一直被他们处于底线的生存境况所困扰。贫穷与落后的现实，是那些参与或间接参与搂地毛的农民及他们的家庭深陷的沟壑，也使我的脚步沉重如铅，迈不出、绕不开这一残酷的壁垒。北方地区的农民，因贫穷、落后，日常生活、精神渴求和想望，受到自然条件和人文因素的严重制约。基本的生存、发展问题，长期困顿不前，当某一天，不得不去寻找个人的出路，他们会做何选择？真实情况摆在人们的眼跟前。

我想，贫穷和落后是不是万恶之源？贫穷和落后是否使沙漠化的进程加深了、加剧了？

我们不妨在这一思路里做些盘桓。

21世纪初启的两年，我跟踪采访内蒙古乌兰察布盟（后改为市）商都县一个乡的农民，对他们大规模开进草地搂地毛的行动和事件做社会调查。亲眼所见，土地日益沙漠化的现实是怎样地严酷和惨

然而，人类还是向涵养自身的地毛伸出了欲望的手。作者犹疑的是，贫穷和落后是沙漠化的恶之源吗？如果欲望只是最基本的生存要求时，谁能过多地指责挣扎于生存边缘的人？

烈，由此造成的草地退化的形势又是怎样日益紧迫，似乎再没有消极、迟缓和拖延的余地。这样的现实情景，对人们有限的生存空间造成了严重的威胁和挑战。处于这样的生存现实，好像无从谈及对美好生活的念想或者梦想，来不及构造一个人的精神生活，来不及发挥个人潜在的创造性，来不及舒缓而放松地做个甜美的、风和日丽的梦。因为在大规模沙漠化的趋势逼近下，人们节节后退。商都县农民郭四清的家乡，也有一大半土地沙化，没成家的年轻人已经走光，有家口的中年人纷纷举家迁移，能多远就多远，逃离开祖祖辈辈生长于斯、埋葬于斯的村庄。辽阔的内蒙古草原，常年经受风沙的侵袭，到处可见被掀出的脊梁骨。那些日见增多的沙丘，条条缕缕，割破了草原，形似一道道伤痕，在许许多多个昏黄的日子，不能自已地呜呜。

为了生活，为了有所收益，甚至获取暴利，人们选择了对地毛下手。

地毛是人的希望。地毛成为人们吃苦耐劳的理由。

风是为了什么而起呢？风由小而大，由大而无法无天，以至疯狂扫荡，打破常规、恣意妄为。

但是对地毛来说，风无论如何只是辅助性动因。真正的主因是人，人才是决定地毛生死存亡的根本性因素。人所处的决断的地位和形势，在人的生存条件、生存意欲和文明要求相互间不甚和谐时，他们的所作所为，常常表现出不加掩饰的、赤裸裸的欲望和急功近利的野蛮粗暴形态。人对地球的无序开发，便是明证。这股邪性力量侵扰、裹挟着草原，日益地把草原推向了没落和毁灭的边缘。其他的，比如风，会因人而改变习性，改变它们对地球的态

南方富人与发菜，北方农民与地毛，两组关系组成一组反差鲜明的关系，这组关系耐人寻味，却不能轻易去指责任何人。作者在这里的文字是复杂纠结的，因为作者的情感是复杂而矛盾的。人能决定地毛的生死存亡，那么谁能决定人的贫穷富裕生死存亡呢？能简单地把责任归之于任何一个个体吗？

度和姿势。这一点，不是那个叫郭四清的农民做或
不做搂地毛的事情，就能够改变的。

我只是被郭四清打动，想看见个人的真实世界。
想看见 20 世纪末、21 世纪初，风沙下的某个人生存
的理由和方式。想知道进到草原的农民，跟草地的
深重关系曾经有过什么样的格局，是怎样建立、又
怎样呈现的。

我想从客观的、人的角度进去，见识和思量一
些真实存在的东西，如果走出来的时候，还能保持
客观的、人的形状，再好不过，我希望。

客观呈现，往往比武断的批判更有力量。于是，就有了郭四清。

回内蒙古，我想找一个人。就是郭四清。

介绍我找郭四清的人，是跟我这么介绍郭四清
的：

"我给你说不上个甚，也不能说个甚。你看看那
个二不愣去哇，看他给不给你说。那是个人物。"

我问他，你说的"人物"，是什么意思。

他说，敢说敢做，没怕的，打起架来不要命，
外号叫个二不愣。

在内蒙古汉族居住区域，很多男性被称作"二
不愣"。这是一个广泛的、对不怕死、不惜命的男子
的称谓，就像我们旗，喊叫有点莽撞的男子和女子
为"愣道尔吉"一样，是没有恶意、但有浩浩荡荡
之感的一种称号或者标识。所以"二不愣"特别多，
如我们旗的"愣道尔吉"特别多一个道理。

2001 年 5 月 3 日，我在乌兰察布盟所辖的商都
县一个村庄，问询到郭四清的家。郭四清的两间土
坯房子，堵着窗帘，上着锁，久无人烟的冷僻样子。
院里靠墙的地方，滋长了几根孤零零的灰灰菜。从
叶片片到根茎，挂牵着零敲碎打的、灰白色的蜘蛛

网络。

　　隔一堵院墙，就是郭四清的父母家。郭家老人居住一堂一屋两间低矮的泥土房。外间贴墙那里，堆聚了七七八八的杂物和农具，几口黑瓷大缸上架着木板，木板上摞着大大小小的纸箱，黑暗阴凉。里间屋住人，一盘大炕上铺了两块接不住缝儿的烂炕席。炕头那里坐着一位棱角分明的老汉，他相貌温和，正抽吸着烟袋锅。看起来比老汉苍老不下十岁的妇女，是郭四清的母亲，她正窝在灶坑那里，费力地呼嗒风箱，在烧一锅开水。

　　郭老汉说，二小子郭四清外出打工两年多了，人不在本村。

　　他反过手，从炕席底下抽出一张从田字格作业本上撕下来的纸。

　　是郭四清留给父母的下落地点？

　　郭老汉说，是郭四清的地点。

　　他说，字写得丑，你甭见笑。你看一下，知道个大概方向。

　　我跨上腿，坐在后炕沿上，跟郭家二老聊起家常。

　　是郭老汉三小子的儿子，小家伙去了一趟郭四清那儿，老汉指拨他，这回逛了城市，长短得写个作文。小东西不给写作文，一回回推脱，老汉不饶过，"小的儿"写了这么一行字交给郭老汉顶作文。

　　郭老汉说："找郭四清，你得去白音察干。"

　　郭四清的母亲硬让我喝一碗水再动身。她说，不喝水不能行。哪有不喝一碗水就动身这种道理。

　　抄下这个没有街道、门牌，只有"汽车站东刘二铁匠房后过马路再往东一拐左面大院里小南房"的联络地址，喝下一大瓷碗郭四清的母亲为我搅拌

郭四清的家和父母的家，冷清简陋里为农民去搂地毛做了铺垫。关于郭四清的描写，很有些"人未出场笑先闻"的意思，诚实朴素的文字里深藏着作家谋篇布局的苦心。

均匀的白糖水，我驱车赶往乌兰察布盟察哈尔右翼后旗的旗所在地白音察干。费了些周折，到太阳快要落下去时，找到了那个"小南房"。

郭四清不在家。

他妻子说，郭四清还在外头劳动。我提出，去郭四清劳动的现场看一看。她说我的车进不去那条沟。一定要去，她领我，走路去看郭四清劳动的"沟底"。她说，说不定走到半路能碰上。

果然出城不久，遇见郭四清了。

郭四清开动一辆农用小四轮，从距离白音察干七八里、洪水冲刷出的一条沟里，正往旗里行驶。车厢装满沙子，上面插着一把大铁锨。小股细沙不时地从铁皮车厢边缘的缝隙流泻到马路上。

这位男子穿戴简陋，像庄稼地里插的木头人，套衣裹裳，是长一截里儿、短一截面儿，搭挂起来看，没有一件衣裳的年头不长。他身上，隐隐地留存着过去的印记，不仅仅层层叠叠、零零落落的衣裳是过去年代的，人的神志，也有跟过去纠扯不清的既简单虚浮又复杂深远的东西。

风一吹，男子的衣裤掀向后边，跟他一心一意想往前方开拔自己、开拔那台小四轮机器，反着方向。声音也是两种，农用小四轮的突突声，和兜风的衣裤奋力的抖擞声，在空旷的道路上呼呼啦啦地呱嗒。而他高大的身躯和衣裳一样，也在风中颠簸，描画着另外一些形状和模样。

我注意到，郭四清是黄眼珠，高鼻梁，高眼眶骨，还有一对大耳朵。大约他的家族有北方哪个少数民族的遗血。在这里，不到一定的熟悉程度，不便问询这个问题。但我和他年龄相差无几，不似对老年人，不可以造次；加之我是内蒙古人，他不介意我怎样想。我想的是，他是汉族人。

郭四清说：我们就是汉人。

郭四清给一个建筑工地拉沙子。

我随郭四清的妻子，跳上他的小四轮，两条腿旋即被车斗子里的细沙裹住、埋死。

虽然已进深秋，包工头还没有给郭四清结算今年大半年的工钱。他托亲戚跟包工头斡旋，包工头最后同意预支他的柴油费，将来，这部分钱从工钱里扣除，至于工钱何时结算，包工头说"年底看啦"。我问郭四清，今年这半年多时间，使用柴油，一共花费了多少钱？他说半年多已经花销了两千多块。别的生活开销有多少？他说不吃个什么，就是水电和烧的煤炭这些费钱。亲戚他们帮了不少。面哩，从老家带出来，肉啦菜啦，亲戚给一些，一年再买个一回两回，就可以了（后来，郭四清跟他妻子劳花多次对我说起，郭四清的亲戚经常接济他们吃的用的，现在家里头使唤的零七碎八用具，也是从亲戚家拿过来的。孩子们在城里上学，是亲戚的二女子托人办理的。这辆小四轮，是亲戚家的孩子们七凑八凑"帮衬"买下来的，等他们将来有了钱再慢慢还上）。

小四轮在土路上颠达，老有要翻倒的惊险时刻出现。我不敢和郭四清多说话，怕有风他听不清，分散注意力，路面发生危险情况时看不着，真的把车翻倒。

与郭四清交谈几次以后，我发现，他的记忆力严重受损。一般情况下，问一句答一句，话少，用的词语也少。问他那次出去遇见什么事情，比如天灾人祸？他说"没有"。遇见没遇见大雪？他说"有了"。前后矛盾。而且错着位的时候也比较多。于是

神志游移的郭四清，记忆力也严重受损。郭四清这个人从外貌到精神状态逐渐清晰了起来。关于郭四清的打架，看似闲笔，实则深层次地交代了郭四清的精神状态。在作家和他的对话里，只有打架，他是清晰的，语调也干净利落。一旦触及身心困顿、深陷麻烦的话题，他就会两眼失神，神不守舍。造成郭四清这种精神状态的，到底是生理上的承受超

过了极限所引起的，还是心理上下意识的逃避？

我们常就一个问题反复交谈，有时候能理清思路，有时候怎样努力也是枉然。但是很快，也许歇息了一晚以后，他又重新回到模糊状况。

不过，偶尔，郭四清也会沿着单一线条走进回忆。那时候，他显得和缓、安静，脸上分布着笑容。他慢慢地在自己的思路上行走，把一件事情讲述得比较清楚。接触时间长了，我把握到一点规律，每当讲到当初身心困顿、深陷麻烦的时候，他的意识就会混乱，两眼散失光亮，整个儿人看起来离心别意，神不守舍。那种情况下和他说话，他只用一两个词，算作一句话，然后坐成一个墩儿，干不剌咧地待着，谈话很难往下进行。

郭四清确实是个少言寡语的人。他讲，以往，他打的架比说的话多。自从一架打断人家鼻梁骨，赔了一只老母鸡，他送过去；赔了二百六十块钱，他父母一搭儿送到人家里，一回、一回让人家父母亲数落，又听自己的父母亲数落了个够，他觉得"啥事情嘛，这是个，真没意思"，于是就不想再打架。不过打架已经打出了名，远近村子的人们，习惯上还是怕他说不对付就会上手。的确有过，他是用手和脚"说话"。那时，郭四清好说：不行？不行咱们打得看，高低上下，打个结果出来。他总能把别人打到对他表示服帖为止。

郭四清谈论起打架的话题，语调干净、利落，显出北方常见的横、狠的"淘气英雄"的本色。

他笑说，一搭儿去搂地毛的人，轻易不招惹他。一说，人家二不愣咋的、咋的……没人敢欺负他。

那一天，对打架的话题叙谈了很久。

隔天再聊，是什么季节出发，去了什么地方，怎么样一个过程，他说："哎呀，想不起来了。"

我说，你再遇到着急上火的事，会不会动手打架？

他说，不。不愿意打架。现在脾气没了。

有几次，我和他妻子劳花聊天，劳花告诉我，头天晚上郭四清接受完我的采访，回去以后不睡，又和她讲了好多那些年月的事。劳花对我说了她能记住的一部分。但等我再和郭四清面对面交谈时，郭四清说："哎呀，没个甚哇，想不起来了。"仅仅隔了一天，他就想不起来了，又跟原先一样，问一句答一句，而且常常答非所问。为了采访能够继续下去，我改变了一点方式，先和郭四清的妻子劳花聊，再和郭四清聊。带着从劳花那儿听到的点点滴滴，摘要处理以后，请郭四清回忆，从他讲述的事情里面再作追究。采访虽然断断续续的，总算得以进行。我相信，他不是因为顾忌什么而有所保留，是确实记不住那些过往的事情了。

劳花告诉我，郭四清的头痛病、腰痛病就是那些年月落下了病根。他一年四季喊叫头疼、腰疼、腿关节痛。睡在热炕头，感觉稍微舒服一些，但不解决根本问题。随着年龄增长，疼痛越发严重起来。如果有一点着凉，情形就会变得更糟。郭四清的肠胃也损坏了，见到小孩拉屎，他肚里的东西就往上翻，没完没了呕吐。还有记性不好，也是那些年给生生地吓出来的。原来不是这样，那时候在村里，郭四清学习功课正经比他哥哥强。他哥哥郭子义是他们家唯一的高中毕业生。郭子义受的苦少，所以能上完高中；郭四清上到高一，就不去学校了，他去了草地。一趟又一趟进去草地，落下病根，好身体没有了，好记性没有了……

劳花说："真格是患得患失。唉，哪个多、哪

郭四清的损伤的确不仅是精神上，身体也受到了巨大的折磨，而这一切都是为了搂地毛，更准确地说，是为了困顿中的生存。

个少？人穷没法办，穷人没办法。"

2001 年 10 月 2 日，内蒙古察哈尔草原，降温，下雪。

时隔 5 个月，我又回到内蒙古。

晚上 8 点多，如约去见农民工郭四清。郭四清收工不久，刚吃罢晚饭。一个大一点儿的女孩和一个小一点的男孩正趴住炕沿写家庭作业。灶台根儿，一只低矮的烧火板凳上，坐着郭四清的妻子劳花。她从烧火板凳上站起，过意不去地笑一笑，说："你们坐哪里呀？"郭四清在一旁搓手，很不好意思，跟着笑。没地方坐，也不便打扰小孩子写作业，我和郭四清出去，坐在院子里随手捡起的砖头上说话。以后又有几次，是去路旁的小吃店，或者去他的亲戚家，聊过去的日子，郭四清记忆中进草原搂地毛的事情。

随后几天的采访也在傍晚进行，在郭四清收工以后，就是郭四清说的"认灯"以后——郭四清管天黑了，电灯亮了，叫作"认灯"。他说，过去点煤油灯，叫惯"认灯"了，现在还是"认灯""认灯"的。其实电灯跟人没啥亲近的关系，不像煤油灯，得"认"它，"认"了它才能亮。"认，不是去点一下灯这么一个动作上的事，不全是。"他努力地捕捉"认灯"的含义或者含量。他们家的煤油灯，是他哥哥用完的墨水瓶做的，再往前，是他爹用完的墨水瓶做的，再往前，是个铜油壶……他们家用过的煤油灯多了，他能记住的是这三种灯壶壶。灯台是那把铜的、高的，郭四清父亲小时候就用这把灯台。

我想象，很早、很早以前，煤油灯亮起，郭四清一家人守着墨水瓶做成的煤油灯，由高高的铜质墩座、向上的铜柄杆儿、小孩巴掌心大的铜头托儿，

认灯一节，是这篇文章里唯一的亮色。人生初期，每个人都会在心里怀揣明亮的希望，至于清明的希望会坠落成迷离恍惚的郭四清，则是当初谁也不曾料想的。在命运的拨弄里，人究竟能在多大程度上左右自己的未来？作家悲悯，却也没有答案。有时，呈现就是答案。

架起的那盏黑暗中的灯。大大小小人们的脸面上，定是清明而寂静的。那时，全家人操劳完，闲下手，坐在煤油灯周围，有一句没一句说着话，眼睛盯住煤油灯，一齐聚集在那儿，灯明心亮的地方。看不够，想不够。日久天长，把煤油灯看进脑子里头，看进心里头，在心里头的心里头，就是灵魂里头，认住了它、认下了它，互相谁也跑不脱，谁也不想真的去跑脱，使煤油灯成了他们摘除不开的一部分，他们成了煤油灯那个曾经的好东西的见证人。

像饥饿的经历，在中国人心里形成根深蒂固的记忆一样？

聊到天完全黑，大约 22 点以后，不能再占郭四清的时间了，于是采访停止。郭四清该回家歇息，攒够力气第二天赶清早出工。等郭四清回家的劳花和孩子们也该歇息了。

郭四清，1964 年出生，祖籍山西省天镇县，能数上来的一代又一代老辈人都是读书、教书的。祖父为躲避日本人在 1937 年 9 月 12 日起连续三天对天镇屠城，从天镇城的血海死尸里钻出来，逃亡到"口外"，定居内蒙古乌兰察布盟商都县——今乌兰察布市商都县。郭四清的父亲知书达理，在村里享有很高名望。母亲是山西省阳高县人，因为战乱和穷困，随整个村庄移民口外。母亲兄弟姐妹四个，都在这个村庄里扎了根，因而郭四清的兄弟姊妹拥有众多的表兄弟、表姊妹，走不出十步就能碰到一个。父亲这一脉，相比照，显得微弱单薄一些。郭四清行二，出生时，正有"四清"工作队进村，母亲抓拿住"四清"这个新词再没松手，她执意为襁褓中的男孩命名为"四清"。她说，这个家族到了他

无论是母亲的命名还是给郭四清爷爷迁坟，都进一步说明，郭四清的一家子，是地地道道在土地上挣命的普通农民。普通农民希望改变自己的命运，就用了他们自己以为有用的方式。千千万万个家庭就像郭四清的家庭一样，没有更强大的能力改变自己命运，只有自我安慰式的折腾而已。这是草原上普通人命运的实录，也是悲音。

们这一支才开始多子，读书人家人轻命薄，如果继续听从丈夫，起那些没用的名字，他们家以后指望不上兴旺发达……郭四清的母亲遂夺取了子女的命名权。她的丈夫吭哧半天保留住他们的长子，即郭四清前面的老大，沿用他起的名字"子义"——郭子义；从老二开始，改路数了，掀起夺天统地的变革，便有了叫作"四清""文革""进联"的男孩，和叫作"改变""丽缎"的女孩……

郭四清说，其实，他们家结束世代单传，生下一大堆娃娃们，是听了风水先生的指点，把郭四清爷爷的坟自山西老家天镇县移葬到内蒙古商都县，一处背靠青山、面临麦田和羊肠大道的山坡上。但是，郭四清母亲认为，是她为孩子们搜寻出来的好名字，起了实际作用。

郭四清从 1981 年、十七岁上，与同村以及邻近村庄的农民结伴，开始搂地毛。此后十七八年间，每年的早春、深秋、初冬大季，野草枯萎，墨绿色的地毛（发菜）显露出来的时节，他们开进戈壁荒原，把搂地毛这件事当成具有一定专业知识和专业技能的职业，然后又进一步，把搂地毛当作"一头犟牛也拉不回来"的执着事业。

在深草地里，他们用特制的钢丝耙子边找边扒，把地毛，连同草叶、茅根一起"抓拿"回来。每一次向北行进、开往草地，随行二三百人，有时候三四百人，分乘两三辆、三四辆、四五辆不等的解放牌大卡车。平均一年进入草地十七八次。以郭四清不算太长、也不算太短这样一位个体行为人的经历，他搂地毛的时间长达"十七八年"（郭四清计算了好几次，都告诉我这个数字）。从少年、青年、单身汉，搂到结婚、生子，搂到两个孩子上了学。郭四清和媳妇劳花一致认为，两个孩子，是靠他们卖地毛养大的。

按郭四清讲的，二十亩草地可以净搂一市斤地毛的比例计算，他去一趟草地，平均搂到五斤地毛（郭四清说七八斤、十来斤也有过。这里暂作低估），郭四清一人共搂十七年（他讲是十七八年，姑且按十七年计），一年平均去十五趟（他讲是十七八趟，有时一年去二十来趟，但早先有过一年去五六趟、七八趟的记录），保守估算，青年农民郭四清一人，大约耙搂了二万五千五百亩草地。而这一支二三百人、三四百人的队伍，那些年耙搂了多少亩草地呢？如果按二百人计算，每年、每人进草地十五次，一次搂五斤，约耙搂、毁损草地五百一十万亩；如果是三百人的队伍，约毁损草地七百六十五万亩；如果是四百人的队伍，约毁损草地一千〇二十万亩。这是一些较为保守的数字，取了真实存在的最低计算值。

进入新时期以后的二三十年中，在郭四清居住的村庄以外，又有多少支像郭四清他们这样搂地毛、也即搂发菜的队伍呢？加上别的盟——现在改盟制为市，别的省，此类情势甚为突出的比如宁夏，每年宁夏回族自治区无固定收入的二十万人马，进入内蒙古地界采集地毛。这些结集自宁夏四面八方的队伍，多年来实施地毯式扒搂、扫荡的草地又是多少呢？

20世纪90年代中"发菜"烘热时期，仅在宁夏同心县，发菜交易量每年达到三百至四百吨，交易额在六千至八千万元人民币。1998年中央政府实施西部大开发战略以后，国家明令禁止野生发菜的采集和交易，宁夏同心县发菜交易市场——这个中国

文章采用了纪录片的剪辑方式，作者的叙述就是拍摄的镜头，人物的讲述和背景的分析穿插结合，在客观的呈现中完成主题的表达。这是社会话题类题材常用的结构方式。

郭四清们的搂地毛队伍都付出了非常大的身体的代价，土地的代价，作者在这里粗略推演了一个数据，呈现的是一个非常残酷和惨烈的草地荒漠化的现实。

人——地毛——土地——人，一个恶性循环，遭受最后的恶果的依然是人，为了摆脱贫困，结果是沦陷到更彻底的贫困，谁之过？客观呈现和冷静的数据推演中，问题的提出也就水到渠成了。

唯一的发菜集散地被取缔了。在国家取消贸易、禁止采购的高压政策发布以后，发菜的交易似乎消失了，但是在流通领域里，黑市交易依然存在，而且方式更加灵活多样。仍以宁夏的同心县为例，过去红火一时的发菜集市贸易表面上看是被取缔了，但是在隐蔽中，收购和销售发菜的交易从未停止。2003年，采集发菜又掀起新一轮高潮。

郭四清居住的村庄和相邻的四五个村庄，结集去到北部草原搂地毛的二三百人、三四百人，均是青年和中年人，即使年长一点的、不超过五十岁。他们每年都去，每家都有人去，而且去过的人，回回再去的时候不落下，除非发生了极为特殊的情况，这次去不成，下回也一定相跟上向北开进的队伍。所以，称搂地毛是轰轰烈烈的事业，是因为有全套映衬它的事实。

人，就是这些个人。但是这些个人，只面向一种东西，就是草原上的地毛。

郭四清家兄弟四人，只有老四和郭四清的父亲没有从事过搂地毛这种事业。父亲没去搂地毛，是因患有严重的陈年腰腿疼病，没法去；在他有力气的年月，尚未时兴这样一条发财致富的路径。老四没去是因为年幼，他的三个兄长都去，也就把小的饶过了。郭四清是郭家去草地次数最多的愣小子，因为郭四清"急活"（灵活）、肯下力，耐得了苦寒。

一年中，出行的次数，视天气和人的状况而定。郭四清讲，有时一年能去二十来次，有时一年去十五六次。头一二年去五六趟、七八趟，那是因为不能适应草地的生活，吃不下苦，以后就没有过这种情况了。这种因吃不下苦而放弃生路、放弃发财的

搂地毛和荒漠化？郭四清们管不了，这个问题不在他们的思考能力范围内。对于他们来说，吃不了搂地毛的苦而放弃发财的机会，对于一个男人来说，不是好记录。

机会，对一个男人来说，不是一个好记录。郭四清向我解释，男人们都是把力气使出去，没啥意外的话不会停下。

"停下算咋回事嘛？'停下'这种改变生活的营生，不算好事哇。不说别的，单就面皮上，挂不住，让人笑话死了。"

每次在草地坚持待十天左右。十天，是一个极限。不到万不得已，不超过十天。一过十天，天不作乱，人自己就出问题了。抵抗不住没明没夜的生活，身体脱水、发烧的，打哆嗦、说胡话的，过敏、溃疡、烂胳膊烂腿的，饿死、胀死的，精神突然崩溃发了疯的，被草原站和牧民抓住以后打伤的，趟下腰腿疼起不来的，饿得没东西填塞肚子昏死过去的……每回去，每回有意外情况出现。赶上谁，谁都跑不了。不是一个人两个人遇到的麻烦，像饥饿，北上搂地毛的人几乎都面临这个问题，饿得一步走不动。走不动，就回不了家。回不了家，你说，什么结局？

郭四清帮着埋过好几个老乡，都埋在草原上了。返家以后，通知死者家属，搭帮结伙去做了记号的那片草地，挖出临时掩埋的死者，运回旧土故乡，重新安葬。

谁家死下人，谁家的人哭塌天。

在郭四清的记忆里，最长的一次，他们在草地耽搁了十四天。

一般情况下，郭四清他们这支队伍，是向西北，去乌兰察布盟四子王旗的乌兰锡勒，还去正西北方向的西苏旗、东苏旗（即西乌珠穆沁旗、东乌珠穆沁旗。两个苏旗原归属乌兰察布盟，十几年前划归锡林郭勒盟）。

面皮上挂不住，遭人笑话。谁能强求尚在解决温饱的郭四清们思考荒漠化问题？

搂地毛是挑战人体极限的苦力活，除了身体遭受各种病痛折磨，还时常要付出生命代价。郭四清就在搂地毛的草原上埋过好几个同去的老乡。

郭四清和他的老乡，跨上解放牌大卡车，超高、超载，被运输进深草地。

乘车的众人，一起出资，雇佣这些敞篷车辆。一个人来回一趟交七十块、八十块或者更多，车费随地毛的价格涨落。地毛贵，来回乘坐一趟就花得多，最贵的一次，每一个搭乘的老乡出资一百八十块。上路以前，把来回的车钱一并地提早交给司机。这个司机名叫张秉忠，专做包租车生意。他熟悉草地的地理、气候、牧民、草情，就像熟悉他喜欢的女人。张秉忠话不多，动作小，说合个啥事情比较痛快，一般人赶不上他那股劲。无论什么事，张秉忠都知道，迎风的西坡上生长的地毛多，除了原生的，还有随风吹落过来再生的；背风的东坡上地毛稀少，或者根本不长地毛。哪块草地有地毛，哪块草地是干板，他开着车，远远儿瞅一眼，就能知道。至于草地里头更深的学问，他的精通程度，经常让人惊奇得回不过神来。大多数事吧，他一讲，总能八九不离十。张秉忠的能耐，四邻八乡，尽人皆知。"他顶一个向导"。

出发前，郭四清他们跟张秉忠讲好，哪天返回，张秉忠到约定的时间，准时赶到草地去接人。接了人，连夜南下，长途跋涉运送人们返家。之后，张秉忠再去别的草地接送别的一些村子集合起来的搂地毛的队伍。来来回回，不分白明黑夜，一年里不知道要跑多少趟。比起郭四清他们，司机张秉忠更忙、更累，责任更大，当然挣得钱也更多。张秉忠是远近村庄里最富有的人。他家养的汽车，由早先的一辆，发展到两辆，又由两辆发展到后来的三辆。在郭四清眼里，张秉忠算是汽车专业运输大户，是个厉害的人。

张秉忠的车队赶到远天远地的草原，和郭四清他们一干人碰面。若是在太阳高照时，在外十余天、担惊受怕、苦寒难耐的人们，迎见张秉忠的车队以后，还需要拿出耐心，车队和搂地毛的人们，分散隐蔽起来，继续等待一个合适的上路时机。为了安全，人们相互之间保持着高度的默契。

寒冷时节，天黑得早，张秉忠会把车先藏到低凹处隐蔽起来，等到天傍黑、下午四点钟左右，把车开到几里以外、人们聚合的地点。每个人都装进敞篷车厢了，张秉忠把几辆大车快速检视一遍，超载的大车得到指令：走狗日的哇。他们狂奔疾走一黑夜，第二天早上八九点钟、太阳刚刚升起时，能赶到家。天气暖和以后，白天长、黑夜短，上路既不能早、也不能晚，赶天擦黑的时候动身，也得到晚上九点或十点钟了。

而白天"万万不敢冒险走动"。白天很容易碰到牧民，或者是草原站的人。

万一真的碰到了，牧民或者草原站的人骑马、开车追赶他们，"硬是往下拦截我们，到手的地毛就全被没收了"。功亏一篑，万万使不得。来的时候，他们带着十几天里吃用的东西，返回的时候，全部的家当就剩一点地毛了。来的时候，是偷偷摸摸地集体潜伏进来；回的时候，是偷偷摸摸地全线逃跑，仅只为了"这些些儿地毛"。

进草地的时候，郭四清他们，每人攥握一把钢丝大耙。齐刷刷的、银光闪闪的大耙子，由百十几根钢丝钳木扎成，头朝上，树立在男人们的身跟前、头顶上。跟一把古老的战器一般样子，或者它就是一面钢丝盾牌，高高地矗立在解放牌大卡车的车厢上空，在风驰电掣的前进中，发出哗哗啦啦的含蓄

展现搂地毛的组织、行动方式、工具以及搂地毛的艰苦生存条件。

乐音，有时擦出短促、尖锐的和声。乍一看，威严肃穆，有给掌控它们的男子汉提气壮胆那么一点意思。其实是没别的放处、没别的放法，耙子竖立于身跟前，耙头伸到清凉的高空，由各自的主人控制着，不歪、不倒、不碰到他人。再者，耙子贴身直立，占据的空间少，在严重超载的卡车上，这是最简捷的办法。卡车的目标大，车上的人，和他们手里的耙子，把什么都告诉别人了。也就是说，这样的解放牌大卡车，和这样一车、一车脸色表情单纯执着的人，没有什么能够把守住的秘密。

而一旦结束此行的搂扒重任，手里的耙子就成了第一没用的东西。耙子的个头高得超过人，它的重量大，目标自然也大，带着耙子回家，没有任何可能。敞篷车厢里没有耙子落脚的地方，一条细丝丝缝也没给耙子剩留，这是一；二呢，不能允许高大威猛、招摇过市的耙子把人和大车暴露无遗。但是从内心说，谁也舍不得丢弃自己的劳动工具，何况他们亲手制造了它，尽着力往好了做，花在它身上的钱每一分都得来不易。可怜的耙子，倒霉的伙计，让人心生疼痛的宝贝圪蛋子。唉，这是"耙子的命"。再好一个东西，它短命，没得办法。用完了，就跟人生离死别，惨落风沙雨雪中，或者惨落敌手。

告别耙子，容易，也不容易。但是，没有犹疑，每个人做了他们能够做的。和牢牢拖曳的、装地毛的编织袋相比，和作为人的他们相比，耙子是唯一能被丢弃的东西。

他们动手做出耙子。每个准备出远门、进草地的人，都精心地编制一把得心应手、质量尚佳的钢丝大耙子。这需要投入一些财力、物力和人力，对生活艰辛的他们，出力不在话下，生往出拽钱，有点难度。但为了将有的收获，耗费在耙子上的那些花销，没有一户人家、一个出行者为之犹豫。老人们肯说，"是不是个好皮匠，还得看有没有一个好抓杖（工具）"。绝对是，必须的。耙子不得劲，就是睁眼瞎，白跟着时间瞎颠达哩。没有一把好耙子，搂地毛的动力就攒不齐。用郭四清的话说，跟别人吃的是一样的苦，你耙子不行，搂不下甚东西，耙子底下不出营生，命都快搭上了，苦得不值。

郭四清他们手里的耙子，已经更新换代好几次了。一开始做的是小耙子，头部有一尺宽。后来小耙子不适应了，换成大耙子，头部有一米大，齐刷刷的，人人都做了这种大耙子。现在他们手里拿的是第三茬，头部更大了，在草里一铺展开，下一耙子顶一耙子。但耙头过大，搂的时候颠头拈肚，稳定性欠缺，人们琢磨出，在耙头上绑压一个重物，于是布袋子成了每个远行者的必备物件。他们的女人或者母亲，在他们出行前已为他们缝制好一个结实的布袋。在草地里，动耙子前，各自往布袋里装二十来斤土，人拉着耙子往前走，有扎得紧紧的、有分量的布袋压在耙头上起到稳定的作用，如此，耙子就能下得深，凡耙子到过之处，地毛基本上没跑漏的，连给地毛提供倚伴浮生的其他杂类草，也跟随地毛、跟随这个钢木结构的巨型多齿排叉，被"摧枯拉朽"了，剥离了土地，滚滚而去。

当人疲累了，放下耙子，粗略挑拣一番以后，大部分杂草随风消逝，一小部分杂草跟随地毛被塞进随身携带的编织袋。

郭四清第一次跟村里人结伴出拔，年岁不大，心思也粗浅，就想能帮上他的爹妈，能给家里搭把

搂地毛的重要工具——耙子，耙子在更新换代，搂地毛的营生热火朝天，与此相应的，是草地在荒漠化道路上、人在贫穷道路上的越走越远。

手。他们那次结集了四十多人，去了西苏旗地片。那时候相关部门对搂地毛的人和事盘查不严，郭四清他们一干人马下了火车，说说笑笑，敢在白天走路，有人还敢放声唱两句蛮汉调调，流行于乌兰察布盟地区的爬山情歌，比如"二斤黑豆十五斤草，我眊亲亲哪阵好""走了一黑夜耍了半黑夜水，不为眊你不受这些罪""想妹妹想得睡不着觉，嘴唇上烤起个大燎泡""刮一股大风过一回云，见一个走路的问一声""打开窗子瞭蓝天，你可把妹妹聊了个远""眊见大路上一伙人，直往前走来不进村"……被争先恐后地唱出。谁有山野歌子，都不会藏在肚子里不让它出来放放风，见见光，跑跑场。歌声被草地里散落的黑金丝线——地毛切断。离车站四五十里地，就有地毛，众人扔下歌子迅速行动，就在那里铺展开家伙，掀动手脚，搂那些如同金子一般在他们眼前、在他们心里闪闪跳跃的地毛。

那以后，从没间断过进草地。每次出远门，身上背负很重，两只皮毛腿套，一件棉腰子一瓶治感冒的药，一瓶治拉肚子的药，一瓶止痛药，二十大几斤其他食物，六七十个白面饼子——一个白面饼子三两大，一天吃两顿，每顿吃三几个，不敢多吃。郭四清跟同伴都带这么些，一是怕早早吃完断了口粮；再一个，因为睡的是湿地皮，吃多了睡在凉地坑里怕患染胃病。另外，再少带一点生面和食盐，心细的人捎带一点素油。没蔬菜，去哪儿找蔬菜呢？想买没处买。还有，随身带块毛毯，带一个白塑料水卡子，再者，就是一个布袋，和两个大塑料编织袋。

除了白面饼子，每人再装一袋炒面，这部分口粮要匀兑至最后、即回家的路上吃。在草地，没有

一次十天左右的搂地毛行动，如何解决生存的基本要求？潦草的吃和恐怖的喝，搂地毛的代价，无论于草地还是人自身，都是恐怖而巨大的。

干的吃食，干的吃完了，拿铁桶热一点水冲着、伴着喝点炒面，简单对付一下，赶回家以后再补吃些干的。出门前准备下的这个小铁桶，用处比较大，进草地以后常用石头架起铁桶，点火烧点热水；返家的路上还用这个小铁桶做拌汤喝。做拌汤用的面，是莜面炒面，搂地毛的日子不敢吃、不能吃，吃了莜面肠胃受不了，因为莜面结气滞重，不好消化。要是白面饼子能凑凑合合扛到回家，一般情况下人们尽量不吃莜面炒面。莜面是专为苦寒人生长出来的粮食，那是有热炕头睡，胸口处有衣裳遮挡，又赶上没有多少别种类粮食充饥，才能充分享受到它的好处的口粮。人在野外饥不择食，莜面于人，是个好东西，却也埋伏着危险。

水没有其他的办法解决。上路早，农历二月初，北方草原地冻雪封。除了地表的雪和黄毛毛草踩上去是软的，哪儿哪儿都坚硬得跟铁似的。进入草地以后，化雪、化冰当作水喝，解渴，暖和身体。入了伏天，喝淖尔泊子里的水，郭四清叫作"旱海泊子的水"。他说："那家伙，那个绿、那个稠，虫虫牛牛掺和得满满的，进了肚子还能感觉到虫虫在里头爬蹭了，营养成分估计足多没少。"他说现在一天不喝水，一点不觉得渴，不觉得想喝个水啥的，练出来了。估计古代匈奴人啊蒙古人啊打仗，就是这么练出来的，那些少有对手的兵，横扫下半个欧亚大陆，唉，谁们能敌。

我们的谈话停顿下来。

郭四清自顾自抽烟，神情散漫。一条腿搭架在另一条腿上，脚上的解放鞋帮子陷进去，大鞋的胶檐直愣愣地向上，看起来鞋子大过了脚，两只鞋后跟底下各粘着一块黑胶掌。

突然，他开口问我："你喝些不？"起身倒了一搪瓷茶缸开水，放到我面前，"喝些水。"

他没有给自己倒水。

我说："你不渴吗？"

他说："吃完饭喝一碗水，连解渴带洗碗都有了，再不喝了。"

我说，不喝是没去喝，不等于不渴，一个人一天大约需要六杯到八杯水，咱们这儿干燥，估计得喝八杯以上。

郭四清没接我的话。

稀稀拉拉又拉呱了些别的，娃娃们进了城里的学校，女子跟不上，没有一门功课及格。原来学习还可以，在乡里的学校算不上第一，也没跑脱第二，在城里就不灵验啦，日怪得很。现在，女子那儿，形势有点往上走，总算及格了。

小子却不行了。小子脑子活络，一听就会，可这家伙不给你好好听课，手上、脚上动作过多，一会儿也坐不住。人坐不住，那张嘴一阵儿也不失闲，嘴跟着人动。没人搭理，他就跟自己说话，有的话也不知道是跟谁说哩。除了动自己不说，还爱动人家别的孩子，有几次又说又动，被老师一怒之下撵出了教室。他们两口子去给老师说了一箩筐好话，不顶甚用，老师到今天还运气哩。亲戚的女子去说项，老师气消了一些，小子又能坐进教室了。以后，小家伙再乱动弹，老师上去就给他一个大耳刮子，扇得口鼻流血。你说，这叫甚日子哩。

也是不争气，不消停一天，脸蛋子还没消肿，灰小子又想动弹了。

越动，动静越大，现在这个灰圪蛋不给你上消（学）了。

曾经作为家庭希望的郭四清，如今面对作为自己生命延续下去希望的儿子的无奈和宠溺，看似无意插入的一段关于孩子的对话，包含了作者对于搂地毛的深层影响的思考。

　　说到儿子，虽然是说儿子的麻烦，说他惹是生非没有消停时候，郭四清虽然无奈，还是面带微笑。

　　郭四清的媳妇劳花头一天也跟我说起他们的两个孩子。她说，女子脱下衣裳、袜子自己洗；小子脱下的袜子直不愣登站着，没人给他洗他就不穿，脱到哪儿就让它站在哪儿。你说脏到个甚程度，袜子脱下来，直戳戳地立住不倒。你看不下去，你就去洗。反正没他甚事情。

　　劳花说，小子"过于灰"，真是个不开窍的"灰猴脑袋"（捣蛋鬼）。这是郭四清硬惯出来的。郭四清不让她指摘小子，她实在看不下去想说叨说叨小子，刚要张嘴，郭四清就当着小子的面呲打她，眼珠子瞪得激灵灵的，都快跌出来了。小子现在不学好，老想跟你要点钱，说学校让买甚、买甚，给了他，拿起钱就进了游戏厅。劳花经常满街跑窜那些游戏厅找赖鬼小子，那才容易呢，东找西找，找不见。原来他出出进进，跟她捉迷藏哩。你总有个时间限制，不能一天到晚跟他捉迷藏，进过了一家游戏厅不好意思再进去，你不显乏，游戏厅的人看你也看乏了，一个当妈的进人家的店寻找自己的孩子，寻找起来没个完，实在没脸面。这个赖小子就钻你空子，见你来了，他从这家游戏厅跑出来，进了你才去过的另一家游戏厅。你喊喝小子，小子反过来喊喝你，他说："让不让人活啦？"眼睛瞪得跟狰灵（北方民间传说中一种威猛怪兽）的一般大。现在，她感觉到实在没能力了，说不响她的小子。

　　郭四清没觉得有那么严重。他认为，"不到这种程度"。

　　还不严重？他现在都敢赊账打游戏机、买西装、买大皮鞋了。无底洞已经揭起盖子，你还蒙头睡大觉哩。劳花顶撞郭四清。等他上房揭了瓦才叫严重？说给你，你不当回事，揪你头皮、揭你瓦，迟早有那么一天，等着看哇。你惯他，一眼眼看的你惯他，你快把他惯成忤逆东西了（不忠不孝之子）。

郭四清瞪媳妇一眼。劳花一直撇着嘴，显然不服气，但不再吭气了。

郭四清的思路又慢慢回到搂地毛的事。

白天不得不躲起来，若被当地牧民发现，事情就不会那么简单了。在两丈深的沟里，再掘地一尺把半、二尺深。挖的坑，不甚讲究，只要能藏得下人，身子能够展开，人能够睡进去就可以。坑底部铺一层他们带来的塑料筒子，再铺一块毛毯，或者是一块线毯，连铺带盖全在这个坑里了。白天躲在地坑里面，当地牧民从地表看不见他们的身影。但是，这种地坑，睡一天，腰杆没有不疼的。这一点已经作为这干人的普遍真理：再好的腰杆熬不过一天。一天以后，腿关节也全部跟着疼，人像一架出了毛病的机器，哪儿哪儿都跟你别着劲。

每天傍晚六点钟左右出发。若是早春，天已经黑下来；若是夏天，太阳把半个天照成红色的，一层一层的金光倾泻、流漏出来，别提多好看了。大家拎着耙子，拎着那只用来盛土镇压耙子的空布口袋，从驻地悄悄出动，向草地深处走去，人不知鬼不觉的大规模行动即将拉开序幕，他们要在深草地搂一通宵地毛。

天快亮的时候，他们背着从草地搂扒出来的杂草和附生其上的地毛，从几十里外的深草滩悄悄返回驻地。紧接着要做的，是把地毛和连带的杂草一起埋进睡觉的地坑旁挖好的小地坑。他们吃一块干皮饼子，喝几口从水坑里舀上来的冒绿泡的"老汤

搂地毛的具体行动，突出了一个"偷"字，为了不被发现，十来天里搂地毛的人需要把自己藏在地沟里不能动弹，夜晚再人不知鬼不觉地扒拉地毛。

水"，潜伏进各自的地坑里，蒙头睡觉，把白天当成一个完整的黑夜，囫囵着睡过去。

又是一天过去，又有一天将来。

不用担心有人去搂地坑附近的地毛，没有这种人。不单单儿因为"兔子不吃窝边草"。

搂过地毛的草地，百草被搂地毛的大耙子连根拔起。草地没有了草，光秃秃的一片荒凉。三五年这块草地不见草叶生长，而眼见着草地干枯、结板、显露沙层。慢慢地，被改变了草生秩序和性质的土地，孤零零地冒出几根蒿子秆，牛羊饿死也不会去吃它。草地最终从上苍的手上滑落。

过不了多久，这里便演变成沙漠荒地。

搂过的草地，远远地就能辨识出来。所以，他们人人心知肚明，除了让自己的动静尽可能小一些、少一些，没有任何其他选择。事关每个人的身家性命，只有自觉遵守这项约定俗成的规矩。出于安全考虑吧。安全是第一位的，绝对不能毛糙，每个人很清楚这一点，就像清楚自己的性别、家庭成分一样，在这个原则问题上，谁也不敢有丝毫一丁点的马虎。

不暴露目标，被众人视为至高无上的戒律。睡觉的地坑周围，除了分布埋地毛杂草的坑，还挖了埋食粮的坑。这是搂地毛的农民的屯号、埋伏地点，凭管谁，不可以随意把他们的营地暴露给外人。因此必须拉着队伍到远离宿营的二三十里的地方去挥舞钢耙。人群中另有一则不成文的条律，谁引出了事，拿谁问罪，亲兄弟、亲父子概莫能外。就是说，他们有私设的刑堂？我将试着在以后的篇幅里做些探究。

背回来的地毛，混在沙土柴草里，只能叫作

浩浩荡荡的搂地毛的营生直到这里，才明确了它的性质：偷。大规模的偷搂地毛。

不搂藏身之地周边的地毛，每次都走出二三十里地再搂，因为他们知道搂过的地方，草会干枯、结板，露出沙层，过不久这里就会变成沙漠荒地。不搂身边的地毛，不是要保护身边的草地，而是要保证自己不被发现，这样才能搂到更多的地毛。三四百人的队伍共同遵守保命的约定，互相约束也互相关照，比亲兄弟还亲。对草原的破坏——对破坏草原的人的关心，构成了又一组具有反讽意味的关系。

"毛菜"。人们在紧挨自己睡觉的地坑边，再挖一些小坑，把新搂的混合了杂草的地毛埋进小坑里。一天挖一个小坑，埋进这一夜搂回来的地毛和杂草。有时候两天埋一个坑。有那些特别能干的，每次能搂十大几斤、二十几斤，他挖的坑就会大而且多。在人睡觉的坑洞旁边，他挖的小坑星罗棋布，像一个规模不错的家族墓园，看上去有点奇妙，蔚然壮观。

坑挖的越多，挖的越大，证明你搂的地毛越多。郭四清特别强调地告诉我这一点。

郭四清初进草地时，只能搂四五斤，这里说的是净菜，毛菜当然多了，不过相比较还是没有别的人多。不为别的，没人家能吃苦。郭四清很清楚，总结出自己比别人下的力气少导致这种薄泠泠的结果。郭四清睡一天腰杆酸疼不能坚持，可人家能扛担住，耐苦负重，再苦再疼也不会停下手脚，尽在草地里头下死力气搂哩。说实在的，连抬眼看一看草原的夜空那些个忽闪忽闪的星星们也顾不上，更别提享受那种"草原的夜色有多美"的感觉。有人说，看，星星多得……旁边冒出年岁大点的人，提醒他，好东西是闲汉们的。星星再好，能给你吃了、喝了？能帮你送孩子到学校？能给你老人们看病？能帮您买买煤油、火柴厢厢？星星是逗城里头当官的跟富裕人笑的，引致他们咿咿呀呀讨论感情呀啥的那种闲荡东西。你好好盯住看你的路哇。

郭四清微笑着说，要是想看星星，你搂不出地毛。

搂地毛，也就是搂一点钱。

腰腿疼痛，每个人都是。郭四清慢慢适应下来。不过，搂地毛的人都坐下了腰腿疼的病。没一个人

草原上的星星和夜色属于城里当官的和富裕人的，不属于草原上的农民，因为星星不能帮他们看病、买煤油、火柴。星星照亮了两种生存处境，也照亮了作者在文章写作中复杂的心境和情感。

几次出现的郭四清"无奈"的微笑，表明了作者的情感立场和价值立场。面对社会问题，不是简单的是非判断，而是深入肌理结构去探寻、去解析，作者的写作立场和姿态值得尊重和学习。

能逃脱这种命运。而且至今没听说过有谁治好了这个缠人的病。

到了晌午或者下午，夜里下了苦的人们睡醒一觉。如果谁想活动一下身体，就在这条沟里面动弹动弹。不想活动的话，窝在地坑里继续睡回笼觉。

整天朝夕相处，三四百号人在一起，相互之间会不会有摩擦，发生冲突，打不打架？这也是我比较关心的。关于这个问题，我和郭四清交谈了两个傍晚。

庞大的队伍，一面齐心协力，一面各怀心思，人人顾自己，为了顾自己，才不得不顾到集体。但又因为行动要冒很大的风险、行为是半地下状态，集体的概念在这一特殊群体里，被他们自觉地维护着，而且出乎意料地牢固。在这个过程里，每个人都愿意把握住一个底线，就是不能因为个人暴露了大家。暴露了大家，个人的利益即刻间不复存在，甚至生命安全也难以保障。这一点人人明确地认识到了。这是需要每个人遵守和把持的最后尺寸，对他们来说，这是一个根本性尺寸。但是毕竟远离家乡、远离家人，缺油少水，风餐露宿，有不少生存难题，也时也会有残酷的牺牲，并且这个不小的阵营里，混凝了多种元素和色彩；还有，被长年累月搂扒过的草地，出现了什么样的飞沙走砾的荒漠情况，这些，是我另外的篇目里要叙述的。这里不作赘述。

郭四清说，出去的人通常不打架。在村里挨处（相处）再不对付的人，出去有点病病灾灾的时候，人们还是会把带的药啦什么的拿给他吃，谁也不打架，谁也不闹意见，都跟亲弟兄一样。在郭四清看来，去了草地，人们比在村子里头挨处得还好。

也不知道是怎么回事，郭四清笑。单单儿一件事他不明白，就是人家来叼地毛的时候，打我们的人的时候，谁也不敢出面反抗。看着自己的人叫人家打伤，谁也不会站出来说一句话，眼睁睁地站在圈外头观看，没有人动一下嘴，别说动一动胳膊跟腿了。都跟吓傻了似的。

你在这种情况，会不会站出来？

不会。我也不能站出来。

为什么，你怎么想的？

怎么想的？这可复杂了。

郭四清说，到现在，我也没想明白。不瞒你说，我想得头发早就白了，也没想出个道道来。问题是，我得养活家，所以想不清楚没啥了不得。我是一介农民，谁还能把我咋整了？大不了还是个农民。这么个活法，算是到了底线吧。我现在，就想好好睡一觉，半夜醒来，心不慌忙，眼不乱跳，腰不疼痛。我才三十七。劳花不去学校开家长会，怕孩子们笑话她穿戴不合城里头的人，硬让我去开，我去了。孩子们说啥了，说我是赖小子的爷爷。你看，活成个甚。

郭四清有点无奈地笑一笑。

明天是星期天，郭四清一大早还要出工。我告辞出来。

总评

这篇文章是对于一个社会问题的深层追索，在大量的田野调查的基础上，厘清社会问题形成的方方面面，呈现问题的具体结构、形成原因，在客观的展现和冷静的叙述之中，作者的写作立场、主旨凸显。行文扣住了文章中的关键词：搂地毛。由搂地毛的原因、搂地毛的方式、搂地毛的行动过程和搂地毛的人几个方面，把搂地毛立体化，让读者得以从多角度、立体地思考搂地毛问题，避免了分析判断问题时非此即彼的简单和粗暴。在阅读完全篇之后，读者的关注重心也自然地由开篇的"搂地毛"落脚在"草原上的农民"身上，把关注分析的重心从事转向人，进而思考人的现状、人的命运。

全文从大的结构来说可以分成两个部分，第一部分围绕发菜和草原的关系展开。介绍地毛也即发菜的价值，在一大堆近乎枯燥的数据中，凸显发菜的经济价值，为后文郭四清们搂地毛打好铺垫，交代郭四清们去搂地毛的原因。与此同时，作者也详细地介绍了地毛和草地共生共荣的关系，并且再次以一组数据推演出郭四清们由于搂地毛而造成的可怕的草地荒漠化的面积。第二部分则是搂地毛的人的具体的行为方式。通过对一个搂地毛的个体的追踪观察，暗含了作者的思考立场：如何来看待搂地毛者和草原荒漠化问题的关系？第二个部分的书写，又可以分成几个层次：

第一层，先从外围来写郭四清。从外界的印象里勾勒出郭四清草原"淘气英雄"的形象。

第二层，见面后现实处境中的郭四清思维飘浮，英雄气荡然无存。

第三层，郭四清对搂地毛行动的详细叙述。从搂地毛队伍的组织、工具到实施搂地毛的行动，在郭四清断断续续的讲述中，我们可以分辨得出来，草原上的农民为生计而不得不付出的艰苦。在郭四清和劳花对身体后遗症的描述中，可以清晰地看到，搂地毛的生涯对郭四清的身体摧残到了什么地步。十多年的搂地毛生涯，不仅没有给郭四清带来富裕，反而从身体和精神上都严重地摧残了他。搂地毛过后，草地在沙化，贫困在延续，一切走在恶性循环的道路上。作品并没有给出解决问题的答案，也不是一篇这样的文章就能给出答案的。但通过这篇文章，搂地毛和荒漠化，荒漠化和贫困，这些自然和人文之间纠缠不清的困局清晰地展现在阅读者的眼前，得以引起公众的关注。对于一篇围绕社会问题写作的文章，能起到这样的作用就已经够了。

值得称道的是，这篇探究社会现实问题的作品能从事入手，落在人身上，明写事实与人，以对人的精神、思想、身体现状的剖析，达成作品的写作意旨。这样的写作方式和写作理想，是值得借鉴的。

1962：不一样的人和鼠

进入这篇文章的阅读之前，有必要了解一个重要的历史背景：三年困难时期。1959年到1962年期间，中国大陆由于大跃进运动以及牺牲农业发展工业的政策所导致的全国性的粮食短缺和饥荒。在农村，经历过这一时期的农民称之为过苦日子，过粮食关，歉年。根据后来学者研究，造成当时三年苦难时期的原因，既与那三年里持续发生的严重自然灾害有关，也与当时各种决策错误带来的影响，引起农村的严重减产有关，同时高征购减少了农民的粮食存量。本文所写的1962年，是困难时期的延续。人的生存需要已经降到了最低的要求：温饱。为了填饱肚子，人和自然、人和人之间发生了很多非正常的关系。正像标题里说到的，是不一样的人与鼠。不一样在哪？为什么不一样？这是进入本文阅读需要先做好的基本功课和心理准备。

值得注意的是，众多写苦难、写饥饿的文章，一般都是满篇痛苦，满篇悲苦，冯秋子在这篇文章中，既呈现了不一样的人与人、人与自然的关系，也呈现出了在满满的悲苦之下生命的活力和内涵，这就让这篇文章在悲苦中不乏生命的韧性和坚强。

上　篇

　　天津解放以后，我父亲服从组织调配，从四野继续南下的队伍中，留下来参加天津地方的建设。不久，他向组织提出，大城市的建设者很多，还有更需要人的地方，哪里艰苦，他请求，就让他去哪里。于是他来到绥远省，来到呼和浩特市。报到以后，骑马走了很久，把母亲接过去，安顿了一个家。待了一些时间，觉得所在的还是城市，算不上艰苦的地方，按照理想的指引，他要求到内蒙古最苦寒的西伯利亚风口——乌兰察布草原、我出生的那个旗工作。离旗所在地两三里，有个小村庄，历史沿袭了一个唤作"府国县"的名字，父亲对母亲说：我们去的地方叫府国县，我去那里当县长。我母亲信以为真，她愿意跟着父亲走，"哪里需要哪里去，哪里就是我们的家"。来到旗里才知道是父亲和她开玩笑。简单收拾了一下住处，她跟着父亲翻过一片草坡地，去看真正的"府国县"。这个村庄，只有寥落的十几户人家，家家没有炕席，没有声息，村人们跟来人笑一笑的力气和兴趣也没有。

　　但父亲充满信心，忘我地投入了工作。那些年，他随身携带双枪，骑着马，奔波在外人无论如何也想不出有多么辽阔的草原上。他对我们旗的农村、牧区的每条道路、沟壑，散布于近四千二百平方公里土地上的每个水井有多深，湖泊大小、水量多少，每户人家的详细情况，适宜高寒地带种植的各种农作物的耕种期、生长期及收成，畜牧业的原始形态和再生性发展，每个聚居点的地理、历史、宗教、民族风俗，对山地、丘陵、荒漠化草原、半荒漠化草原的寸土和所能生长的植物群落，对历史的、现

的确有那么一个年代，有那么一群人，他们为了祖国的建设，自愿到祖国最需要、条件最艰苦的地方去工作。"我"的父亲和母亲，就是这样来到了自然条件艰苦的旗，一个寥落的边界小城。

父亲对于情况的熟悉程度令人感佩。要有多强大的理想和信念，才能支配一个生命个体完全投入到忘我的工作中。而且还要承受破坏分子的捣乱、骚扰和恐吓，这样的生活记忆，只在历史记录中出现的生活，竟然就是我的父亲和母亲的真实的生活。让人看到了信念的力量的强大。

但人不能只靠信念活着，所以我家的生活场景出现了。热闹的世俗的，孩子哭大人叫，老鼠在两家之间来回自如。不一样的人和鼠初露端倪。

实的各种疑难案件和问题，了如指掌。

如果父亲下乡带走了一支手枪，我母亲就为怎么能妥善保管他的另一支手枪费尽心机。她有时把枪藏在枕头底下，有时藏在顶棚里，还藏过灶角那个储煤的小窑洞。许多白天和黑夜，残存的特务、土匪、反革命武装分子、"一贯道"组织、刑事犯罪分子、受蛊惑和蒙蔽的群众，在我们的房子前后转悠，敲窗、敲门，装神弄鬼，往门缝里塞纸条，往门上插刀子留言，说一些我父亲再不停手，他们就将如何如何的话。

我们兄妹在父母的不断移动中，在新旧社会交替的残酷斗争环境里，在饥寒下，在政治运动的风浪中，陆续出生了。

还有我奶奶，我父母也必须操心。奶奶每年领着我最小的姑姑，从老家来到我们家，住烦了回去，待一段日子再长途跋涉赶来。在老家，只允许种植玉米，她们以为内蒙古这边能够吃到白面。

那时候，这个地区最好的房子是寺院。满城荒草、土沙。农民、牧民和城市居民迫在眉睫的问题，是解决饥荒、恢复生产，保障生命、生产的安全。本地的和外来的干部齐心协力，吃苦自在先前，"享受在后"的概念，因排斥"享受"二字，也不曾建立。我们家和"额嬷"家合住一堂两屋，同出同入一个大门，进门往里走，在堂屋深处对开了两个门，两家人靠近得像是一家人，以致谁都能辨别清楚进出的脚步声是哪个人的。在这边屋里打了地窖的耗子，不想在这边屋待了，通过私开的渠道潜移到对面的屋子；溜达回来玩一玩时，耗子们拖着大儿大女，弄不清谁是孩子，谁是孩子们的父亲母亲。这边的婴儿哭声一起，那边的婴儿马上呼应，晨不歇钟，暮不收鼓，谁想哭号，天辽地阔，不识权威、不辨菽麦，随时随地放声号叫，吵醒了两个家庭中最暴躁的男主人，一个用蒙语，一个用汉语，倾泻大致相同的内容。他们的反应，有效地镇压了那组因饥饿或者恐惧而奏响的童声合唱。稍息片刻，小孩转眼遗忘了家里那位最可怕的人，照旧哀号，除了妈妈把奶喂到他嘴里或是她嘴里，除了把他或是她安顿到妈妈温暖的怀抱里，上帝和佛祖究竟有多厉害，这些事他们不懂得去管，也顾不上管。在他们那里，什么什么都是被怀疑的。

寂寞的日子，自有不甘寂寞的骚动。因而看不见大人小孩，谁会偃武修文。

我奶奶到来那天，我那位大哥，我奶奶的长孙，看见天黑了，这位叫作"奶奶"的人仍旧坐着不走，不期然而然，他问："奶奶，这么晚，为什么你们不回你们家？"我奶奶当时盘腿端坐在炕头上，听到小孙子问出这样的话，慢慢旋转到他的方向，像俯视一条蜿蜒的小溪，缓缓地、不动声色地、轻轻地说："你问这个，什么意思？"小同志还没有深浅概念，一副初生牛犊迈步上路的呼呼姿势，他说："我们要睡觉啦。"这两句话，我奶奶铭记了一辈子，不谅解。尽管我大哥说这话时两岁刚出一点点头，那时候对他来说，唯一揪心扯肺的事，是妈妈又生了一个小弟弟。他见妈妈给新出生的家伙喂奶，就往下扒拉那个小人儿。住在堂屋对面的额嬷过来，抱着小人儿亲他的脸蛋，用蒙语说他如何健壮、如何动人。我大哥狠狠地背转身，脸面冲南，对着玻璃，决绝地，不回头多看一眼屋里的人，而且他向额嬷预言："他给你拉一身巴巴。"果真，小东西在额嬷身上撒了一泡尿水。

人出场。奶奶从老家来内蒙古，期待能在这儿吃上白面。我的奶奶和我两岁的大哥之间的对话，的确不一样。孩子的话语导致奶奶一辈子再也没有抱过自己的大孙子。两岁孩子天真的问话戳中了那个年代人心里的软肋：一切为了吃，为了生存。

母亲处理奶奶和大孙子之间的小尴尬，显示出不一般的母亲的调和、化解矛盾的生活能力。

我奶奶认老话，究死理，她是这么说的："三岁看小，十岁看老。"

她的孙子是婴幼儿，屁都不知道臭，可他竟然说出那样一句话，奶奶不生气是假的。此后，她不念长孙的好，不往耳朵里接收一条关于他的讯息。每年从"口里"奔赴"口外"住下，或者和我们一起住，或者住不远处租赁下的另一个房子，长达三个月、半年，没有抱过我大哥，更没有亲过他，不曾逗他玩儿一回。她的坚固执着，如我们旗西南方那座巍然不动的白音布朗山。我母亲有过一两回尴尬，但是一转脸就和煦如初了。她的性格里与生俱来偕伴了一些自我化解的能力，保存事情的时候常呈现出有一搭没一搭，能记住一个动作，但不去记那个事情，而且往往把好玩儿的动作当作事情。所以她自然而然消释了动作下面的事情，她对人的理解也因此具有了新的方向。这一上苍赐予她的特殊禀赋，帮助她在日后重重叠叠的艰苦岁月里存活下来，并获得了不少乐趣。几十年以后，她学我奶奶听了我大哥那句话以后反应出来的动作，学得惟妙惟肖：屁股堆儿呼地旋转一圈，往回收下巴，往出放下巴，是不屑岁月峥嵘，但能容天下可容之事的姿态。我们看了，觉得奶奶有板有眼，可是漂亮的女子耶。显然，这里面加进了她自己的理解。她对我奶奶，和我奶奶对她，磨炼来、磨炼去，说实话，感情是有的，只是不那么轻松罢了。

但母亲一如既往，把好吃的都给我奶奶、姑姑和我父亲，还把她父母亲赶了两辆勒勒车，驮载到我们旗的陪嫁绸缎、布匹，羊绒拉毛大衣、铺盖、刺绣衣物、枕具一类手工织品，都给她们做了、用了，剩下的让她们带回老家。我奶奶穿戴要样儿，姑姑们在她的影响下也喜好挓挲，怎么穿、怎么戴，怎么是，看起来赏心悦目。这确实让人欢欣鼓舞。

奶奶能说一点经史故事，喜欢坐观，喜欢发号施令，也喜欢行动。曾经有十来年，我父亲在外头打仗，与家里断绝了音信，她认定大儿子已经战死，便从心里放下了他，而不曾流泻一滴眼泪。也许这跟她没有给我父亲哺乳有关？她把我父亲寄养到奶妈家，没怎么关心过他成长的愿望和痛痒。也许是跟生活异常的艰险有关？父亲年岁尚小就出去当兵了。解放后，他骑一匹类似千里马，回家探望，奶奶也未表现出特别的兴奋。好像儿子没死，那是他命大、造化大；既然没死，就该战罢归来，站立在她的面前，现在仅仅是归来了而已。

她的心性比一般的女人大，不幸丈夫患急症早逝，置她于举步维艰的地位。她年纪尚轻，就独自顶当了有大大小小六个儿女的家。她的发鬏没有改成倒霉的寡妇模样，像从前那样，仍然梳理得纹丝不乱。人呢，坐定一个地方，腰板笔挺，衣服整洁、得体，凌然地看着时间流动。这些方面，跟我父亲离开家时一样，只是母亲大人的眼睛里多加了岁月的含量。

父亲说："母亲受苦了。"

奶奶说："你懂得，懂得就不说了。"

父亲经风历雨，也算有些气度的人，吃多少苦，受多少罪，性情刚直，信念不改。但在我奶奶名下，听之任之；奶奶怎么着，他不怎么言说。这是我父亲一生少有的软弱和暧昧之处。直到我父亲老去、停止了生命，我才想到，他对他的母亲，用老话说，是个孝子。在他辞别自己的母亲、辗转于战火纷飞的岁月，他深刻地体会了母亲，所以他终生以沉默

父亲对于自己母亲的愧疚和理解，是缘于战火年代离开母亲后的体会。父亲对自己母亲的孝顺、软弱和容纳，通过我的母亲完成。写不一样的奶奶，终归落脚点在我的不一样的母亲身上。

容纳、承担母亲，尤其是在那些困难时日。

20世纪50年代，父亲在我们旗，工资比较高，他这样分配他的薪水：每月给他母亲寄四分之一，给我大哥、二哥买营养品花四分之一，四分之一交给母亲用于家庭生活开销，另一份每月不断邀集他的同事、下属去饭馆改善伙食；谁家遇到困难给一些支持。

后来我小姑姑告诉我，我奶奶一辈子最在意的人是她的长子、我的父亲。她说，每当我父亲下班或者下乡归来，奶奶立即停下正絮说的修理人的话。她不想让她的大儿子听到她说不好听的话。

奶奶来到我们家，睡在全家最隆重的地方，暖融融的炕头那块儿。

那时，房子后面是一个车马运输大队，靠我们的后墙垛了高高的莜麦秸、荞麦秸和小麦秸，这些粮草成了老鼠大部队理想的掩蔽场。运输大队的老鼠体积庞大，我母亲见到最长的一只老鼠，加上尾巴有一尺二长。而且老鼠的队伍日见壮大，把住房后墙的根基几乎掏空了。有一夜，父亲在房间里，用鼠夹子夹死六只巨大的老鼠，他把他们并排放在地上，继续去睡觉。可是早晨起来一看，六只死耗子不见了，踪影全无，原来是他们被生前的伙伴拉走吃掉。活着的耗子，不光在房间的空地上跑，还在顶棚里喧闹，父亲又在报纸糊的顶棚上安放了一个鼠夹子，差不多每个黑夜夹死一只。但是任凭你动脑筋想办法把死耗子埋到哪里，活耗子们也能准确无误地找到他们死去的同胞兄弟和姐妹，抛出来吃掉。活耗子吃死耗子，在饥饿难耐的时代，在我们旗，已经成了司空见惯的事。

耗子跟人一样也喜爱炕头那个热烘烘的地方吗？

人和属共生。鼠越来越多了。奶奶是个大女子，心胸气度不一般。这里奶奶和狼的细节非常精彩，很能表现奶奶的性格和气质。奶奶身上的英雄气一直让我母亲敬畏有加。

有时候他们在顶棚里折腾的动作大了，砸烂报纸，失身坠落到我奶奶的身跟前、胸脯上。就是说，但凡耗子是从顶棚里往下掉，总是掉到我奶奶睡觉的热炕头那一片地方。奶奶这样的妇女，狼在她背后，跟随半天了，她只顾得看前头，没顾得狼来了、正在她背后的危险情形。狼站立起来，像一个人那样式地跟她去接近，将前爪搭在她的肩膀上，她这才感觉到身后发生了情况。这种时候，奶奶的不同彰显出来。她镇定若常，并不回头，笑说："灰鬼，大娘老眼昏花的没看见你，你逗大娘耍了？"说着，向后、伸出一只手，放在自己的肩膀那里，拍拍狼爪，又像握小孩的手那样摸摸它。狼不知是怎么想的，再没做探讨，收起长长的身段，四脚着地，往奶奶的侧后方走开了。待狼走出一段距离，奶奶转过身去，看着那只跟她近距离接触过的老狼，走远。没过几年日本人带着一路的恶名声开进她所在的县，她不躲避。说："我待在我家，没祸害过他，他凭什么来我的地方杀我？"她跟打日本的人要一支长枪。枪长短，没交给一位守寡的、独自抚养五六个孩子的妇道人家，她没机会成为一名打日本侵略军的女杰，五十多年过去，每说到日本鬼人残毒这一章节，她还会腾腾地往出蹿火。

是呢嘛，她咋会惧怕一只耗子。

她一抬手，只听啪的一声响，耗子、连带那个置耗子于死地的专门的夹板子，通通被她扫到地上。

母亲对奶奶埋藏在身心里的那种英武豪义的气概，敬畏有加。奶奶在很多方面，确实是她的榜样。单就面对耗子时候，奶奶沉得住那口气儿，勇敢地一劈手，把它打翻在地，母亲就佩服得五体投地，很想学，学不来的。她心里的恐惧漫过、压过她的身高，不敢想象自己也能出得去手。

我母亲听到耗子呼呼的出气声，赶紧点灯。父亲跳下地，把耗子从夹板中取出来。尚存着一口幽闭气丝儿的耗子，不失时机地进行了最后一搏，嗖地一下，跑到水缸后面。父亲取过火铲，以比耗子更加迅捷的动作，摁住了它的头，将它毙命于水缸脚跟处。

想象这一幕，有点惊心动魄。

我母亲说，饥荒的时候，人口特别少，不知道耗子为什么那么多。

母亲一生，经过很多事情，若让她说出，什么东西是她最害怕的，她会指是耗子。

母亲见过的耗子，有青鼬，黄耗子，尖脸耗子，黄鼠（大眼贼）。那些从山西移民到了内蒙古我们旗的农民，常吃黄鼠，他们信奉一种说法：天厨地补，鸽子肉黄鼠。每到秋季，流动作业在地里的农民，常常绕着裤腰别一圈黄鼠，嘀里嘟噜带回家，扒了黄鼠的皮，将赤光光的黄鼠放入油锅，炸成焦黄色以后当美餐食用。炸一锅黄鼠，能耗出一小盆油，这些油，成为日后这个家庭炒面烩菜时掺加的油腥。到了年底，如果还能剩一点黄鼠油，老乡就用它炸几块年糕供一供祖宗。正月初五日，正午以前，把这些年糕分一部分送至村庄的十字路口，请看不见而无处不在的神灵捎带上这些东西，帮助他们送给他们祖宗的亡灵；剩留的一部分给他们家的小孩子吃。也有这样的时候，农民不扒黄鼠的皮，只把肠肚一开，揪出杂碎扔掉，往空肚子里填点调料，捆绑住黄鼠的肚子，填进灶火的嗓子眼，稍微烧一会儿就熟，很好吃。

母亲下乡，老乡给她做的派饭里，就滴了几朵

母亲敬畏奶奶，但学不来奶奶的英雄气，母亲面对越来越多的鼠，内心是害怕的。从奶奶面对鼠的大无畏，写到母亲面对鼠时的害怕和打心眼里的腻歪。一切都为后文进一步的不一样埋下伏笔。

这样的黄鼠油花花。母亲没敢下筷子，饿着肚子逃掉了。

不久，跟在两个哥哥后面，我出生了。父母有了一个姑娘，觉得很新鲜，尤其是我父亲，常抱起我，把我举过头顶。真不知他是怎么想的，任我爬墙上树上房溜冰骑马，从不呵斥，总是哈哈哈笑，我理解，是"再接再厉"。这不像他对我的两个哥哥，一概横眉冷对，很多时候他像一尊怒目金刚。但小孩们不拘谁拉了屎，父亲如果正在现场，就会出现更乱的情况。我母亲手忙脚乱去处理孩子们的麻烦事情，我父亲不仅不能帮助她、给她搭把手，倒给她添乱，他一见他的孩子们这样，一准儿恶心得想吐，有一次没忍住那样做了。我母亲分出先后，一一料理了好。

孩子们的大小事情，母亲一人挑起来，粗精不说，尽力照应到。也不完全是这样。父亲每一天，在这个家里发生作用。他提供养家的费用，提供这个家的原则、秩序和道理。我用了几十年时间，去想他之于这个家，之于家中每一个人的意义。差不多像我回想母亲的事情，那么费力地感受他。嗯，什么事也不能较真儿不是。那年月，哪家不都是这样。

当我降生到这个家时，街面上什么、什么都消失了。父母买不到任何有营养的东西，像他们给老大、老二买奶粉、炼乳、鱼肝油和饼干那样，为我提供一丁点吧，没有。给我一勺白糖的可能也不存在。而且家里的基本伙食也已经没有保障了。但是那时候，我没办法明白人饿了没东西吃，好不容易吃到了东西，永远、永远吃不饱，是谁规定下来的，这种天道和机理，不好。我盯着母亲看，期待她带给我一点吃的东西。可母亲向我走来时，总是甩着两只空手。她的乳房里盛的是清汤寡水，她的巧手手一样能吃的东西也变不出来。不见天日的馈赠，噢噢噢，哭天抹泪也没用。我成了严重缺钙的小讨厌、倒霉蛋，徒有其表的"倒挂金钟"，我的指甲盖又薄又软，塌陷着种种末世凡尘的小坑。

我只知道来到家里的人很多，且老有人说我长得像我姑姑，称是"养女夺家姑"。其实把我和父亲家的人比有点牵强，明显地，差着距离呢。他们好看、耐看，有宽的额头，高的颧骨，挺拔的鼻梁，深而清澈的眼睛，还有一双大长腿、一副好身材，总之好看的方面不少，没有什么味道的东西，一样也没附着上去。我父亲的姐姐去年八十来岁因病去世时，轮廓仍旧动人，皮肤仍旧紧凑、柔和，风采不减。但是那时候，我不想知道被饿瘪的肚子这件大事以外的任何事情，不关心奶奶、姑姑，和我们旗的人气象、穿着一样不一样这类事情。等我真正感觉到了好看的事物有怎样的意味时，"文化大革命"已经开始。我父母先后被监禁，关在不同的地方。小姑姑预感到内蒙古这边的人会吃苦头，特地从老家赶过来。她来有了大麻烦的内蒙古探望，竟穿着镶亮边的黑翻毛皮鞋。那天，她迈着女性化的小步伐，深蓝色纯毛薄料裤子一戳水搭至脚面，上穿浅蓝色的翻领短外套，戴一副乳白色的细框眼镜，皮鞋后跟靠上位置镶着白色的亮边。她一下汽车，背后跟了一串人追着看她。她站到我们家门口时，把我们兄妹四个吓得堵住门口，以为来了抓母亲的人。那时我父亲已经被抓走，母亲还在家住，不过天天出去参加学习班，回家时间一天比一天晚。那些天，从大街上不断传来高音喇叭的喊叫声，我们

我的小姑姑出场了。小姑姑的出场亮相非同一般。在大家都被饿瘪着肚子，浑身上下灰头土脸的时候，小姑姑靓丽地登场：穿着镶亮边的黑翻毛皮鞋。迈着女性化的小步伐，深蓝色纯毛薄料裤子一戳水搭至脚面，上穿浅蓝色的翻领短外套，戴一副乳白色的细框眼镜，皮鞋后跟靠上位置镶着白色的亮边。小姑姑和奶奶一样，是一个不一般的大女子。不一般的奶奶和不一般的小姑姑都来到内蒙古我的家，原因只有一个，逃荒避难。吃的重担都压在了我母亲的肩上。不一样的奶奶和小姑姑，烘托出了真正不一样的我的母亲，如何在大饥荒的年代糊弄好那几张吃饭的嘴。

知道又游斗人了，父亲常弯腰折背、脖上挂着有罪的大牌子立在被游斗的卡车车斗里。我们借游斗父亲的时机，跟他见上一面。能见到父亲，证明他还活着。

小姑姑那次在我们旗住了四五十天。她多次出现在大街上，跟呼喊打倒我父亲的人辩论，她被人层层围观，像看一个西洋景。但她毫不示弱，只是在抵挡不住众声时露出微笑，降低声调去说话。众人为了听清她说的什么话，声音齐齐地低下来，而她仍面带微笑，继续陈述她的道理。我们对此佩服不已。在这个半农半牧地区，很有一些大无畏的女子，却少见如她这般既无畏、偶然，又能言善辩的女子。而且，她在最艰难的时刻，是笑着的，笑着面对。

谁知几天以后，小姑姑却不幸败倒，败给十来岁一孩子。她无可奈何，愤然离开了我们旗。那孩子手握一把三寸半长的削铅笔用的"小脚老太太刀"，在一片大字报里，瞄准我父亲的漫画像切割，先剜眼睛，切耳朵、鼻子，后划脸、割脖子……小姑姑见状冲上前。小妹妹救大哥哥的做法，还有哪种比这种强一些呢？她来不及调动理智，将那个小孩子推了一把。小孩子摔倒了。事情就是这样。但是小孩的父亲是旗革命委员会的工人代表，在我们旗造反、武斗闯出不小的名望。街上的人说，这女子撞到"油锅"上了。本来想帮兄嫂，这下他们的日子却更加不好过了。家里的钱全部用于"医疗"和赔偿。她离开我们旗那天，我们三个小人儿送她到汽车站。小姑姑说，有人欺负你们，给我写信。说给我，啊？

事情没那么简单。

为解决一家大小的生计，母亲决定去剿黄耗子洞。从怕鼠到主动出击剿鼠洞，真正不一般的，是母亲。

实际上，我们与外界的联系，不久就中断了。全国的人们都进入到各自的魔幻现场去了。

在老家，小姑姑这位女子，是一个小学校的语文教师、班主任，她在我们这里时，面貌和在老家没有二致。她那时候已经是大龄或者说是老龄姑娘，没有碰到合适的人她不凑合结婚，有一些文化要求和主张。不知道是哪种力量，使她觉着自己尊贵，而那么多次政治运动的经历，以及日月、风雨没间断的磨损，为什么没能改动一些她的清高和孤傲呢。后来她成了寡妇，也不见任何衰朽迹象。她的走路姿势，几十年如一日，高昂着头，微抿着红润的、唇线清晰的嘴，目不斜视道路两旁，坚持一种有节律的、稳定内敛的细密步伐，不像生长在内蒙古的我，长得虽酷似小姑姑，一步迈出去，却有她一倍的长度，在她看来，这是粗野的，不像女孩子的形状。她总是沉静而不加动摇地迈出小步，往前、往远，走自己的路。她的军人丈夫20世纪80年代初因公殉职，她在部队的家属院里，把三个未成年的孩子拉扯到大学毕业，有的继续读硕士，有的参加了工作，他们离开她，离开老家，在东南西北扎下自己的根。

如今，她已是花甲之人，又一次赶来看望生命垂危的大哥、我的父亲。小姑姑仍然姿态万方，整洁而有品位，款款地站立和行走。清晨，这位有形的"老人家"早早起身，不惊动任何人，轻轻地在大院子里活动身体。她手持不知从哪里找出来的一把二尺长的扫帚，当作一方宝剑，在渐白、灵丽的光亮里，刚柔有致地推进一套中级女子长剑。

但她对自己的年龄守口如瓶。她对因年龄派生出来的生活序列仍然存有想法是一定的。这随便她。

她第一次来我们旗，是个十二岁的小姑娘。过了两年，我大哥对奶奶讲了那句不可饶恕的话的时候，她正好十四岁。那之前她和上面的两个哥哥一个姐姐，兄妹四人先后接受我父亲的资助，出门上学，通道知理。但她是我父亲他们家的小幺妹，有着通天入地的绝对权利。这时，年已十四的她，为了表达她生气了，听到我大哥憨傻憨傻的"狗屁话"，她没法满意，爬到房顶上嗵嗵乱跳，往烟囱里扔砖头，把正在房屋里面烧火做饭的我母亲吓了一大跳，赶紧撂下正推拉的风箱，放下怀里抱的二儿子、脊背上爬的大儿子，跑出去看外面发生了什么事情。

不管怎么说，这家里的大小人们，都是些命硬的人。

我母亲的命运和我父亲的已经牢牢拴在一起。越往下过，越不可分割。我父亲不怎么评说家事，但是我母亲得一件一件应对，替我父亲、也代表作为女主人的她，去安顿这个家面临的大大小小的人和事。

我母亲真正作难的，是无米下锅。

前几年，奶奶她们一来，母亲便从粮站买回专为奶奶她们来而积攒了很久的口粮——一口袋莜面。曾经有过一次，她去取莜面做饭，布口袋的上半截面嗵嗵一声跌下去，她细细地一察看，是耗子盗走了下边半袋子莜面，她的眼泪唰唰地流下来。看看耗子并没有爬到面口袋的上半截做过乱，她便小心翼翼把剩余的半袋子莜面抱上炕，像宝贝那样守护着，给我奶奶、姑姑和父亲，以及我们几个孩子吃了三四天。这之后，家里再没有整袋子的粮，全旗人民也都断了顿。粮食紧缺，小孩子都饿成了干枯形状，整天晃悠着羸弱的身体，哭声无能连贯，眼泪无力成行。但是父亲是国家干部，他不让母亲买高价粮，一点粮食都不能从自由市场买。他必须带头执行党的政策。

我奶奶和姑姑此次前来，表示要长期住下，让母亲在外面给她们重新租一处房子。实际上，她们也是无粮维持饥肠辘辘的日子，来逃荒避难的。两个家早晚的饭碗，实在没有东西可以捏合成食物了。"吃得好赖，问题不算大，难的是顿顿接不住。"母亲说，她愁坏了。她能够忍饥挨饿，但上有老下有小，她无力阻挡他们一天天面黄肌瘦的趋向。白天在水库工地上参加义务劳动，想起一大家子人都空着肚子，一个个饿得不成体统，她就心急火燎；夜里，她睡不着觉，整夜坐卧不宁。她把不多的一点食物先给我奶奶、姑姑和我父亲吃，再给我们几个孩子吃，可我奶奶依然迅速地消瘦下去，模样像一个干透的、再也鼓动不起来的葡萄干。

于是，我母亲下决心瞒着父亲去刬黄耗子，就是去翻地，掏黄耗子洞里的粮食。

下 篇

能有一条救急的活路，这吸引了我母亲。水库工地的劳动刚告一段落，一口气没歇，她就开始了翻地行动。

我出生前后，旗里的农区社兴起了大修水库的热潮，干旱的大草滩上光见耗子不见水，干部群众拼命挖掘，预备有一天会流出来水，蓄满一大家伙。但是那一天，水库工地突然出现了一种跟耗子长得很相像的动物，体形比耗子略微大一点，人们称这种动物是"白鼠猫"。"白鼠猫"专吃耗子，但也喜欢在库堤上穿洞。那时，我母亲还没想过翻鼠洞的事，对黄耗子没有任何打算。她被树立成劳动模范，参加植树、打机井、兴修水利等等义务劳动，早晚还去城郊农业社帮助培育蔬菜。她是一个喜欢工作、喜欢倾听别人的人，话不多，连笑也不怎么出声，但是心里有使不完的力气。一个人待着，她有时会唱长长的动荡心肠的歌。我们从小看她劳动，听她哼唱，多多少少体会到一些她为什么会有比别人更长久的信心和韧性。而在她自己看来，除了这样子生活，还能够怎样生活？她的母亲没有告诉给她不为别人祈祷，不为别人做力所能及的事，不想着比她更不容易的人，自私自利那么生活。不能够。不可以那样子活着。所以，我母亲在炕上两个角落种了几根"铁树"（钉了铁钎），用粗麻绳、长布条，一头拴"铁树"，一头把孩子们一一拦腰拴起。她担心我大哥、我二哥碰面后会打架，就把我拴在他们两个中间。我们三个人只能在炕上这一点范围里活动，摔不到地下，也不会跑丢。她去水库工地，跟那些男同志们干一般重的苦力活儿。

把孩子拴在家里，大人出去劳动的场景，如今只停留在文字记载里了。母亲把我们三个拴在炕上，去水库工地干和男同志一般重的苦力活。这就是母亲，不惜力、和善待人而又充满韧性的母亲。物质条件的贫乏考验着母亲，也使母亲的光泽和价值显现了出来。

看见前脚筑出的库堤，后脚就被"白鼠猫"损坏得伤痕累累，我母亲以为这跟她有关系，是她不小心酿造成的罪孽。她曾私下祈祷："耗子这么多，人们更没有粮食吃了，怎么办呀？上苍啊，请您帮助虚弱的土地，帮助可怜的人们吧。"她认为上苍听到了她的祷告，于是降落下了她从没有见识过、专逼耗子的"白鼠猫"。

她的忧虑尚没有消除，水库工地的劳动告一段落了。迫于难为无米之炊，她来不及整理思绪，就是说无暇顾及心里的麻烦，包括她的疑虑，第二天剜野耗子洞，是母亲在那个不一般的年代做过的不一般的事，至今仍是她心里的痛，是她的噩梦。母亲相信众生平等，在她看来，一物降一物的过程，就是一个破坏的过程。母亲遵循着她内心最朴素的善恶是非的准则，尽力善待身边的一切生灵，但是在一个争夺生存权的年代里，这已经是极大的奢望，为了人的生存，为了不让身边的人饿死，母亲注定陷入后半辈子的痛苦中。

这是价值标准混乱后带来的痛苦，母亲朴素的信仰本应该是人类及万物生灵繁衍生息的基本条件，然而，生存环境的极度恶化，迫使母亲挑战她的价值标准和伦理底线，而母亲所承受的痛苦，都是为身边亲人，包括气场强大的奶奶、小姑姑，还有嗷嗷待哺终日饥肠辘辘的几个孩子。母亲以她的隐忍承受了一切。母亲身上的宽容、坚韧是那个非常年代里唯一的亮色。然而，谁能体会母亲承受的痛苦呢？再想想，在已经过去的那个年代里，又有多少像母亲这样的普通女性撑起了一个民族乃至一个国家的日子？

一大早，把我们全都拴在"铁树"上，就出远门了。我们腰上绑着绳索，继续睡觉，做吃糖果的美梦，她走二三十、三四十里地，没几天就走出八九十里地，去荒野剜耗子洞了。

前年"五一"节，我赶回内蒙古看望父母，母亲对我讲，在她的内心深处，去剜地翻耗子的粮，是非常痛苦的，走在路上，腿肚子尽抽筋。好几次一面往前走，一面想返回去，停顿半天，又上路往前走了。人活到这种地步，真格的难过，前也不是，后也不是。

她体会出，这个世界在一物降一物的种种过程里，降者和被降者，不管是哪一个，都要附带出一些破坏性。她觉得这也许有上苍自己的道理，就她个人的心理感受，明白了这一点以后，就失去了安静。人来到这个世界，到底应该怎么样生活，人的存活欲望应该停留在什么地方，破坏和建设的界线又在哪里。许多事情，是她怎么想，也想不出究竟的。她的思想和工作都很徒劳。她感觉这个世界是人应付不了的，人像一个细菌一样藐小，但比任何别的动物都更不可估量，人这个细菌会发展出好的东西，也有特别多赖的东西。真实的情况，她不好意思启口，感觉上，好的东西，在自己的日子里，常常无能为力，然后常会要发生变化，变得有点赖；赖的东西，生活得更自如一些，就那么赖下去，但是最终还是逃不出去，好和赖的结果，都是无能为力。

可是人对这个世界的破坏性，该怎么避免呢。

能够怎么样呢？说人"应该"，和说人"能够"，这中间有没有距离，有多少距离呢。她苦思冥想，想不出所以然来。遂得出这样的结论：人活着，真是罪孽深重。

意识到罪孽，她不寒而栗。可是报纸上、广播里每天都在宣传"人定胜天"。她私自想到的那些事情，让她陷入重重的矛盾中。

但是现实生活里，还是耗子多于别的。不知道一种东西出奇地多出来了，意味着什么。母亲说，那几年，地面上净是耗子；在房檐那一截木头上快速蹿行的，净是黄鼠狼。人们挨熬的光景，不光是家里无粮油，农区村社里的人们养的鸡，也是一只都没能剩留下来，因为地处边防前哨，一切从战备需要出发，旗里已经彻底消灭了威慑黄鼠狼的狗，无狗即生黄鼠狼，黄鼠狼一跃替代了狗的历史性地位，大肆出击，但它有别于狗的目标和方向。黄鼠狼吃尽了旗里和下边村庄里所有的鸡，它们咬开鸡的一点皮肉，把鸡全身的血吸走，然后像丢弃石头子一样丢弃掉鸡的尸体，经常是把一窝鸡的血都吸干，鸡的死尸枯躯铺满鸡窝。然后，见到耗子们赶来清理战场——举行全鸡盛宴。黄鼠狼和耗子像是商量好了，各取所需，赶尽杀绝。

那是一段令人惊惶不宁的日子。母亲跟我学说旧事，但怎么也说不清楚那种恐惧对人的影响达到怎样的程度。说将近四十年前的老话，她的身体止不住地抽搐。

我听清楚了，她是带着饥饿和无法解决的恐慌，向野外走去，日行二三十里、五六十里，而后八九十里，去挖黄耗子洞里的粮食。

天遥遥，地惶惶，风吹草动无所依。

历时二十几天翻地的经历，是刻骨铭心的。

剜黄耗子的粮洞，她从刚开始的手脚哆嗦，心慌心跳像要窒息，到越剜越有兴趣，最后剜上瘾了。

这一转变，所用不过七八天时间，却经过了"心都碎死了、人又活过来"这种艰难困苦的过程。

那些藏了粮食的鼠洞，在城的西方、南方，离城二十多里以外广阔的山地。

城北，是一片盐碱湖，周围的土壤终年潮湿，泛滥着惨白，无一只耗子在此安身。

母亲早出晚归，去城的西方、南方的山坡地。剜了十来天耗子洞，给自己家和奶奶她们都积攒了一些粮食以后，又剜了十来天，这以后剜出的粮食，她拿出一大半，送给别的困难人家。

跨过平展展的戈壁滩，母亲进入了丘陵地带，走不多久，前方就出现了散落的村庄。母亲很快就懂得了，鼠洞是开在粮田的"边外"。有一次，在离旗十八九里地，一个叫"坝底"的村子以北，母亲走到一条排水沟的坡坎，觉得脚痛，不能再往前行走了，她歇下来。那次是和一位副旗长的妻子以及那位副旗长一同前往的。他们夫妇俩继续向南走去，母亲滞留在村北的壕堑坎上。她缓了一口气，就在壕堑坎上动手挖，竟从一串鼠洞里挖出了一口袋莜麦。真是大旱望见云霓。于是欢欢喜喜地，从鼠口夺了粮，瘸着脚，往回背。

又有一回，是在西南方向、距我们旗二十里以外的"书记村"的低洼地里，剜了连在一起的三个鼠窖，从里面掏出半麻袋黄豆。那一天，她疲乏极了，走不动路，走一截，歇一口气，也不敢尽歇，碰不到一个高地，不敢放下背上的豆子。若在平地歇下，身体支撑不起袋子，因为豆子太沉，约有百十多斤，超出了她的体重。终于挣扎到家，是晚上九点多钟，暮色已经苍茫。孩子们的脸庞泪迹斑斑，像一张张图画，在过去的十几个小时里，眼泪描画

进入母亲剜野耗子洞的具体描述。这一部分是触目惊心的，也是惨烈得让人不忍多看一眼的。读者犹如此，实施具体行为的人，又该承受多大的折磨？母亲说，剜耗子洞的那二十天，经历了心都碎死了人又活过来的艰难困苦的过程。

鼠口夺粮，也有短暂的欢喜。母亲剜来的粮食，自保后，大半都送给了别的困难人家。最最朴素的心底的善，是不是最终把人带出那场灾难的内在动力？

过他们不顾一切"就是想哭"的小脸。此时，小孩子全都瘪着嘴巴，东倒西歪睡着了。拴在他们腰间的三根手指头粗细的麻绳，拧巴到一起，三个孩子挣扎的结果是挤压成一堆。

母亲歇了一夜，两条腿还没有停止颤抖。

至今，我母亲念念不忘耗子拉粮的情景。在她心里，留下母耗子受罪、公耗子享福的烙印。

母耗子先把麦子捆成一大抱，放在一边，自己仰面朝天躺倒，等着公耗子把麦捆搁到她的肚皮上。麦捆一上身，她即刻收拢四条腿，紧紧环抱麦捆，由公耗子咬住她的尾巴，向目的地开拔。公耗子如一位常年迈步河滩的纤夫，弯腰曲背，倒着身体拖拉母耗子，噌噌地向他的后方、母耗子的前方移动。此时的母耗子，以自己的身体，充当一辆平板车，却没有平板车能够支撑必不可少空隙的轱辘；她脊背着地，心甘情愿地以身顶车，由她的丈夫拖运那"车"粮。每只母耗子的后背，在紧张的转移、搬运秋食的日子里，全被摩擦得血糊淋漓，皮开肉绽，一根微细的鼠毛都不剩。

那些黄鼠背脊拖碾过的草地，草稞断裂，沙土浮沉，裸露出灰白的地皮，天长日久，再不生长一棵青草，跟人或者牲畜踩踏出来的土路那样。人在草地里站定，仔细一些的话，能看到埋伏于草丛里的半寸宽的鼠路，向着粮田"边外"的"边外"，纵横伸展。所有偷运秋粮的老鼠都是走自己的专线，这样细致光滑的鼠道，行走起来阻碍小，步伐自如流畅。哪只耗子磨出哪条路线，他就认准这条道，不论从哪个方向偷了粮，都拐到这条道的头上，然后，"一条路走到底，走到黑"，到自己的家。

人类在生灵共有的大地上种粮收粮，耗子分享有限的一点，然后万物生灵和谐有序地绵延不息，这本是自然万物的约定。但这个约定被粗暴地打破后，每个物种的生存故事就有了惨烈的意味。任何感受，其实都是自身情绪、心境的投射。因为剜耗子洞的粮食而心有不忍，因为心有不忍而备觉耗子拉粮艰辛不易，善良的母亲就如此陷入了无尽的自责和痛苦。

耗子拉粮和鼠道的描写，细致生动，触目惊心。

118

耗子打洞藏粮非常讲究，非常精细。这一部分生动展现了耗子世界生活形态的一角。耗子们也有勤劳和懒惰之分，对耗子储藏粮食种类的选择，说明耗子的品位和操守。万物共生，耗子只取它生存需要的一点。耗子储藏粮食非常讲究，更看出耗子对粮食珍惜的态度。人鼠对照，人类又有什么资格把自身凌驾于万物之上呢？

母亲顺着小路跟到尽头，站下。耗子的粮仓和他们居住的家，就在附近。她照准一个地方，用铁棍子一扎，若下面虚土哄哄，就是鼠窝，就可以剜了。不过，耗子也很聪明，将洞设置得非常精巧。他们知道"审洞"，在不易察觉的地方，通过一个小孔钻到另一个洞，由这个洞开始，才真正地去规划他们的营区。每个洞穴在设计上一律采取暗自相通、各自为政的战略布局。做好一个洞，屯满了粮食，这个洞就被隐蔽了，耗子夫妇随即堵塞它和下一个洞之间的细小通道，使这个洞的存在，看起来孤立而不动声色。新的洞囤积满仓以后，依次延展，以同样的方法遮盖，并继续开辟下一个洞。

每一对男女耗子组成的家庭，都选择积蓄单一的粮食作物，他们钻进粮田时眼不花、心不乱，不是见什么粮都把它拿进自己的洞里存储起来。看样子，耗子没有人那么不讲究，没有人那么贪婪。耗子执着地认准小麦或者认准黄豆，或者是别的哪一种粮食，在单一的方向里，孜孜不倦，开拓进取。而具体到开掘多少个粮洞，完全仰仗这个家庭的男女主人的心齐程度和力量大小而定。但不拘多少吧，每一孔确凿下来的洞穴，都与他们的居室暗中相连。无论这一对夫妻生育了多少儿女，家庭全体成员都集中在一个洞舍居住。那些安顿好的粮洞，都在他们的四周静悄悄地埋伏着、沉睡着。他们的呼噜，能传达到每一个粮洞、每一粒粮食之间，因为他们能判断出，周围那些安静的粮洞，返回了哪一些声音。

耗子的世界，也有贫富之别。穷耗子和富耗子，除了身体表征呈现肥和瘦的差别；贫者与富者，对于土地和生活的态度，也很悬殊。我母亲见识过的老鼠家庭，拥有最多"套房"的，是八间，一间用作居舍，其余七间用来屯粮，屯粮的七间房里，均是粮食满仓。更多的耗子夫妻选择开双洞，一洞屯粮，一洞居住。个别夫妻只开单洞，在那个孤零零的洞中苟且食宿。双洞规模有大有小，常见的有一尺半大；单洞略大，方圆二尺。但是单洞里存放的粮食非常有限，而且粮食没有脱皮，不做精细加工和处理。想必开单洞的男女耗子，除了心力不支，对于存活，似乎另有杂念，倘有乐趣，亦在别处——如有的人们"心思不在此地"？

找到富裕的鼠洞，大喜过望，伸进手去掏——怎么说呢，土改时候，穷人抢夺地主家的粮食，就是那样式的——麦穗砌垛得出乎意料地瓷实，手指伸不进去，麦稞揪不出来，纤纤麦草竟如密不透风的铁壁铜墙。不知老鼠是怎么安置的，颗粒紧凑，草稞之间的缝隙被减缩到了最低限度。母亲用了很长时间，揪出十来根麦穗，再想揪，揪不出来了。她摸到的是结结实实的一堵"粮食墙"，墙体方棱四角，"墙砖"之间摸不到粗糙的起伏，粮草一丁点、一丁点地，从小到大，堆叠成井然有序的墙垛。

令人惊奇的是，若从耗子洞里剜出了莜麦，便尽是未脱的莜麦穗子，并且带着麦芒；剜出小麦，虽然也是麦穗，但没有一根麦芒，全是光溜溜的实穗，"喜人极了"；剜出菜籽，不带任何皮草，"黄格愣愣的"，一粒是一粒，就像小米子；剜出荞麦，杂壳全无，尽是仁儿，"白沙沙的"，铺展满满一窝。

打开这些有规则的、分门别类的地洞，母亲不由得坐下来观赏。他们料理得实在是讲究，简直想象不出，人做活儿，哪一天能做到耗子一半的精细程度，那种气象一定大不相同。要不是家里的孩子们嗷嗷待食；我奶奶，唉，可怜的人，本来是心底有力气的老人家，现在终日软瘫在炕上，没力气多睁一下眼……母亲说，"我真是舍不得拿走一根麦穗、一颗麦粒。"

可她还是拿走了。

忙过运输，耗子腾出手脚，把精力放在小麦、莜麦洞里的麦穗上，嗑出一颗颗麦粒，将空壳脱到洞外，就像收割了庄稼，回过头来脱粒、打场，把小麦、莜麦处理得颗粒是颗粒，归属洞里；皮是皮，搁置洞外。绝大多数耗子冬贮，不做带皮收藏，它们精兵简政，让地洞最大限度地容纳精粮。和农民秋收粮食、牧民秋割牧草一样，老鼠秋贮粮秸，也是为了确保他们的家族能够安然度过严冬。老鼠比人更其不易的是，凡洞内之物，都循环使用，比如吃了粮食终会消化、排泄，他们把拉掉的废物，掺杂着粮食再次使用，当作粮食吃进去；死了的耗子，也不浪费丝毫，不管死的是孩子，还是父母，活着的耗子把"最亲的亲人"补充到自己身上。这种严酷的生活律则，是在精心存够一冬的粮食，漫长的寒冬到来，耗子封闭了最后一个洞口之后，才一步一步深入地、毫不犹豫地遵守下来、进行下去的。

不过，当时我们旗，还有外面的一些地方，已经出现了像老鼠那样的生活情景，即人吃自己的排泄物；饿极了的活人，吃已经饿死的人。虽然只是局部现象，但毕竟出现了个别人，在自己的地方，循环地生存和死亡。

母亲不敢多想，也不敢多看。她剜了那八间套房中的七个粮洞，共取出百十来斤粮，都带走了。不知道耗子听见动静，看见她背走了他们的粮没有。

严酷的生存环境，让耗子们形成了自身的循环，吃拉掉的废物，吃死去的耗子，一切都为了生存。什么时候，掌握着世间万物生杀大权的人，也和耗子一样开始自身循环的呢？作者于此用笔极简，在对耗子世界带有情感和温度的描述中，偶有几笔，质问和批判的意图全出。

在西壕梁那一次，她剜粮时，没剜到粮，剜出了耗子。她没有些微准备，扑哧一下跑出一群小耗子，十分突然，她和小耗子都吓得不轻。他们个子小，但也算成年耗子了。这么多成年耗子同住，她没有见过。而旁边四个洞的粮食就是靠这些耗子拉回来的。他们的身体不大，那些拉粮的耗子其实不是特别大。她坐在鼠洞边上哭了半天。又可怜他们，又可怜家里头的孩子、老人，又委屈、害怕、羞惭，浑身发抖。

但是，双腿浮肿、面色苍白的母亲，顺着她的道路继续往下走。

她看不到别的选择、别的方向，她不想朝向别的方向，做别的选择，比如停下手不干。饥荒何年可以缓解，困扰何年能够了结，谁也不清楚。谁也说不上来。她祈祷了多次，但看不到情况有哪一样能够得到改变。

这期间，在我母亲和她的同伴定期举办的妇女们的学习班上，女人们流着眼泪，向她和别的组织者诉说自己的处境："饿得不行啦，不能来识字学习，家里还有一群人像饿狼一样，张着嘴跟我要吃的，我拿不出吃的，赶明天他们就得吃我啦。"她们放下学习，迈过草地，再次去寻找村庄旁边的那些粮田的"边外"，那些耗子的粮洞。学习班不得不暂停下来。母亲放下办"学习班"的事，又向"边外"出发，日行五六十里、八九十里，继续翻地，或者有所收获，或者空手而归。与妇女们同去的，还有一些男子。

仅仅翻了七八天地，翻得耗子没有办法了，耗子就做沙坑。那些女人们、男人们一下手，发现下面是沙坑，耗子把沙蓬当作食粮，垛在洞里。见此

母亲终于剜出了一窝小耗子。以一个母亲的善良，当她作为小偷去偷耗子家的粮食，却不幸和那群比她弱小得多的粮食的主人见面的时候，她的心情一定是复杂到难以言表的。所以母亲哭了，她哭可怜的耗子，哭可怜的家中的老人和孩子，哭她不得已的偷窃，哭她内心的委屈、害怕、羞愧……这是一个太过精彩而残忍的细节。

粮食被人类盗挖一空以后，大雪一场接着一场。没有了粮食之后的耗子会怎样？情况在进一步惨烈。耗子选择了绝望之旅：上吊。

荒原上的野蒿秆的枝杈里，挂满了弹尽粮绝的上吊的耗子。作为食物链较底端的物种，当它们走投无路的时候，它们选择了有尊严的死亡。

在一直以来的民间认识里，耗子是小偷，偷鸡蛋、偷油、偷粮食，只因为这些大自然的物品被打上了人的私人的烙印，未经许可取用便是偷。所以，老鼠过街人人喊打。可当人类未经许可盗挖耗子冬储的粮食后，弱小的耗子只能选择有尊严的死亡。这是自然界上演的一出惊心动魄悲壮的生命大戏。耗子上吊终于把人吓破

情景，女人们说："快给人家孩子盖住吧，冬天也好糊个口。"男子们说："家伙们，精得比人不差。"

一旦有人动过了哪个粮洞，即使只是看了一眼，又用土照原样覆盖起来，耗子也不再需要这个洞了，不再需要那里面的粮食。也许是担心人在粮食里面下毒，也没准儿是天生烈性，或者二者兼而有之，作为对抗，放弃粮仓？不得而知。

最后，粮食被盗挖一空，确实没有可贮存的了，没有可吃的了，耗子就把沙蓬的籽窖进洞里。在即将来临的漫长冬季，他们退而求其次，预备好，这个冬天就吃这种"粗粮"。他们失去了麦子、豆子、菜籽一类细粮，细粮都被人盗掘光了。即使是沙蓬的籽这种"粗粮"，人们若是剜开了耗子的贮藏室，他们也毫不犹豫，像曾经决然地放弃细粮仓一样，毅然决然地放弃一窖窖的"粗粮"。

眼看进了十月，大雪一场紧跟一场落地，气温骤降。离着数九还远呢，气温已降至零下十几度。百般无奈中，耗子们纷纷选择了绝望之旅：上吊。

那一年，没少死掉耗子。

男男女女的人们惊慌失措，站在地里不敢迈步了。

等他们缓过神来，互相传呼："快别剜了，剜得人家孩子都死完了。"

这是1962年秋末冬初。草地里长着分叉的蒿子秆，耗子踩着一块石头、一截木头，爬上了离地一尺高的蒿秆的分叉处，把头往蒿杈里一卡，一跃身，用两条后脚爪将头紧紧抱住，使劲抻自己的头，一直抻到断气为止。绝大部分耗子照搬这一种死法，攀登着蒿秆上去，解决自己，一死一大片。那个旗的南方、西方，上吊的老鼠，弯曲着身体，挂在一

根根蒿草杈上，随风摇摆。没有了主动性的死鼠，和枯蒿秆一样，灰头土脸，遍布草场，场面蔚为壮观，可谓世间奇迹。

人们枯燥、乏力地罢手，虽然没有别的路可走，但是谁也不再去翻地了。

他们确实被上吊的耗子吓破了胆。

草地里的这幅悲壮情景，一直存在我母亲的记忆中。将近四十年后的2001年"五一"节，她对我讲起这段往事，神不守舍，身体打了几回冷激灵，前后左右地摇摆，并且长吁短叹不止。

她说上吊的耗子："他们也是没办法。"

不过，也有一些耗子没有寻死。母亲说："不是不想死，是死不了。百草枯，没法死，找不到上吊的东西，就剩下饿死一条路了。"

翻完耗子洞，四五年时间里，母亲每天夜里梦见耗子，总是密密麻麻的，哪儿哪儿都是，想抽身走掉，无处落脚，眼睁睁地看着天大亮了，不敢起身下地。那时候住的房子里，天亮了耗子还在地上扑噜扑噜地跑，跳上锅台，绕着锅台耍。锅台上什么吃的都没放，就安了一口锅，盖了一个锅盖儿，干巴巴的连点油腥味也闻不着，他们的兴趣仍旧特别大，永远耍不够似的。还瞪着眼睛看人，两只耗子排排坐，蹲在锅台上看人。有一回，我大哥捏住鼻子当猫叫了两声，耗子嗖的一声跑下锅台，急慌忙乱中，身体四面碰撞，一时间紧张得连耗子洞都找不着。竟有好几天，他们窝在洞里不出来。等他们再次现身，母亲对我大哥说："你给妈妈叫唤两声。"我大哥便又当猫叫唤起来。他那时还小，母亲说："停下，别叫了。"他不愿意停，停不住，只当是好玩儿的游戏，哪能踩得住刹车。没过几天，耗

了胆。

更为惨烈的是还有一些找不到东西上吊的耗子，就只能活活地被饿死。人类与自然联合导演的惨剧，却让耗子承担了最为悲惨的结局。

耗子还在肆掠，田野里没有了粮食的耗子只有向人类靠拢。一切都是为了生存。

子对来自炕上的假猫的威力有了底，干脆不予理睬，他叫他的"狼来啦"，耗子们在此声响中，大步流星，穿堂而过。"狼"没来，谁能吓唬住他们呢。他们复又满世界冲击、跳跃。

"上苍呵……"我母亲只叫了个头，不说话了，将头深埋下去。

从此，面对耗子，她只有在心里忙乱着做祷告。

但是她再没睡过一个安稳觉，关于耗子的噩梦再没有间断过。她有些措手不及，惶惶不可终日。尤其是我父亲下乡离开家的时候，耗子越发拉出大部队，满地演练。到我妹妹出生以后，我父亲还是经常下乡。母亲挨着我妹妹睡，一只耗子从我妹妹胳膊上跑过去，母亲就把我妹妹抱起来，点着灯，枯坐一夜。有的女人跟我母亲说，她的女娃娃的鼻子被耗子啃掉半块，有家人家男娃娃的小鸡鸡被吃净了。

有时候半夜我醒了，看见母亲抱着妹妹干坐，不但不解母亲的苦衷，还像我大哥曾经有过的妒忌那样，狭隘、自私地想：母亲这个人，不会抱我。再多一些耗子在房子里乱跑，她也不会把我抱起来。真不知道她是怎么想的，发展到只抱妹妹。也许我小的时候，她抱过我，但想不起来她什么时候抱过我。我甚至想，问她我是怎么生出来的，她说我是山上的石头堆里变出来的。这回算是得到了验证。而我确信妹妹是母亲生的，生妹妹的时候，我被接生的大同老婆婆赶出门外，在外头听见了妹妹的动静，她从我母亲的肚子里跑出来。

夜里翻身，我压死了一只小耗子。听见自己尖厉的叫声，我爬起来看，谁挠我的痒痒？一只小耗子蠕动了几下身体，就在我睡过的地方僵死了。那幅破裂的图案惊醒了我的小美梦，我魂飞魄散，号啕大哭。母亲把我拉扯过去，安放在她的另一条腿上，和早已盘踞了母亲一条腿的妹妹面对面。半夜不睡，干坐着。坐着好，坐着吧。有母亲在，坐哪儿不一样呢。就是不一样。母亲抱我太少。她不知道我也害怕耗子。

心里的水平，早就塌陷了，但我生出力气，去制造了另一种伤人心怀的罪孽。我甚至想，耗子越多越好，耗子再多一点，上炕来，你们。

有一夜，声音像绞磨机一样响，母亲点着灯。昏暗的灯光下，照出一地耗子。不知他们从哪里搬运来那么多榨油用的蓖麻子和葵花子，一个个忙着嗑麻子、嗑瓜子，像农村好吃懒做的小媳妇那样，悠悠地练就了嘴上的功夫。他们嗑得灵妙轻巧，嗑出完整的壳，吃掉里面的仁。随着咔嚓声，轻飘飘的皮壳飞舞着小弧旋，落下，覆盖于地面，全套动作操作起来快捷、熟练，不是亲眼所见不敢信真。耗子这般全体奔赴、个个精修的景象，煞是惊艳、恐怖。

一时间，母亲产生了幻觉，以为这是她剜耗子洞穴的时候交过手、碰过面的草地里的耗子，是他们携带子孙，相约今夜，汇集到她的房子举行一种仪式。她年纪尚小时，见过百余名喇嘛席地而坐，在干洌的农历五月之夜，齐声唱诵祈雨长经。黑压压一片喇嘛，都是发声的源地，但每一个人心无旁骛，自心底升起相同的呜呜，淙淙溪流汇合于一，形成千载难逢的壮观阵容，令黯然的天地顿生悲悯，召唤每一个人、每一个生灵的心和眼睛，从独自端坐的一小块地方，迈向远处，迎接来自雨水的锄理、洗荡。每一个人的心和眼睛都湿润了，他们世世代

剜过耗子洞的母亲背负上了终生的罪孽感，于是她给耗子们唱忏悔的歌子，唱赎罪的歌子，唱灵魂的歌子，然而，耗子只是耗子，而且是饥寒交迫的耗子。母亲的忏悔无法驱赶越来越多的耗子。

代与土地的命运共融共和，慈悲的上苍，全都知道。呵，感慨洒泪。

唉，千古流长。

耗子聚集在她的房子里，是以这种慈云密布的方式感荷土地，还是搬来他们的现实生活，让她看见，他们生生不息的命脉、滋滋有味的气力？她损伤过的耗子，也在其中吗？耗子是不是要永远跟随着她，走到她侍养的任何地方？

她后来，后来，想到唱一支歌。她母亲是给羊群唱歌来的。她僵硬地、缓慢地吟唱：

"请听好了，孩子们，我很想说对不住啦，我回去找你们就是为了说声对不住，我的罪孽说对不住的时候已经栽种于土地，可是我不能再翻地，我就把我的罪孽带在身上，我挖掘我的心灵……请听好了，孩子们……"

耗子吃着带油的仁儿，又听到她越来越宽松的歌，偶尔抬头互相看望一眼。他们并没有感到心满意足，感到宽解，如愿以偿地折回自己的地窖去睡觉，恰好相反，情况出乎意料地不同。不是她的歌声，就是食物强劲而飘逸的香味，使她的房子吸引了、或者说召唤来更多的耗子。

这件事发生之前，我奶奶和姑姑返回老家去了。回去后没多久，奶奶来信说她病了，母亲带领着我，汽车、火车交替着坐了两三天，去看奶奶。奶奶外屋的柜子里藏了很多银圆，白天黑夜，柜子里的耗子不停歇地把银圆扒拉得哗哗地响。奶奶说，柜子里有八九个大耗子，好几年了，吃住都在里头，她听惯了。大半辈子了，花不成银圆，就听个银圆响儿，见天能听见，觉着挺舒坦，也算没白活。耗子呢，算是个伴，若是哪一天听不见耗子的动静，倒

姥姥来为母亲念经忏悔，救赎母亲负罪的灵魂，母亲不再做噩梦梦见群聚的耗子。忏悔是属于善良的灵魂的，母亲一生善良，所以母亲忏悔。忏悔在多大程度上对救赎一个具体的灵魂有用呢？与其说忏悔是一个生命体摆脱罪感的方式，不如说忏悔是让人只为人，让人与自然万物和谐共处的通道。

闷得发慌呢。

迄今为止，我只回去过那一次。一想起父亲的老家，眼前就出现那个带响的柜子。

等回到我们旗，我姥姥坐着勒勒车走了二十几天，赶来看望我们。她虔信喇嘛教，认为我母亲触伤了土地和神灵，使老鼠一类小牲灵惨重地成了牺牲。每天早晨，等我父亲上班走了以后，姥姥净完身，盘坐炕上，双手合十，念诵一种我们听不懂的经文。在那间容纳了几只皮箱、一个大水缸、一口中型铁锅，和几个人的小房子里，姥姥为我的母亲，为苦难的生活和生命，为罪恶的行为和灵魂，深切忏悔，虔诚祈祷。

不知是姥姥来了，日夜想念姥姥的母亲，心灵上有所依托，还是姥姥信仰的释迦牟尼佛祖真的愿意拯救和帮助人们的灵魂走上正途，从苦海里把我母亲这样孤立无援的人们拉上彼岸，母亲不再做和老鼠揪扯不清的梦了。

这种梦是不做了，却没见她活得轻松起来。

母亲翻了二十几天地，"四清"运动和"文化大革命"中，我父亲因为我母亲的这一"自救"行为，来回来去做检查。在"四不清""历史反革命分子""叛徒""走资本主义道路的当权派"等诸种词语以外，附带了一项，即"多吃、多占"。就这一项，就这个大问题缝隙里的小问题——不，问题并不小，"多吃、多占"的性质说多大、有多大——反反复复写了多次的检查报告，通不过，过不了关。命令他"拿回去好好写"的人说："占了耗子的粮，也不行。挨饿是没有办法的，饿死也是没有办法的。既然全国人民都没办法，党中央和毛主席也没办法，你老婆怎能有办法……"让他检查、为自己的理想奋斗一辈子的父亲没有看见自己理想的实现，只看见自己奋斗的理想破破烂烂地飘挂在空空的窗棂上，而对于陪伴自己一辈子的我的母亲，直到生命的最后，他才意识到母亲一辈子艰辛付出的可贵。

一个坚韧宽容的中国女性和一个为理想奋斗的中国男性，他们是普通得不能再普通的老百姓，面对人祸天灾，他们除了承担还能做什么？

交代问题的根源。

那些收上去的纸里，没有写字。

父亲说，没有可交代的，要检查的倒是有。

对父亲来说，这是又一种非常规的经历。也许是他面对了母亲，面对了众多在旷日持久的饥荒中破败流落的家庭，面对了老鼠决绝的集体自杀？总之人有些沉默。实在按捺不住，他爆发一回。抛开这件事，就他走过来的道路看，也许是他觉得没有多少话要讲。他的一生中有过工作方法上的失误。在我们长到半大不小的时候，他重新工作了以后，有一回，让我们几个人记住，他说他从始至终，恪守不拿公家一针一线的准则。他确实履行了对个人的最高和最底限的要求，也依照了一个理想主义者、一个生性浪漫的人，所能瞭望的方向，尽力去做了许多实际的工作。因此，他从20世纪20年代末，走到21世纪初，走到生命终止，人是清爽的，也还算踏实。但是有些事，到老了想起，还是感到心绞神痛。比如有一次他下乡去到一个村庄，除了老弱病残走不出去，能迈步的人全部外出讨饭去了，他们的门窗用破烂东西插封起来，门楣上的横联留着"劳动光荣"的字样……看来在记忆中，他没有封存那些景象。他看见过很多岁月的痕迹，在心里保存了岁月的滋味。在最后的时间里，他对我母亲说了一些比较动感情的话，说我母亲——他叫她"老伴同志"，跟他在一起生活，受了很多苦，想到这些，他很难过、很抱歉。"对不起，请多多担待"。

这篇文章是关于 20 世纪 60 年代初期饥饿岁月的心灵史。文章围绕我的母亲展开叙述，充分展现了艰辛日子里我的母亲所遭受的心灵和情感上起伏波折和磨难。

我的母亲，是一个宽厚、善良，愿意善待一切生灵的普通女性，奶奶和小姑姑带着强大的气场出场，更衬出了我的母亲的平凡和普通。但事实是，强大的奶奶和小姑姑也需要我的母亲来解决她们的饥饿问题。为了解决家中众多人口的饥饿问题，母亲只好打起了耗子洞的主意。奶奶和小姑姑与众不同的外表和做派，仍需要我的母亲忍辱负重的辛劳来维持。文章的上部可以看作全文的第一大部分，以奶奶和小姑姑个性和外形的鲜亮和耀眼，对比出我的母亲的宽厚、包容和坚韧。并引出文章写作的关键推动力：饥饿。饥饿改变了一切，在饥饿面前众生平等。

为了解决一家老小的饥饿问题，我的母亲终于走向田野剜耗子洞，盗取耗子们冬储的粮食。下篇围绕母亲剜耗子洞粮食以及由此产生的精神和心理的波动展开。善待万物的母亲和饥饿的母亲，两重形象叠印在我的母亲身上，所以在剜耗子的粮食时，我的母亲始终是分裂的，痛苦的。一面为获得粮食可以喂饱家中数口而欣喜，一面为抢夺耗子的粮食而负罪。不得不为的苦和同时存在的负罪感，时刻折磨着我的母亲，撕裂着我的母亲的内心。文章对耗子拉粮、耗子储量和耗子保卫粮食做了非常详细到位的描述，这些文字越细致，我的母亲的罪孽感越深重。到耗子的大面积上吊自杀，文章将罪孽和惨烈推到了极致。人类和耗子抢夺粮食，弱小的耗子只有选择上吊，否则就只能活活饿死。耗子这个物种的行为固然在震撼中有着未解之谜，但作为生物链顶级的人类，居然到了向耗子要粮食的地步，这既是世间惨剧，更是世间闹剧。惨烈的事实让人思索：何以至此？是什么导致了这样的局面？

回到标题，1962：不一样的人与鼠，因为粮食，因为生存问题，人和鼠在这一年都不一样了。是什么原因让这一切不一样的？母亲的自我救赎只能暂时解决她心灵的困境，却无法解决时代的问题。作者在这篇文章的写作中，已经尽量隐忍了自己的立场和批判的态度，尽量让惨烈的事实和现场来阐明写作的主旨，但事实太过惨烈，所以尽管文章安排对父亲的描述和想象穿插其中，依然无法阻挡作者写作意图的扑面而来。关于那个历史时期的天灾人祸，今天依然是段语焉不详的历史，作者从母亲的个体生命体验和情感体验切入那段历史，留存下了珍贵的精神史料，这种写作姿态本身亦难能可贵。

少年巴顿

作为一个母亲，倾尽心力培养孩子、密切关注孩子成长中的一举一动，都是再自然不过的。写作本文的时候，作者的儿子正处于从儿童到少年的过渡时期。孩子的天性如何保护？社会的规约如何去接受和解释？如何保障孩子在成长过程中身体和心理的双重健康？

近年来，育儿类文章、书籍和电视节目铺天盖地，但儿童成长问题却有越来越多、越来越尖锐的趋势。社会的关注度和孩子的成长问题成正比增加，这应该是各类"专家"们始料未及的问题。不过也好理解，如果关心之初出发点和立场就有了偏差，那效果自然是越关心问题越多。而且，关注度越高，关心的人群越多，孩子的自我空间就越少，问题爆发就会越频繁，并且越来越尖锐。在本文里，作者敏锐注意到孩子成长中家校之间出现的不同步现象，并剖析了这些现象的原因和症结。作者没有隐讳什么，而是把自己的困惑、问题和思考客观地呈现了出来。

在没有确切的答案之前，客观地呈现所听、所看、所思所想，诚实坦然地面对这一切，比轻率的结论要有价值得多。这是作者这篇文章的价值所在。

作者一直从事文字工作，却在儿子的作文上说不上话了。是谁的问题？从文章摘引的巴顿的作文来看，巴顿的文字真实、自然，表达清晰。文字和内容的个人特色也很鲜明，有着小小少年的好奇、探索，以及小小的淘气。

老师要求是爱护小动物，巴顿写的是无心伤害小动物，从作文题目的要求上，巴顿的确离老师的要求有点距离。但孩子的文章观察仔细，角度独特，从无心伤害到后悔，明确要保护小动物的意旨，可见是篇角度独特、条理清晰的小学生作文。更难得的是巴顿直面自我的坦诚和真诚。但这样的作文，老师批评的不仅仅是审题立意的问题，而是从文本展开，对巴顿的品格和为人展开了批判。这是对少年个性、独立性的粗暴伤害。

小学三年级，巴顿开了作文课不久，关于如何写作文的事，我就不能和他说两句以上的话了。谁造成的这种局面，是怎样造成的，我常无能为力地想。

最初几篇作文，他写完拿给我看，问作文是不是就这么写。比如和孩子们玩拔根，他写道：

"首先要选好根。好根就是棕色的，焦黄的，不老也不脆的根……"（《拔根》）

另一篇，这样展开叙述：

"一上火车，我就想爬到二层床上玩耍，从上看外面路旁飞跑的树，看下面的人玩扑克。而从前我是不敢上二层床的，现在不怕了，但还不敢上三层床待着，更不敢从三层床上往下看……

"我骑马进了黄花沟，那里的小道和悬崖很险，稍不小心就可能滚下去，即使不滚进沟里，就是摔到草里，也得扎出泡来。不过，起泡是小事，要是摔到草深的地方，被蛇咬一口，就完蛋了。"（《在内蒙古》）

五年级时，老师布置写"你是如何爱护小动物的"。他写了自己经历的一件事：

"前几天放学回家，我写完作业，复习了复习各门功课，就抱着足球下楼，和一帮说是哥们儿也算不上哥们儿的哥们儿踢起球来。"伙伴们走了以后，他不想回家，就抱着球坐在筒子楼门口的台阶上，开始看地上的蚂蚁，发现有些蚂蚁行动迅速，有些

"则缓慢得多……我想逗逗这些蚂蚁，就捡起一支有一只手那么长的树枝，找了一只爬得快的蚂蚁，用小树枝截住它的去路，它冷不防碰了一下小树枝，退了一步，从左边绕着走，这样重复了两三遍，它走得不耐烦了，就干脆掉头，改道……我又去堵行动慢的蚂蚁，它往阴凉石缝里一待，根本不吃这一套。可把我气得够呛。我想用小树棍把它从石缝里拨出来，心里想轻点，别把它弄伤了，但越这样想越紧张，一哆嗦，小棍碰到了这只自作聪明的蚂蚁。这一下不要紧，蚂蚁真动了，不是向前走，也不是往后退，而是原地'做操'。我纳闷地仔细一看，它正在用它仅剩下的四条脚在那儿挣扎——另两条脚被木棍碰掉了。我差点乐了：这蚂蚁怎么这么不经碰，说残废就残废呀……看着它拼命挣扎，我非常后悔，我怎么才能给它安上两条脚呢？"（《我用树枝碰伤了蚂蚁》）

后面这篇，他没让我看，是我去开家长会，老师拿给我看的。评判的分数刚上及格线。开完家长会回来，他一副警惕姿势，问我："老师跟你说什么？"我想，怎么跟他讲呢?怎么讲，与老师、与他，才恰当合适呢？我说，老师说你写的是真话，字面干净，内容生动，有个性，就是想自个儿做得还不够……我把我的想法当成老师的话说出来。他没听完就把我顶撞回来："得了吧，老师不是这么说的。她说，我不爱护小动物，说'哥们儿哥们儿'，流里流气不像话，不积极向上，伤害小动物，还幸灾乐祸。"

我只好面对现实。我说，妈妈觉得，你说了真话。你不想回家，跟蚂蚁玩儿，事先没想会伤害到

134

蚂蚁，蚂蚁受伤以后，你以为蚂蚁想出另外的主意，跟你过新招呢，你没意识到它已经受伤了，正忍受疼痛呢。它的遭遇跟你有关，虽然是无意的，但是结果是它受到了伤害。你想这些的确想得不够。你要学着站在蚂蚁的角度去想一想，它的实际处境怎么样啦，而且这种情景是跟你有关的，你无意中导致了这样的结果。记住蚂蚁的遭遇。妈妈相信你以后会做得更好，也能写得更好。不过，你能写出"说是哥们儿也算不上哥们儿的哥们儿"，写出"做操"，妈妈都想不出那个时候，用哪个词比用这几个词更准确，更合理，更有动作性，有想象力。这些细节，这些词语，是你用自己的眼睛发现的，你心里感觉到的，你找到了自己的话，说出了自己的话，现在看，也是比较合适的话，用在这里，这些词语，很恰当，使用得真的不错。

我肯定他这些描述。这么写，比说书上的话，比说别人的话好，好很多。

我以为，孩子能够在自己的轨道上做这件事，没有人为矫饰，没有人和环境对于他的干扰，他能使用自己的语言，自己的节奏，自己的头脑，自己的心理维度，写出他那一时刻想到的内容，很诚实，很朴素。虽然还有缺陷，思维上有些缺漏，没有关系，指出来，提醒他，他以后会有所注意，会做出修正和弥补，会去建筑更合理、更有人性和同情心的思维，并付诸行动。但他的作文有童趣，甚至表现出天性和幽默，这一点保护不好，或者人为夸张或抹杀，对写作或者是做人，都会产生麻烦。

我想，巴顿的作文还表现出另外一些东西：不人云亦云，不矫揉，没有阴暗。我是看重他有这些品质的。

我试图努力在学校和家庭之间找到一条兼容的道路，试图保护孩子天真、自然的自我成长，然而得到的却是孩子的质疑和不信任。

学校强大的洗脑教育，就是这样把个性格式化后统一重新分区的。作者欲哭无泪，很多家长也欲哭无泪。然而，在这种教育理念下，真正受到伤害的却是稚嫩的孩子。但，一个家长能抗击一个庞大的教育机器吗？

　　还在上幼儿园的时候，有一次，他拿回来一张纸，上面画了一摞相隔半个指头距离的圆圈，在这些圆圈不远处，单立着一根棍子；画儿的右下角写了一大一小两个字："巴屯"。

　　我意识到，忘记教孩子写名字了。他模仿我绣在他小手绢上的字，写下自己的名字。但是关于"巴顿"的顿字，他只写了"屯"，没写后半部分的"页"。我不由得笑出来。他也笑了，小脸满是那种他又学会一些小本领的自豪。

　　我压着惭愧，说：嘿嘿，屯田，屯兵，为了屯垦。巴顿将军，果然厉害。不过，咱们得一顿饭、一顿饭地吃，一天、一天地长大喽，再去做这些个事情。来，咱们造一个将军营出来。屯，后面再加上一页两页的页，屯和页放到一块儿，就全有了，巴顿的胳膊腿儿就全乎了，这就像个战士的模样了。赶紧教他，一笔一画写自己的名字"巴顿"，补上这一课。

　　问他那些隔一段距离摆一个的圆圈圈，画的是什么。他说"糖葫芦"。

　　这是糖葫芦？我吃了一惊，心里更加地羞惭不迭。我只想着不惯纵小孩，不让他骄奢、铺张那样子生活和成长，平时没让他习惯买零食、吃零食，但是忘记了去体验北京的冰糖葫芦，忘记了让孩子见识一下这个京城传统的小吃食，忘记了帮助孩子积攒对传统文化的认识经验，类似的生活和传统里的细微内容，我竟然给忽略了。他没接触过这些物质，便在幼儿园的图画课上，自己想象出一根棍，在棍子旁边，画一串规整的、但并不挨着的车轱辘形状，那就是三岁多的巴顿想象出的冰糖葫芦。我真想抽自己一下，唉，咳，无地自容。

孩子的成长是一种自我认知，也是一种自我确认，还是一种对社会、自然的理解和拥抱。面对孩子真诚的探索，社会和自然如何给予诚实的对待，而不是粗暴的干预？这是作者的困惑，却找不到解决的办法。

暗自难过了一会儿，我忍不住又笑了，无地自容的感觉就被欢笑掩饰过去了。

巴顿，走，我们买糖葫芦去。我说。

我的愧疚至今想来还如第一次经受，不过内心深处，真觉得孩子是结实的，是健康的，他默不作声地建造了他的意识，也教育和补苴了我。我的欣喜、检讨和修正，他的很少麻烦的质地和脚步，确实都在朴素如常的生长中。

但是升小学以后，为什么他只信任老师、不信任家长，这中间谁的环节上出了问题。为什么信任老师越多，对家长的怀疑也会增多，学校教育和家庭教育缘何对立起来了。孩子能够在多大程度上保持独立和判断的自主。

学校和家长分别站在成年人的角度。我觉得，这不等于两方都认识和掌握了科学和理性，真的能够与孩子正常成长的方向保持一致。

是大人们悖逆了孩子的纯真，还是孩子搅乱了大人的方寸？

我说，巴顿，好作文都是写自己发现的东西，说自己的心里话，写出心里真正感觉到的东西。以后，再长大一些，愿意写小说，你还可以构造人物，让不同的人做他们要做的事，说他们能够说的话。帮助他们制造他们的故事。你可以有很多想象，做艺术上的虚构……现在呢，你试着看懂一个东西，看透一个东西，看出一个东西有里面不同的内容……比如，你看地上跑来跑去的蚂蚁，看出一些故事来了，它们的故事，和看它们的人，这两方面之间的事情也自然而然地产生了……

孩子怎么才能信任我呢。

那时候没想到我和孩子之间的沟通会有困难，

甚至是麻烦。连孩子会对我说的事情产生怀疑，说真的也没想到。我做长篇小说编辑和报社编辑、记者有些年头了，自认为判断力不会出多大的差错，而且我的艺术感觉一直为人们称道和认可。现在，不得不承认，我遭遇了挫折。

我正在犯自以为是的错误，忽略了一个小孩的目力和心力，忽略了一个小孩已经面临的挫折与困扰。

家长、学校和社会三方，对现行的应试教学有不同的理解，三方的隔阂和矛盾不可谓不尖锐、不深刻。这些疼痛，深深地烙印在孩子的身上、心里，他能做出什么选择来呢？巴顿在学校是个不坏的学生。

巴顿写的这篇关于蚂蚁的作文，是他小学阶段最后一次认真写的作文。那天开过家长会回来，我们进行了上面的对话以后，他对我宣布了他的决定："我以后再也不听你的了，你说好的，结果是不好，你说不好的，结果是好。"果然，这个男孩从此往后就按照书本上的用语和样式写他的作文，而且再不让我看这些能交差、老师说好的"公共"作文了，他也失去了写作文的兴趣。拔根、踢球、画画、游泳、骑车……一切他感兴趣的事情在继续，只是和真实的"人"有关的事情和感受，再不写进作文里了。老师也没有再因为作文一类事情，喊我去学校开什么家长会。

我一面做着自己的事情，一面想巴顿的事。

我认识到，我只是信守了自己的经验，却没给孩子留出足够空间，他的反应无声而强烈。除了对老师权威的不容置疑的服从，这个上了四五年学，正往十岁靠近的男孩，已从心底开始反叛所谓规范，

对于个性和独立性，对于诚实正直品质的培养，是家庭关注的中心。听话、守纪律，按要求完成任务和作业，考试取得好成绩，是学校的教学重心。不同的培养目的，造成了孩子的价值判断的混乱。于是，孩子学会了轻松省力的趋从，按照学校的要求，做一名好学生，这样，自己的成长会省力得多。可怕的是，在孩子无师自通地选择顺从之后，一些孩子就永远地失去了独立和自我完善的能力。

保卫自我。他不想在大人规定出的路上按部就班行走，即使大人们说得没错，他也希望伸展自己的小臂膀，在自己喜欢的一部分天地里扑腾，在自己感受到的那个天地里去长大，去呼吸到自己触摸着的空气，而不全是靠父亲、母亲，或者靠老师输送给他空气。所有来自环境和他人的信息，他保持着分析、判断和感受的准备，他想有一点点距离，想望成年人允许他经过自己的头脑，去有选择地接受他理解了的东西，起码他想这样子去做。他要求有个人自主的、独立的意识。

那时候，他还不具备去判别大人接受的东西为什么不全是对的。借鉴这些事物及其因果关系的能力，是他的年纪尚不能完整地承担起来的。他能做的，是回过头来，怀疑和抗拒硬性强加给他的，而与他最接近的人，他先跟他们要求他的自由和自主的权利，然后随着年龄和力气的增长，慢慢地再向外转身，怀疑、抵抗，调整、修正，然后与外部社会取长补短，磨合、协作。

这一段对我来说沮丧而无可奈何的日子，也成了他成长中磨炼心智和承受力的艰难时期。

直到2001年暑假，巴顿十四岁，即将升初三的这个夏天，练跆拳道实战时，大他三岁、高他一个段带的对手因遭遇的巴顿年小而实力尚佳，被教练单拎出来与高级别的大男孩交手，心中不悦，加之取胜心切、取胜存在风险，趁巴顿踢出腾空旋转时，在巴顿的后背上踢了一脚下劈。这个犯规动作，使巴顿失去重心，身体横着摔下去，右肘肱骨当即两处骨折、神经挫伤。

在痛苦的手术治疗过程，和之后修复自己的漫长时日里，巴顿的整条右膊打着石膏，吊着绷带。

家庭是否应该给孩子一个更大的自我判断、自我选择的空间和机会呢？家庭和学校是否都应该给孩子留下一个自我调适的时间和空间呢？作者自省，却也没有明确的方向，留下的，只有沮丧。这样的场景，无数次地在不同家庭里上演。

巴顿学跆拳道受伤，这是作者非常煎熬的一段时期，也是作者心理解放的契机。

疼痛自不必说，不能写作业，不能料理自己的日常生活，不能继续参加暑期学校田径队的训练……上一年参加海淀区运动会时，教练看重他的悟性和潜质，决定他由径赛转为四项全能，标枪、跳高在课余时间的训练总共不到一个月，比赛时丢了一点分，但因一千五和跨栏成绩突出，最后他还是拿到了海淀区中学生四项全能比赛的名次。在随后将要到来的这个秋季，学校在这个项目上对他寄予了更高期望。这一系列迫切的现实问题摆在他的面前。

巴顿烦闷不宁，情绪忽好忽坏，波动起伏。

调整了一段时间以后，他坐下来，用左手在电脑上一个字一个字地去写出，为什么他热爱跆拳道，练跆拳道以来他的切身体会，受伤前后和医治过程的心理、生理反应……他又开始说一个少年的真实语言。后来，我见他在写小说。

巴顿几次主动和我聊天。他说，妈妈，我想过了，要是不能面对练跆拳道意外受伤这件事儿，我就会一直郁闷，愤怒，老想那小子他怎么能背后下黑手、玩阴的，故意犯规伤人。说不定以后不想再练了。还得把这事放下，放到一个地儿。他做的不合适，伤一回我足够了，我不能再伤害自己，更不会像他那种的去伤害别人。这件事到此为止。我要做自己的事。现在心里不生气了。我想起你老说，小孩磕磕碰碰就长大了。好吧，就当遇到个难事、坏事、烂事，越早从这个事儿里跳出来越好，让坏事变成动力，去做好自己的事，走自己想走的路。你不是说，坏事没有真正伤到你，是你不因为坏事变成不合适的人，变成坏人。你说得还是有一点道理啊。不因为遇到坏事变成坏人，那坏事就不那么坏了，对吗？我心里感觉，比原来宽敞得多。

十四岁的少年，意外受伤的挫折，让他获得了自我调适、自我休整的时间。当他积攒了一定的阅历、思考能力和分析能力后，他再一次开始运用自己的真实语言来表达感受。这是值得庆幸的时刻，少年因为身体的受伤而获得了心理上的成长。

被他人伤害而不自伤，少年真的成长为巴顿（蒙古语勇士）了。

我说，好样的，巴顿。妈妈真为你骄傲。

我从心里笑出来。

我说，没有过不去的坎儿。甭管怎么难，也能过去。扛住时间。咬一咬牙，跺一跺脚，就完了。

做母亲，我不说多，说该说的，说到了，就打住。下一回，或者就着前面说的递进一点，或者反衬着说一点经验和教训。我做他的哥们儿，做他的朋友。但我终归是一个母亲。所以还有好多事情需要去做。

写累了，巴顿读父母的藏书，还读了这一年出版的《同学月刊》。有一天，他跟我说，他又喜欢上写作文了。他读了刊登我那个夏天去《同学月刊》给夏令营的孩子们讲课那一册，发现刊物上他喜欢的简洁、真实的表达，跟妈妈对他讲的是一回事。他确信这个当妈妈的人，说的那些话是诚实的、有节制的，他以往防范的母亲，拉开距离看，确实没有强迫哪个同学，只是补充他们忽略或者丢失的一些东西，把自认为好的写作告诉给大家，让他们自己判断好的写作有什么不同之处。让每个人亲身体会和发现，去建立看这个世界的兴趣，寻找看世界的方法；感觉到说自己的话，用自己的方式去表达可能产生的效果和魅力，看看自己有没有兴趣往不同的地方再走一走、往前迈出大步。

巴顿嘴上不说，在心里，还是放松，或者说放下了跟我的对抗。因为他说，这个因为意外延长的假期，他想了很多问题，有很多痛苦，也有很多收获。这些他都写下来了，还写了一只蚂蚁和一个人之间的故事。他又一次从"自己"入手，去看生活，试着发现，试着整理和表达人内心原本就有的丰富的感觉系统，他也意识到，有了想去修筑一些东西的愿望。

　　我深深地感受到现行的教育模式带给孩子的困惑和压力，也从孩子身上看见了顽强的、生长和选择的力量。

　　作为母亲，我所能给予孩子的有限的东西，在孩子又长大了一些年岁，在这个特殊的夏天，最大限度地与孩子有了良性的衔接，令人感慨。

　　孩子给了我不少信心和鼓励。我想去学习，和孩子一起成长。

　　总评

　　孩子的成长也许是这个世界上最复杂的一门学问。一直以来，培养孩子始终是一个社会的热门话题。作者在这篇文章里，以一个妈妈的立场、一个文字工作者的角度，坦诚地记录下自己在培养孩子过程中得与失的点点滴滴，探索在家庭、学校、社会三方教育中，找到一条有利于孩子身心健康发展的途径的可能。

　　全文可分为两个大的部分。第一部分，关于巴顿作文的思考。在"我"看来巴顿写得不错的作文却被老师点名批评，引发了我的思考。思考涉及三个层面的问题：一是什么才是好作文，是循规蹈矩按照要求写，还是独抒己见诚实正直的性灵文字？二是学校教育到底要培养什么样的孩子？作文评点成为品格评价是否可取？三是家庭教育如何才能取得与学校教育的沟通，同时又不伤害孩子的个性成长？作者在这部分里，以比较大的篇幅检讨了自己在巴顿教育中存在的问题。但检讨并不能解决现实问题。

　　第二部分，关于巴顿受伤的思考和收获。巴顿在跆拳道训练中受伤，而且几乎是被人恶意伤害。受伤影响了巴顿的学习、训练、比赛和正常生活。这一部分细致地描述了巴顿的焦虑、烦躁、愤怒，以及随后的自我矫正和自我成长。病房的日子恰好给了巴顿安静思考的时间和空间，巴顿逐渐从这次意外伤害的阴影走出，并告诉妈妈：身体已经被伤害了，自己就不能在心理上再来伤害自己。生气、愤怒和报复，只能让自己再次受伤。

成长中的少年在伤痛中适应社会，选择主动成长，终于成为真正的巴顿（勇士）。

文章直呈了一个少年自我成长的个案，有相当的典型性和价值。当下的儿童教育，成年人往往太急功近利，太过于挤压孩子的自我空间。作者在文章中也数次自省，是否给孩子自我适应、自我成长的空间太小。当然，文章更重要的价值，在于让我们看到了每一个少年都有自我成长的能力，都有抗击打击的承受力，关键在于学校、家庭和社会是否给了少年足够的成长空间和时间，是否给了足够的信任度。

阎荷

散文里有一类纪念和缅怀亲友的怀人散文，它从古代的祭文和碑传文发展而来，在唐代古文运动后这种文体形式发展成熟，自古以来有不少佳篇。比如朱自清的《给亡妇》，巴金的《怀念萧珊》，鲁迅的《纪念刘和珍君》《忆韦素园君》，等等，都是现当代文学史上怀人散文的名篇。朱自清的怀人散文朴素真诚，感情内敛而不张扬；鲁迅的怀人散文在醇厚里隐含犀利；巴金的《怀念萧珊》则是泣血之作；杨绛的《我们仨》，在温和宁静里，对钱钟书和钱瑗的思念浸透全书，读来不能不动容……怀人散文因为情感的真挚、文字的诚恳，格外能感染人。

《阎荷》是作者为怀念同事、好友阎荷而作，文字内敛而深沉。

144

想念一个人，需要理由吗？阎荷走了十二年了，作者对她的怀思依然在叠加。

阎纲老师是当代文坛的长者，阎荷是阎纲老师的女儿，父母都是陕西人，所以名字取了"延河"的谐音。从小和文学界人士多有接触，从小的耳濡目染和家庭教养，给了阎荷清秀、文雅、大方的气度，包容着一切。这样一个女子，就像作者说的，一个好人，一个好女子，不显山不露水，但山水已穿过她的生命。

想念阎荷，尤其想念的是她的人品。不到四十岁的年龄去世，留给人们怀想的，却是她无处不在的好。老人念着她的不容易，孩子念着她的亲切随和，同龄人念着她超出年龄的包容和温暖。一个清秀洁净的女子，以自身的明朗清洁着周遭的一切，留给大家长久的怀想。

想起阎荷帮我解决生活上的困难。洗衣，一件很小的事情，却难在有心。而那时的阎荷，其实已经有病在身了。平实的叙述，远比夸张喧嚣的表达动人。

十二年了，阎荷在另一个世界，我们在这里。

断断续续和阎纲老师通信时，会说到阎荷。

她是同事，也是朋友。比我小。偶尔想到，阎荷跟我妹妹同岁……跟我妹妹那么大的孩子做朋友，二十几岁以前没想过。和阎荷共事九年，没感觉到她比我小这一类问题。因为她习惯为别人着想，至于别的，一笑就带过去了。"咳"，她常短促地感叹一声，作为应答，也把千言万语封住了。一个好人，一个好女子，不显山不露水，但是山水穿过她的生命，相连她，相连住时间。

她是好女儿、好妻子、好母亲、好工作人员。她的好，在面儿上，也在里面。她的好，是深长的，有意味的，明亮、质朴的，是靠个人秉性、信念和教养生长出来的，所以感染力强劲，让认识她的人长久地品味和怀想。好人的意义，就在于给自己鼓励，也给别人鼓励，温暖如春，长此以往。老人们看着她长大，说她怎么着不容易，也没走样；小孩们看她，觉得她亲近，要是小孩的妈妈有事，托阎荷照看几天，小孩子不会嚷嚷说不。我小孩巴顿刚还说，不知丝丝工作怎么样，自然说起丝丝的妈妈阎荷阿姨。他记忆中，"阎荷阿姨很漂亮"。小时候他说"阎荷阿姨好"。阎荷去世前一年，文艺报社组织大家去坝上草原玩儿，我们约好带上小孩，我和阎荷一伙女同胞以及她们带的女娃娃合住一个屋、睡一张大通铺，巴顿住男生那边。白天孩子们一起昏天黑地玩儿，阎荷极有耐心地和孩子们裹在一起，跟他们一同欢天喜地。当我告诉巴顿，阎荷阿姨得病去世了，他呜呜地哭，问："阎荷阿姨再也不能和我们一起玩儿啦？"

巴顿记得阎荷阿姨用他们家的洗衣机帮我洗衣

服。巴顿不到十岁那会儿，我们居住在和平里一带的筒子楼里，五户人家共用一间厨房，一层楼的人共用卫生间，厨房没有洗衣机专用的下水道。礼拜天休息，人们拥挤着做饭，洗衣服的事不那么容易进行，而平常的晚上，也是人多水龙头少，洗衣服的事困扰得人们，没有抓拿。阎荷说，把要洗的衣服拾掇拾掇，搁我那儿洗，我有全自动洗衣机，一会儿洗出一锅。见我没动静，她一回又一回提议，我带去衣服洗了两次。第二次去她家取洗好的衣服，见她靠在床上，那时还没发现有病，她只是觉着疲惫。我不忍心再添麻烦。她说，咳，你别想那么多，我那儿方便，真的，比你那儿方便得多。

　　阎荷长大的过程，见识到的人和事比人们想象得多；她心里体会的、埋藏的东西，比亲身经历的多。那时候父母双亲、父辈老人，正历经着国家和个人千重万迭的困境，岁月就把一个20世纪60年代初出生的女子，锻造成一面温良恭俭让，一面永不言苦、极有韧性。她能够倾听别的人，关注别的人，把别人的苦寒当成跟她有关的事情。

　　在阎荷身上，我体会出，她对事物自有的公道和正派，她总是从容有致，自然、诚恳、落落大方，而且在无关原则的事上能够就着他人，不去为难谁。个人那一方面呢，不夸张，不造作，不讨巧，也不埋怨。不知道在她的思维里，有怎样的格局，有怎样的比照尺寸，使她出发的时候，能够踏踏实实站在地面上，站在很靠实的地方。从她脸上，一般见不到"岁月的痕迹"。她不愁眉苦脸，也不说笑过头；常见她眯眯地笑着，有人的时候是这样，没人的时候，眼睛也是柔和、温润的，景象纯美。

　　20世纪90年代初，我调到《文艺报》副刊部工

她以自己的教养容纳别人的苦痛，以自己的温良体贴别人的苦寒。踏实，进退有度，眼睛总是很柔和，这样的素养现今越来越珍贵。想念这样一个好人的，不止作者。作者对这样一个好人的想念，也已经超越了这有限的文字。

人的好，人的踏实，不止在生活中，在工作中亦是如此。

在作者珍藏的记忆里，有她和阎荷接通生命之痛的一次对话。人和人之间的珍惜，并不需要太多的语言，只需要面对生命时的诚实、坦然和真诚。于作者而言，这是永远的不可再得的财富。这也是一个用生命写就的绝唱。想念之中，有了痛的成分了。

作，阎荷在总编室，我们发稿，他们编排，然后一起下厂，汇合到中国青年报社印刷厂去校勘。报纸出着，我们作为年轻一辈报人在实战中慢慢磨炼、长成中年人。

后来有一天，她问我，有没有可能，她想离开总编室来副刊部做一个编辑。社领导对她提出的想当编辑的请求，回复说：只要有编辑部同意接收，她就可以去做编辑工作。我说好，你来吧。副刊部加上阎荷，进来两位新同志。我在副刊版面上，设置了"记者手记"的专栏，放在头条位置，想她们两位采和编同时上手，有锻炼平台，也有用武之地，尽快适应编辑、记者工作，并能扎扎实实钉到岗位上。她们采写回来的稿件，我用心审改、编排，和她们交流，提交终审，然后在副刊"原上草"版面最醒目位置推出。阎荷做了牛汉等前辈的专访，还请唐达成前辈题写了"原上草"的刊头。那一年，副刊一个月启用一位文学大家题写的"原上草"刊名，有读者来信说，他们一份不落收藏《文艺报》副刊"原上草"的名家题字。

后来报社改革，调阎荷去新创办的周末版编辑部，并委以重任。她很快进入状态，工作做得有声有色。

一天午后，她料理完工作，来我办公室，和我坐了三个多小时。这个下午，成为我永远的记忆。当天晚些时候，她身体出现状况，就近入院检查，查出腹水，转院再查，知癌症已侵入体质很久。那个下午，我们谈论的话题，如果时间错开没去进行，再无可能展开。

而那天的谈话至关重要。阎荷啊，老人说，那种情况下，要说给一个人的话，比金子还贵重。日后，我常想她说的话，想她的坚实和深怀的德行，如同穿越山石，溪涧细水一般，长流不息。关于合适的人和不合适的人各在怎样的方向里，不在什么样的轨道上……她像是负有使命，我们在事物的本相那里，深入地交流。那样的谈话，在我们之间是第一次，也是最后一次。在报社，她很少那样敞开地说话，说那么长时间沉重的话题。

我知道，那是她的一个绝唱。

真正意义上的好人，才可能有那样珍重的声息。我也比较完整地理解了阎荷。

我珍惜她。在失去她的日子里，想念她。

我写给阎纲老师的信里，阎荷是重要内容。

"一个人给别人那么多美好，随时间往还，她其实仍然生活于时间中，与感念她的人们一同往前，互相致以鼓励，致以力气。

"保存住美好，人的自然责任里这一点尤其重要。

"阎荷的美好，时间越久越显现出难能的魅力。

"您和刘老师，有这样的孩子，该骄傲啊。

"谢谢您，谢谢刘老师，让我心生长久的感动。"

"终于找到以前保存的阎荷的三份手稿。一并奉上，作为纪念。我自己也视为珍贵遗存。但您二位是最好的保持者，没有比你们这里更好的地方。

"我之前只找到两份，想三份找齐，再交给二老。现在我安心了。

"阎荷是我的朋友，她的好，全在我心里。那种好，不以时间流逝而浅淡，不以言语声息轻重而改变。相反，它如一株顽强的树，日夜生长。

"二老多多保重，让阎荷放心。

在阎荷去世后，阎纲老师有多篇文章，怀念自己的女儿。白发人送黑发人的痛，读过文章的人都能感受得到。《我吻女儿的前额》，读一遍让人哭一遍的文字，女儿于两位老人而言，不仅是生命的延续，更是情怀的寄托。女儿走了，一切都空了，老人的痛，如何舒解？作者多次和阎纲老师通信，是工作，更是一种宽慰。

"有什么事，尽管说，我当尽力。"

"阎老师，您好。我已开始读，我想读完再动笔。您比我们勇敢，去面对这件事。我有时候想起阎荷，会陷进去很长时间。过去的日子，她那么真实地在我眼里、心里。她和别人不同。我们有很多方面不用交流就能相通。做人的基础是一致的，家教是一致的，虽然各在不同的地方和家庭生长，但我们的心性是能够在很大程度上相通、相连的。我们不用说，也能是长久的一种关系。一位可以相通的朋友，在您心中。说不出来的痛和思念。

"您真是活出来的人，您的力量每一天都在生长。

"有阎荷这样的好女儿，她会尽她的力量佑护您，健康长寿，做自己喜欢做的事。

"请多多保重。"

"阎老师，您好。读罢，难受了半天。本来我想说说阎荷，没敢说，怕您和刘老师已经很难过了，再添更多的痛。唉，日子就是这样运转，人和人的关系这样纠结。从陈忠实老师那儿和您笔下，知道王愚老师走过了很艰难的路。阎荷离开我们，让我什么时候想到，什么时候痛。她清晰、干净地在我心里存在着，从没有模糊过。用一句男子们常用到的话说：我的兄弟——她是我的如兄弟一样的朋友。我常觉得这个词语，是我们之间确实的词语。情感和更多的理解、尊重、喜欢、亲近、自然，一直存在着，并加深、加重着，到人突然离开了，痛和记忆成为我心里的继续连接。我相信，她的灵性再一次脱颖而出，她的生命再次聚合起一直不断生长着的能量，她已经再造了，堆聚起更多从前的理想和愿望，堆聚起更多坚实有致的美好，于我们身旁给劲，帮助我们往前运转，做更多应该做的事情，把生活创造得更为美好。阎荷的愿望里，从没有不坚守她的希望的时候。仔细想想，没有过那样的时候。

"阎荷在我们身旁。她清晰地、生动活泼地在我们的每一天里。她的美好，只能使我们更加美好；她的干净，只能使人们更加努力地为土地和人群、为自己打扫卫生。

"我珍爱阎荷。由此，更尊重抚育了阎荷的您和刘老师。

"祝愿阎荷清秀、明亮、坚强、独立的灵魂永驻。

"祝福我们的日子因阎荷而有的不同，长存温暖。"

"阎荷就在我们身边。她清晰地、生动活泼地在我们的每一天里。她的美好，只能使我们更加美好；她的干净，只能使人们更加努力地为土地和人群、为自己打扫卫生。"怀念逝去的人，是为了让活着的人活得更好。文章有了这几句话，就让怀念有了意义。

总评

怀念人的文章很多。怀念人的文章，写好并不容易。很多的文章，因为把握不好情感的表达，往往变成了情感的泛滥和宣泄，容易流于空洞的哀号和煽情。怀念人的文章，怀念是为了记住些什么，怀念更是为了让怀念中的人或情感走向新生。怀念过去的人和事，是为了今天和明天的人。

文章总体上可分为四个层次，书写"我"对阎荷的想念。

第一层，总写大家印象中的阎荷。温和，明朗，宽厚，清秀，几个词勾勒出了被怀念者的性格和精神形象。一个好人，是"我"对阎荷的总体感受，十二年了，这个感受不曾淡去，反而随着年岁的推移而增加，只因为这样的品质本身就不多见。

第二层，阎荷和我的交往。这一部分围绕两件事情来写。一是生活上，阎荷帮我洗衣服。很小的事情，却可以看出阎荷的体贴和温暖。她宽厚地对待周边的每一个人，以她的体贴和宽厚温暖着身边的每一个人。小事不小，在于作者以小事刻画了阎荷高洁的精神质地。二是工作上，对待工作，阎荷也是认真、热情而负责，并以她的明朗和努力使自己的工作得到了大家的认可。

　　第三层，深层次地刻画了阁荷对待生命、对待疾病的诚实姿态。"我"和阁荷的唯一一次关于生命、关于事物本相的长谈，是阁荷以生命感悟出的绝唱，也是阁荷留给我永远的精神财富。

　　第四层，我和阁纲老师的通信。内容主要是关于阁荷。在共同的怀念中，作者纪念着逝去的朋友，也宽慰着活着的长者。

　　纪念是为了更好地活着。文章深情而诚挚，情感表达内敛有度，文章质地饱满厚重，深蕴的情意耐人咀嚼。

我跳舞，因为我悲伤

现代舞是 20 世纪初在西方兴起的一种与古典芭蕾相对立的舞蹈派别。现代舞反对古典芭蕾的因循守旧、脱离现实生活和单纯追求技巧的形式主义倾向，主张摆脱古典芭蕾舞过于僵化的动作程式的束缚，以合乎自然运动法则的舞蹈动作，自由地抒发人的真实情感。20 世纪中后期以来，现代舞艺术受到后现代主义的影响，主张进一步的解放身体，强调自我表达与检验。这一时期的现代舞倾向于反传统，反美学、反艺术，甚至瓦解舞蹈的要素，以自由发挥作为动作训练的主要形式。

本文作者所写的，就是这样一种舞蹈实践。与一般舞者不同的是，作者本人并没有任何舞蹈功底。作为现代舞艺术家文慧的朋友，在朝夕相处的日渐了解中，文慧看中了作者"非舞蹈者的内涵"，以及她生活的"质感""本质状态""对生活的理解""自己的思想"。于是，在文慧的引导下，"我"一步步走进现代舞，也因此更加深入地走进了自己的内心。

皮娜·鲍什，1940年生于德国佐林根，被称为"德国现代舞第一夫人"。德国副总理施泰因迈尔曾评价她："有别于大多数人，她打破了传统舞蹈、古典芭蕾结构，创造出自己的独特风格。"她的作品以忧伤融合幽默而著名，善于表达对爱情、女性等重大问题的思考，代表作有《穆勒咖啡屋》《春之祭》等。2009年，皮娜·鲍什被诊断出患有癌症，五天后病逝。

沉默的我，高兴了只会奔跑的我，遵从一切内心声音的我，尽管从未跳舞，却天生就是一个舞者。尤其现代舞，那是属于灵魂的舞蹈，它只遵从于内心。

1998年7月，北京最热那几天，我进入文慧的现代舞工作室。文慧说我练习的时候特别投入。但是，投入仅仅是一种状态，并不说明我真的适合这件事，能做好这件事。我对自己能不能坚持、坚持多长时间一点没有把握。

参加的人有的是做纪录片的、自由戏剧的，有的画画，有的从事行为艺术，还有就是我，文学编辑。一群人很难到齐，很多时候只来一两个人，但每星期坚持着，没有中断。深冬的一天，文慧约我到歌德学院，那儿有一个关于德国现代舞的讲座。我来到北京外国语大学一侧的那座小楼，找了个座位懵懵懂懂听，后来放映影像和图片资料，我看得手心出汗。我牢牢记住了德国现代舞大师皮娜·鲍什的一句话：我跳舞，因为我悲伤。这是埋藏在我心底的话，也是我一辈子也说不出来的话。从那一刻开始，我与现代舞像是有了更深、更真实的联结。皮娜·鲍什朴质的光，在这一天照进了我的房子。我听到了许多年来最打动我的一句话，说不出心里有多宽敞。

我是一个比较沉默的人，过去在戈壁草原和围绕着它们的大山里，一直很少说话。我表达高兴，就是拼命奔跑，或者一个人待在一个地方，皱着眉毛和脸瞭望远方，我心里的动静，就在那个过程里慢慢流淌。而我的忧伤，是黑天里野生黄牛的眼睛，无论是睁开还是闭上，都悄没声息，连自己也说不上来为什么幸福为什么悲伤。半大不小的时候，我被大街上一匹惊脱的马碰倒，腿上碾过一只马车轱辘，也没有出过声。后来我常盯着马路看，想知道一个人倒在车底下是一种什么情形。我偏爱过去那种大轱辘牛板车和解放牌大卡车，因为它们的底盘特别高大，倒在车底下的人有可能还生。我的全部生活，就是这样，和跳舞不沾一点边。

我们那里一年四季都有风，无风的日子我就快乐得不知所以，我会爬上房顶，测一测是不是真的没风，然后像房顶上堆起的麦秸垛，我在心里垛起这一天要干的事情……所以我能看见开败的蒲公英的小毛毛漫天飞舞，看见它们在太阳底下乱翻跟头，看见戈壁草原里的一堆堆牛粪，把那些纤细的小毛毛一根根吸进牛粪洞里，看见吸附了碎毛毛的干牛粪被人塞进炉火里，飞溅出灿烂的火星。

"你的泪珠好比珍珠，一颗一颗挂在我心上"，我还常去米德格的杂货店，听她的奶奶、那个老得眼睛都睁不开的女人哼唱这两句歌，一边听歌一边帮米德格干活儿，干完活儿，背着米德格的女儿出去玩耍，跟那个没有父亲的两岁的女孩说话。后来那个女孩长大了，跟一个乌兰牧骑跳雄鹰舞的男孩跑没影儿了。

那个女孩长到四岁还说不清楚话，不叫我"姑姑"叫我"嘟嘟"。米德格说："你教她吧。"我拿一根树棍在土里写"赵钱孙李……"她好几年以后才跟着我写"赵"，可她不写"赵"，光写"走"，还把底下那条人腿拉得特别长。所以她除了添乱什么忙也帮不上。米德格的奶奶死的那天，我正好在杂货店。老女人唱着唱着突然睡下了，米德格喊我去看看她奶奶想要怎么样，那个小女孩拉着我不让我走开，等我摆脱那个小东西，跑过去翻转米德格奶奶的身体，问她："你怎么啦？"老女人已经死了。米德格跑过来大喊大叫，老女人这时又睁开眼对她说了一句话。米德格发了半天呆，想起问我她奶奶刚才说了什么？我把听到的告诉给她："别信你爱

现代舞与自然，通过心灵联通。舞蹈、表现艺术、文字艺术，追求的极致就是人和自然浑然一体的那一瞬间。舞蹈在另一个层面上，是把自己扔进自然，让自己成为自然的一部分，成为自然的一种表达。所以，"现代舞也是一种承载"。

"别信你爱的男人"，这是老奶奶死前留给米德格的最后一句话，也是她用自己的一生留给这个世界的遗言。这句话太神秘了，老奶奶生前究竟经历了什么，才让她在将死之时发出这样的感慨？

在自然环境恶劣的内蒙古，女人在风霜中逐渐练就了勇敢而坚毅的品格。面对生理和心理的痛苦，她们不能像城市里的小姑娘那样任性撒娇，只能不停地隐忍。"止痛片"对她们来说如此神奇，这种瞬间摆脱生理疼痛的小药片在母亲眼里便是可以留给"我"的最重要的宝藏。

现代舞的"承载"不仅仅是用肢体动作承载艺术的思想内涵。更重要的是，舞者通过现代舞动作，表达的是自己内心对于这个世界的理解、对于这个世界的包容，这是一种心灵的承载、心灵的负重。

的男人。"

那是一个长长的没有男主人出现的故事。

我在一个时间凝固的地方长大。

今年春节我回内蒙古探亲，一高兴跟我母亲说，我跳现代舞呢。我母亲说："你要止痛片？"她挪动她困难的身体去那个藏了一些药片的小筐里去取。我说你不用拿药，我没病。她说，你把止痛片带在身上。她捏着小纸包从一个屋子跟着我进到另一个屋子，看着我，等我接她的小纸包。这无疑是她能给我的唯一的好东西，在她看来这个东西非常神秘，像宝一样。她听不懂"现代舞"。后来她问："是不是和男子一起跳？"我不知怎么回答她。

我的事情一般都不跟她说。我确实不爱说话，更不对母亲说什么。从小到大都这样。

我离开家十多年以后认识文慧，她的职业是舞蹈编导，与我同岁，在我的朋友中，她是唯一一个跳舞的人。要是不与她近距离相处，我确信和她成不了朋友。我熟悉文慧后，想到：我母亲一辈子承载别人，不知道她能不能明白，现代舞也是一种承载方式。

我想说说文慧。文慧在20世纪90年代初就倾心现代舞了，在国内比较早从事现代舞的实践。我觉得她选择现代舞跟她的心性有很大关系，她是个愿意倾听别人的女子，经常想着别人的麻烦事，在一个什么时候，送上她的问候。她大部分时间里比较讲求效率，有时候也为一点事情一筹莫展。今年春节前，跟我们一起排演《生育报告》的一个女孩回云南老家了，我们聚会的时候，她缺席，文慧打电话叫女孩的二哥来，他在北京打工，一个人孤孤单单过得很清苦。这种时候，她能细致。她的温良，使她能够重视人，重视人的生存境遇，她排练时强调"别忽略此时此刻的感受"。所以做练习的时候，她总是拿出很多时间，让大家相互交流，甚至近距离对视，发自心底地体会人和人的互相珍惜、信任，然后，肢体训练——这时，充分利用人体，传达人的内心。在此过程里，她讲求开放式的训练和训练中人体的开放质量。几年来，她把最小的、最生动的生活细节做进了自己的现代舞，已有《裙子》《现场——裙子和录像》《100个动词》《同居生活》《与大地一起呼吸》《餐桌上的九七》《脸》等作品，及1999年进行了一年，于当年底在北京人艺小剧场演出的《生育报告》。其实，北京，广州，两大城市的现代舞团，及团体外专业人士总共不到百人，即使加上文慧的非舞蹈者兵马，如我，喜欢并愿意身体力行者，现代舞追随者的总量也未能有一百〇一的突破，比起这个国家十二三亿人口，几十人的现代舞队伍，真如沧海一粟。但它毕竟存在了，成为偌大一块高粱地里的一杆枪。

现代舞对人，对舞者自身的关注，是它一在文慧的言谈中、在北京内部或者公开的舞台上出现，就吸引我的地方，那时我和文慧常在一起玩儿，想来已有八九个年头。文慧的思路急促，闪烁跳跃特别厉害，一句话还没说完，就跳到另一句，从一个话题突然跑到另一个话题，自己浑然不觉。听她说话，我经常是一边听，一边眯着眼睛笑，看她那样急促地往前奔忙，想象她闲不住地前一爪子后一爪子的冲动，觉得她特别像临产前的妇女，不生出来就惴惴不安。

文慧的感觉让她变得聪明，她慢慢地把握住了一些传达感觉的能力。

现代舞与故乡那些坚毅而隐忍的女人内心一样，具有无限的可能，也有无数的秘密。"我"也许由此更加理解老奶奶临死前那句耐人寻味的话和母亲视若珍宝拿给我的止疼片——这一切，何尝不承载着她们的艰辛，承载着她们的宽容。

正是前文反复提到的"现代舞对人的关注""别忽略此时此刻的感受",以及文慧等人特别的排练方法,最终让这些舞者在演出中忘乎所以,也让作为观众的我备受感动。这便无疑是一次成功的表演,无关肢体,无关动作,最重要的是,台下的观众在台上的演出中找到自己,感受到他们所要传达的情绪和感受。

我看过文慧编导的一些民族舞,像《红帽子》《算盘》,已成东方歌舞团的保留剧目。她是东方歌舞团较有个性的舞蹈编导,曾经被国内影视、舞台请来请去到处编舞,正火爆呢她收回了自己。我们就此谈过很多。她说她感到内心绞痛,那些深刻于心的东西日久天长似已酿造成形,她感觉必须通过一种与过去完全不同的、了无舞蹈痕迹的方法来表现,她自己越来越想要那种生活状态里的东西,她意识到这才是真正赋予她及其作品个性的东西。我参加她的训练以后,确实感觉到:以往二十多年跳或者编导民族舞、东方舞的经验,有益的她努力地吸收,多余的,她一感觉到就把它们从自己身上剥离出去。而且她做的时候更多了自觉。我们每做一种练习,她注意朝自己追求的方向走,有时,她不满意自己或别的舞蹈员做的动作,就停下来,说:"我们这样不行,太知道肌肉怎么使用了,特别做作。"于是重做,直至找到感觉。

她对现代舞的认识和实践相对成熟以后,建立了这支自己的训练基队,使用她的方法训练、交流,要完成具体作品的话,就转入非常排练。她这些年去北美、欧洲和亚洲其他国家学习、排练、演出,身体前所未有地柔韧,筋脉能够打开到从前年轻的时候天天练功没能达到的程度,她自己也觉得身体出现了奇迹,有时文慧很感慨地说起从前。参加现代舞《生育报告》排练的北京现代舞团一位舞蹈员说,1996年文慧给他们团做练习,她的动作还是硬硬的,很猛,中间和缓的东西持续不是很多,也持续不了多久,可现在,文慧的身体里好像要什么有什么。

我第一次观看现代舞,是1993年,在北京保利大厦金星和文慧几个人演出金星的现代舞《半梦》。这是不是中国人第一次在国内演出的现代舞个人专场，我不知道。震动我的是我看到舞蹈员也是有思想的（当然这是基于我对舞蹈完全陌生，知识储备等于零，基于往昔留给我的残酷记忆，进而造成的心理上的深刻距离）。金星和文慧以各自灵与肉的伸缩，在舞台上创造着时空的可能性，创造着人的声息和肢体动静，一切混沌如初，是人在梦里才有的感觉。她们的舞蹈把人引向认识的艰难地境，使看舞蹈的人不知不觉地开始思想，感觉到生命在自己的躯体里涌动，而此时，浑脱的人性显现了……一股雨水从你的心里流泻出来，贮满了你的双眼，你悠然觉得舞台上的人就是你自己，你的内心世界和她的，在这个时刻融会贯通。这一切都是因为舞台上的几个人，她们的头脑与她们一起顽强生长，你甚至看到了，生长本身的与众不同……在整个欣赏过程，因为你的投入，你已经由一名观众成为一名参与者……

　　我喜欢她们投入的时候那种忘乎所以。我兴奋不已，那天晚上从十条回和平里，本来该打车迅速回家，孩子一个人在家睡觉，我担心他出什么麻烦，我们住一个大筒子楼，万一他出去上厕所，梦里糊里糊涂找不着家，回不了家呢？但是我激动得不想一下子缩短这段路程，这么度过这段时光。于是在心里为孩子祈祷、祝福，但愿这个美好的、星星躲在黑幕里的夜晚万众吉祥。我走着回去，十来里地的路，在黑夜里，在脚下，我必须一步一步地走完它。当走进黑洞洞的北京城，发现有那么多窗户，那么多暖洋洋的灯光，那么多人却宁静安详，都像我的家，都像我的家人。特别好，就像那个剧场作

舞蹈也有思想，它从舞者的身体流出，流进观众的头脑。现代舞是属于灵魂的舞蹈。

"别丢掉你自己"，这句话不仅是现代舞表演的技巧，更是生活的智慧。现代舞追求的是肢体解放，并由自由伸展的肢体，进一步解放自己被禁锢的内心。在高度紧张的现代社会中，迷失自己那么容易，别丢掉自己，听听自己内心的声音，这似乎是现代舞告诉我们最高的哲理。

品是我自己创造的一样。

几天后，文慧对我说，我们一起做吧。她说她的现代舞，"是要非舞蹈者的内涵，要你的质感，要你带着自己的思想跳舞……就是要你的生活本质，状态，要你对生活的理解"。这是一次令人愉快的谈话，但她的建议，我不能够当真。我离舞蹈实在太遥远了。现代舞对我而言，就像我的一个女友面对她八十来岁的父亲突然跟一个年轻女子展开的婚外恋，同样不可思议。我与舞蹈，那位女友看着年迈的父亲每天寄给烂漫情人一纸誓言，这些事情中间的距离，和距离产生的威严，犹如隔岸观火，不可逾越，不可琢磨。

文慧鼓励我，说我身上有种特别的东西，天然的，没有后天装饰的，是她希望引入她的排练中的。比如，舞蹈演员常是往上拔，身体飘惯了沉不下去，她觉得我能够与土地相接，身心是安静有力的。文慧就是想要与大地靠得更近的东西。我说，我想拔拔不上去呢。她说，你别，别丢掉你自己。她还想要我投入时的那种状态。可我觉得，我投入时整个看起来像一个衰老的人，身心全都陷进去了。过去是忧郁，现在是除了忧郁，还有陷落，陷落之深已经不太容易拔出来了。听别人说话，或者我在做一件事情的时候，全都是那个样子。幸而讲述者跟我一样也那么投入。于是我想，那时候我们是平等的。倾诉和倾听，身临其境，心里的感受甚至分不出彼此，一样感同身受，能够传达，能够理解，并且不知不觉中已在承担。我投入时候的那个样子，就是文慧想要的吗？

不过我还是心动了，我想可以试试。这些话，她说了好几回。1996年底，她说想请我做《生育报告》的编剧，也做舞蹈员。一年后，她从美国回来。她的舞蹈生活工作室于1998年7月开始了常规训练，同时为《生育报告》做准备。她告诉我，她还要从我身上发掘东西，我的潜质远远没有出来。以后的日子，她常让我就某一点做下去，比如，和一面墙发生联结。让我的身体与那面墙以自己的方式接触，她要从中看我的理解，看我的身体对墙这一物体的实地反应。那时候，我紧贴在墙壁上，真有点像我曾经掉进深水井里的情形。那时，我的两手紧紧扒住井壁，身体几乎全部没在冰水里，一点声音也发不出来，头顶上的时间像死去了一样，到比我大两岁的哥哥救我上来时，我已经僵硬地钉在井壁上，他使出全力才把我拽下来……我做这段练习时连自己的呼吸都听不到，也忘了文慧的存在。

我们的练习内容很多，但每天都有变化，有时会放些音乐，每个人怎么理解那段音乐，就把舞跳成什么样。有时是几个人之间在动作上接受、传导、承接、发展……还有一次，训练间隙，她们在听电话，我一个人觉得还有力气，就原地跑步，文慧看见了说：冯，再做一遍好吗？此后，我连着几天增加了原地不抬脚跑步，后来文慧见我坐着跑，觉得一种能量蕴藏在相对宁静的情境中，更有表现力，就把坐着跑做进《生育报告》。坐在原地摆动双臂，速度越来越快，从十几分钟，持续发展到后来的半个小时，直至耗尽全部力气；而且，一边跑，一边叙述，持续不断，像回忆，像报告，语调平稳，声音不大，但很清晰……我的同伴等我停下来说，那个过程有一种让人不得不跟着你进入的魅力。而我说不出自己的感受……汗水印在眼睛里，确实生生不息。

在前文中，作者着重写了现代舞的承载，以及投入现代舞时逐渐解放的身体和心理。这一段落则表现了现代舞对人的另一种影响，这种影响表现在生活态度和生活细节上。文慧对舞蹈是如此坚持，她用一次次的"义务劳动"换取一间舞蹈教室，因为热爱现代舞，她坚定不移，吃苦耐劳。

除了文慧，其他的现代舞舞者也一样，为人朴素，平易近人。他们有着共同的特性，那就是对舞蹈和生活充满敬重。一个简单的清扫教室，恰恰表现了他们对舞台、对舞蹈的珍视。

练习的过程也是向自我敞开的过程。身体的秘密，与内心的秘密一样，总是在繁忙的生活中被隐藏。有多少人真正了解自己呢？了解自己的身体、了解自己的内心。正如文章所说："在肢体和心灵的修习中，一点点找寻人原本的意义，存活的意义。"在现代舞的世界中，作者一步步找回了自己。

到今天，我们的训练场地已换过多次。偶尔没地方排练，我说来我家吧。那是1998年冬天，只有我们两个人，文慧和我住得也比较近。但是她说：最好不在家里，在家里人的身体是松懈的，状态不对。她就出去找地方，跑过不下十几家，甚至答应每周去给那里的学员上一次舞蹈课，以换取让我们一周使用一次排练厅。那时，我感到文慧是真爱这件事，即使只有一个队员。一个人真爱一件事，为这件事坚定不移、吃苦耐劳，在大冬天为带领一个队员继续训练做怎样的努力，这一切都在我心里产生了影响。我比较在意人的细节。她说的另一句话，也给我留下深刻印象。我们每次去排练厅，都见舞蹈队员用过的排练厅狼藉一片，大家二话不说先打扫卫生，离开时保持大厅整洁干净。文慧讲，在国外也是这样，芭蕾舞演员还有别的，对自己的排练厅只糟践不打扫，只有现代舞演员不作践场地，她见过的现代舞团，总是自觉地劳动，人很朴素，平易近人，不管他们的名声有多大。

我相信这一切都和现代舞的思想实质有关。所以我风雨无阻地做了这件我热爱的事情，全身心进到里面，并从一次次排练中走过来，在国内和国外各不相同的舞台上，与其他几位专业舞蹈员一起，从容地展开我们的"舞蹈剧场"。

在国内，金星的现代舞与文慧的现代舞不同。金星的动作更趋向于肢体的舞蹈，技术要求高，讲求动作幅度，动作的至善至美；文慧的舞蹈则比较生活化，与舞者的现实处境有关，即带着真实的自己进入，排练和交流同等重量。两人各有千秋，追求的高度难度都比较大，她们都是目前国内优秀的现代舞编导。现在，文慧越来越多地倾向做舞蹈剧场，戏剧、电影、装置、音响、舞蹈等因素综合一体，就她已经完成的舞蹈剧场看，如《同居生活》《生育报告》等，作品的表述临界于现实与超现实之间，具有很强的实验性，其张力的确有点儿蛊惑人心。另一方面，文慧主张的现代舞对演员素质的要求说简单也确实是这样，你心里有什么尽可以抒发出来；说苛刻也不为过，排练中，舞蹈员有时会感觉身心疲惫，心被掏空了，就要承受不住。

就我自己的身体条件，文慧的舞蹈，舞蹈剧场，方式和传达都与我较相一致。而我，本质上是个忧郁的人，忧郁，安静，有时候比较爱动。但文慧觉得，我动的时候，还是有点儿沉默。有好多次，文慧要求舞蹈员发出声音，她总是听不清我的声音，后来她跟大家笑说这件事，说那时"冯的声音小得除了冯自己谁也听不见"。文慧就让我出声，让我唱，甚至倒立着发声。

于是，我一点点打开自己。在肢体和心灵的修习中，一点点地找寻人原本的意义，存活的意义。

我的过去，就像白天黑夜，没有什么意义。我活在白天和黑夜的时间都太长，我不喜欢。

我说过，我的地方。风呼啸而过，房子外面的东西掀翻上天，挪到了别的地方，我们的心和眼也被摘掉，放逐远方。但是几里以外的房子还是传来睡死的老人长一声短一声的鼾啸。天亮后，我们的眼睛陷进头骨里，我们的门窗陷进黄沙里，我和哥哥妹妹拼命喊，没有人能听见。风倒是停了。我们的嗓子沙哑，一动就出血，于是用手或者铲子挖。高音喇叭的线和电线杆子被刮到苏联，战备防空洞和那些流浪汉也几近消失，我们的天地里死寂一片。我们完全想不出父母此时此刻怎样？我们在这边，

162

"笑着舞蹈"并不是什么新鲜事，这种传统表演方式在各种晚会、各种联欢会上屡见不鲜。作者并不是否认这种表情，也不是完全否定这种表现方式，她想要提出的是，舞者是否真正理解了你正在演绎的这支舞蹈，是否真正了解舞蹈所要传达的思想和感情？或者说，你是否真正问过自己的内心，到底是怎样一种情绪？职业的笑容，甚至让舞者忘记了自己。而千篇一律，对于舞蹈、对于艺术来说，都是最大的伤害。

他们在流放和监禁。风沙埋葬了一座又一座房子，人们常遗弃断墙残壁，扯大拉小地在看不见路的飞沙地里行走，想找一间死了主人的房子。每回沙尘暴过后，沙坝下没有父母的孩子或者没有孩子的老人总有冻死饿死的，他们腾出来的房子谁抢占了谁住。后来，沙尘肆虐依旧。我因为放声大唱小常宝的"八年前，风雪夜……"被招进学校宣传队，第二天一交填的表，发现我的父母是那两个人，我就被开除出来。跟后半晌的风一样，这件事迅速刮了一下，天一亮就没了。以后，我除了喊哥哥，喊妹妹，没怎么出过声，更没唱过。那些舞蹈，草原上的什么见到了什么的舞蹈，当时没来得及操练，以后就再也没往那种美丽方面想。

只有初中的时候，偶尔从宣传队的教室经过，看到一些切断的动作和笑脸，我在脑子里悄悄拼接这些切割的断面。我能连到一起的是他们一直笑着。我不明白宣传队的同学一直笑着跳舞是什么意思。书上说劳动创造舞蹈。劳动的舞蹈怎么能老笑呢？我母亲劳动的时候，还有别的人们劳动的时候，都不是那种表情。据我观察，劳动的人再苦再累脸上也是平静的，人很专注，比如劳动了一辈子的米德格的奶奶，她唱忧伤的歌，脸上没有忧伤的表情，她爱的男人在她年轻的时候就抛下她和他们的儿子远走高飞了，但她忘不了，有一次他喝醉酒抚摸她的脸，他流下了眼泪，因此，她一生在唱一支歌："你的泪珠好比珍珠，一颗一颗挂在我心上……"我不明白，笑那么厉害的舞蹈，是不是好舞蹈，是不是单纯地为着舞蹈；笑那么厉害的跳舞人，是不是真的高兴，是不是真的喜欢正跳的舞蹈，想那么笑。我当时想：你在舞蹈里，怎么能这样子笑着舞蹈呢？

你笑，你的舞蹈并不因此打动人。你不管你把舞蹈跳成了什么，你只管笑？直到十多年前，我的思路还停留在这个地方。我曾去看一场歌舞晚会，那次，突然感觉到演员的笑真是不可靠，他们笑的时候思想和意识是游离动作本身的，那种笑，感觉上只是想让观众看见演员，而不是他这个舞蹈在做什么，他的舞蹈是个什么样的舞蹈，他对舞蹈有什么样的追求，他给予了舞蹈什么，这些都看不出来。但我不知道，有一天我会和舞蹈建立一种深重的关系。因为过往的经验，我差点儿永远放弃体会人和舞蹈的机会。其实那些画面在我心里过滤了无数遍，因为中间缺少环节去过渡和联结，画面之间思维混乱、沟壑横亘，贯连不到一起。后来我想，如果当初我能从容地站在宣传队的教室里面，没准儿以后就能连缀自己的想象。那时候虽然风沙侵蚀，但心里透澈，渴望被阳光浸融。但是阳光没有照到我。

我不知道那年在西藏跳舞，对我今天去跳现代舞有没有帮助，那是我第一次跳舞。大厅里响动着一支迪斯科舞曲，我肆无忌惮地跳，疯了一般，跳得全场都退下去，静静地看着我，然后掌声突起。在那之前，我和朋友坐在一个地方，听他们说话，唱歌，有蒙古血统的裕固族诗人赛尔丁诺夫吟唱了一首流传在西北地区的蒙古民歌，我听了，有点想哭，但又不是完全能够哭出来，心里的东西很简单、透明，源远流长，发不出哭那样的声音，我感到美好，就走进去跳了，跳得连我自己也感觉到很特别，但是跳得忘我，不小心摔倒了。摔倒了也是我的节奏和动作，我没有停下，身体在本能的自救运动中重新站立起来，接着跳。那个晚上，在整个跳动过程里有一种和缓而富弹力的韧性，连接着我的自由。

这是没有规范过的伸展，我的全部力气一点一点地贯注到里面，三十多年的力气，几个年代的苍茫律动，从出生时的单声咏诵，哭号，成长中心里心外的倒行逆施、惊恐难耐，到今天，悲苦无形地深藏在土地里，人在上面无日无夜地劳动……此时此刻，我在有我和无我之间，没有美丑，没有自信与否，只有投入的美丽。我一直跳，在一个时间突然停下来，因为我的心脏都快找不着了。

我对文慧说，原来我想，如果自己生一个女孩，不会让我的女儿学舞蹈，但是现在不这么想，真能生一个女儿的话，一定先经过舞蹈训练。舞蹈也好，音乐也好，所有的艺术，都是在心里完成一些过程。

但是，我还不能用语言说清楚现代舞。所以每一次排练，我带着一个采访机，它帮助我把更多的关于现代舞的内容、特质，以及文慧的现代舞不同于别人的地方记录下来，帮助我把每一天的感受，每一种练习，甚至是那些过程里的一个灵动，聚拢起来。希望有一天，我能比较准确地理解现代舞，可我不知道那是哪一天，那一天何时才能出现。

我想在未来做的事情，一是当编辑，一是写作，一是拍纪录片，再有就是做现代舞。一辈子可能就做这几件事。

这几件事，是我热爱的。但跳舞，确实是因为我悲伤。

总评

在大多数人看来，现代舞艺术与大众生活多少是有些距离的。跟大家一样，本文作者原本也是一个现代舞的门外汉，一次偶然的机会观看了朋友文慧的现代舞演出，内心受到了极大的感触。在文慧的鼓励下，"我"一步步走向现代舞。

在一次次的舞蹈联系，以及与舞者的接触中，"我"渐渐对这种特殊艺术产生了浓厚的兴趣和独到的理解。在"我"看来，现代舞是承载，正如皮娜·鲍什所言：我跳舞，因为我悲伤。也许每个人的内心都有许多话想对自己、对他们、对这个社会诉说，但大多数时候，我们不知从何说起。现代舞给了"我"一个窗口，可以用身体说话，在肢体的自由伸展中，"我"内心无限想说的话也渐渐被倾吐出来。与此同时，肢体解放了，你才真正知道自己的内心在想什么。

还记得吗？儿时的我们总是那么爱说爱笑。然而，随着年龄的增长，我们口中的话题越来越少，眼中所看到的事物也变得千篇一律。现代都市日复一日的工作和紧张的生活节奏渐渐淹没了我们内心那个爱说爱笑的孩子。有时候不妨停下来，听听自己内心的声音。

全文紧扣我与现代舞之间的关系展开。第一层，我懵懵懂懂地闯进现代舞，结果是现代舞猛烈地撞击了我的灵魂，就此，我开始了对现代舞的认识和训练。第二层，由文慧的现代舞让我进一步认识了自己，为一直不合适的自己寻找到一种可以直通内心释放灵魂的途径。儿时的生活，自然的沉淀，成为现代舞表达的先在诠释，由此，我开始解读现代舞的密码。第三层，我和文慧共同创作《生育报告》。关于生育的舞蹈，其实是关于生命的舞蹈。舞蹈讲述生育和生命的秘密，我则在舞蹈里新生。

读罢此文，你是不是也想去跳一跳现代舞呢？

生育报告

母亲，是这个世界上最伟大的人。母爱如山，十月怀胎一朝娩孩，一位母亲需经历十个月的辛苦孕育才能用生命承载一个婴儿的诞生。母亲的生育体验，是一场血淋淋的灾难，或是一个幸福喜悦的仪式，但都是一份铭记终生的心史。经历过的人形容分娩时的疼痛，相当于二十根骨头同时折断。这种疼痛如刀割，如火燎，痛不欲生又难以言表，那是生与死的考验。人们之所以咏诵母亲，不仅是因为她是带我们来到这冥冥世间的引路者，更是我们长大成人的指路人，是为了孩子可以放弃自己生命的伟大而又平凡的人。

《生育报告》，既是以作者为主角的舞蹈剧场作品名称，又是作者对于生育分娩过程的回忆。在舞台中，她一边叙述生育那一天所经历的事，一边起舞。作者的每一次演出，每一次起舞，做出来的动作都会有一些不同，都会有不同的回忆和不同的内心激荡与灵魂独语，这从内心滋生出来，用独特的有灵性的舞蹈方式"叙述"给用心去听、用灵魂去感受的人。通过舞蹈希望借以唤起人们对这一神圣而又庄严的生育过程的重视，并珍视来到这个世界的每一个生命。

《生育报告》的演出和写作，是作者对生命尊严和生命意义的考量。

2003 年秋，在巴黎演出舞蹈剧场作品。

第一次来巴黎演出是 1999 年应法国国家舞蹈中心邀请；2001 年、2003 年和 2009 年这三次再来，是参加以当代艺术为展演主题、在西方影响很大的巴黎秋季艺术节。

2003 年 11 月 10 日晚上，首场演出《生育报告》。这次我们有两部舞蹈剧场作品受邀参加巴黎秋季艺术节。先是《身体报告》，演出两场，每场观众饱和，反映很热烈，媒体的报道也比较多。让生活舞蹈工作室全体人员欣喜的是除专业人士以外，来了很多普通观众，这些购票观看演出的普通人，在大家看来是真正意义上的观众，因为喜欢舞蹈剧场这种艺术形式而来，他们不同于工作性质的观摩，比如艺术家同行、艺术节相关工作人员、欧洲或世界各地赶来观摩的艺术节主席和艺术总监及其工作团队，还有职业艺术批评家、新闻媒体等等。

我的状态保持着，一如既往。下午彩排，来了不少巴黎和其他欧洲国家的记者。按照惯例，记者拍摄安排在彩排时间进行，他们可以自由走动，想拍什么差不多都能实现。

演出前，我问艺术总监吴文光（也是演员和影像制作），可不可以抽空拍一点图片。他先说可能顾不上，后又有点犹豫，说："给我吧。你的机子可以挂在脖子上吗？"我说可以。他说："拿来吧。"不管怎么样，他拍了几张，一些图像模糊，有几张效果还可以。我们又留下了一点演出过程的资料。我没能拍摄演出过程。这是没有办法的事。我喜欢拍摄现场，很想我的镜头如眼睛那样，能够看到现场，记录现场。对舞蹈剧场而言，是在作品进行中截取图片，但苦于自己那个时间在演出过程中，做

《生育报告》是作者多年舞蹈经验的心血作品。相对于艺术工作者，作者更想展现给那些普通观众，为这种艺术形式而来的真正意义上的观众。这里切入了现代舞的核心意旨：现代舞是一种舞台表演艺术，但是现代舞又是一种拒绝浮夸的表演性艺术，它只对心灵诉说，只有用心倾听的人，才懂得它。作者在开篇讲述了自己赴巴黎演出《生育报告》的经历。

给舞蹈作品拍摄，尤其现代舞作品的拍摄，其难度之大，在于图片永远无法呈现舞者的精神流动，所以，图片只能是模糊的，只能是演出资料。

不了这件事（倒是拍过一些别国艺术团的彩排或演出现场），以前是没有好一点的机器，现在有了机器，是人在场上，我没有、也不能分心去拍片。

前几天《身体报告》彩排时，我曾跳出情境，赶着拍下一些图片。

到了《生育报告》完全没有可能，我不能有离开现场的感觉。这部作品，以我的故事为主串联。严格维护演出的状态，我才能全力以赴，不受任何影响地发挥我的作用。前面两场演出我非常认真、投入，内心安宁，心底有持续的力量和激情，冷静、节制，从始至终，有节奏地往前、往深处走。我沉浸在舞台的时空里，没有想别的，只把握着这个时间里，我的心灵朝向和节奏、我的伙伴们的位置，还有时间……我在内心的波动中，扭转我的身体，让身体随同我的呼吸而呼吸，随同我的每一个来自里面的感觉而动作，并且表达出此时此地它们在所面临的真实可触的情境中的生活。

直接的东西，在人的内里面过滤以后，变成真实的另一种存在，它仍然是直接的，无可厚非地具有力量，那是人的生命流程里最没有个人杂念的一些瞬间，并且因为是"这个人"，而使生命具有了不同的质感。作为舞蹈员，作为艺术工作家，我体会到节制，体会到细微的动静与人内心的消耗，体会到生命被唤醒时，诚实而平静的有力，朴素慢慢还原、生成韧性。体会到有声、无声。体会到活着、死去。

我有生以来表演的第一个作品就是《生育报告》。是文慧和我从1998年起，一点点进入探索、磨砺的现代舞蹈剧场作品。到1999年中后期，另三位优秀的专业舞蹈员陆续加入进来。历经三个多月

"我"希望能通过静态图片留下一些演出的资料，而这又是很难的事，因为"我"要全身心地投入舞蹈之中，乏能分神。这里作者运用了大量心理描写来叙述这一感觉——有声、无声，活着、死去。"我"从生活中汲取了舞蹈的能量，来赋予我表现的激情。这是没有这种生活经历的人很难达到的高度。

紧张艰苦的排练。

作为非专业演员，我与大家一起努力，尝试着做我们想要的舞蹈剧场作品。

这部作品，在国内、国外我们演出了上百场。首演是 1999 年 12 月在北京人艺小剧场。我盘坐在一张一米多高、铺着棉絮的大床上，奔跑着，越跑越快，但声音平缓地讲述丢失孩子那场戏，我流出了眼泪。我寻找孩子的影像打在舞台悬挂起来的用四张大被的棉絮拼接成的屏幕上。演出结束后，金星说，冯，不哭出来就好了。我们在人艺小剧场演出三场，她连看了三场。她说在三场演出中，她变换不同角度观看。

她的话在理。我体会到艺术的节制和分寸。以后的演出中，再没有发生过失去控制流出眼泪。有过眼泪泅在眼窝里，我没让它流出来，也没有过哭泣的"姿势"。

我揣摩着在舞台上找到人活着的形状。从日常生活中学习到的，和从舞台上学习到的一样多，一样地不同寻常。

排练和演出是艰苦的。它磨炼我，让我有耐心回到出发的地方。我愿意守候在如家一样的原地。很多时候，我在一个地方待着，心动的时候，想着出发。十二三年间，发生了许多变故，但我仍能感知到原初，仍然能够起身上路。即使是在心里面走路。

在路上走，知道为什么行走。我活着，扛着生活，向前赶路。然后回来原处，思想众生万物之源渊。

但是，2003 年 11 月 10 日晚上在巴黎的演出，我流落出去一些时间。

在某种程度上，表演艺术就是节制的艺术。呈现什么，表现到什么程度，是艺术表现力的问题，也是艺术的理解能力的问题。艺术家的表演，也是控制与反控制的角力。情感投入要求全力以赴，表演艺术又要求要有节制，要留白，留给观众想象的空间，留给观众参与表演的通道。当下表演艺术，很大的问题恰恰是演得太满，所以在一定程度上拒绝了观众的参与。现代舞更是空间和时间上的艺术，舞台上的舞者，是以灵魂在跳舞，灵动而跳跃，是灵光闪现而不是画图填色。

人在死亡的边缘行走，在绝望中朝着渴望的图景冲刺，求生的念头几乎是看不见的。因为疼痛之剧烈，因为疼痛而淹没了自己，因为裂变中死亡的气息笼罩在头顶上，因为空气中没有可以抓住的、能够驾驭自己到达彼岸的战车，没有一只能够依靠的胳膊，或者是一只手，一个胸怀，一个安慰，一种声音，所以，全部的内容回旋、汇集在一个词上：活着。

曾听到我母亲说，女人生孩子，就像在水缸沿上跑马，说掉进去就掉进去了。

我在《生育报告》中，其中一段独立进行的舞蹈，是倒立在一把椅子上，一边叙述生育那一天经历的事，一边起舞。每一次演出，做出来的动作和前面表演的有一些不同。从椅子那一片土地上生长出来，枝叶往哪里伸屈，枝叶如何伸屈，每一根枝不同，每一枝的每一轮都不尽相同。土地和阳光，赋予枝条融解、再生，枝条给予土地和阳光以补充。

不过，在舞台上，想不了别的。

实在没有理由想别的东西。此时此地，我还没有见到孩子。他踢了我好几个月，和我朝夕相处好几个月，我与他同在一个物质世界，却抓不住他的手，抓不住他的胳膊，抓不住他生命的根，不能把他顺利地带到这个世界上来。我在这一刻，没有了力气。那一时节，瞬息万变，他能够出来吗？他的生命能不能成全我的生命；我的生命，能不能成全他的生命，全是未知数。他就在我的身体里，而我不能够帮助他。我是唯一能够感觉到他全部动静的人，却使不出我的力气去帮助他，我真没用。我什么也做不了。绝望差点儿埋没了我的心跳。我赶紧恢复理智，让自己保持清醒。除了尽自己的全力，

《生育报告》这部舞剧"我"曾演出上百场，每一次演出都是一次成长。艺术的节制和分寸让我对舞台有了新的认识。对活着的强烈欲望的演绎曾是"我"舞蹈排练和演出的中心议题。这里作者对分娩过程中的求生欲望和对生死的感悟值得细细咀嚼与品味。母亲的分娩堪称是生与死的较量，为平安分娩婴儿，她们甘愿忍受如死亡般的痛苦，迎来婴儿在世间的第一声哭喊。

"我"在《生育报告》中的这一段舞蹈被比喻成了枝叶在土地上的生长过程，"我"仿佛肆意伸张的枝条，沐浴着阳光，汲取着大地的营养。这段比喻恰好地表现了我在舞台上独舞的艺术表现力和生命努力生长的情境。

几乎想不出我还能做什么，所以，我没有想到哭泣，没有想到自己想哭泣，没有过多地指望谁能帮助我，只想望自己能够帮助孩子，帮助他顺利地出来。那些时间里，感觉不到自己的存在。自己已经无足轻重，只是为了孩子而存在其间。只有孩子，孩子真实地存在着，他在我的肚子里。有些绝望。焦虑追赶着我，可是跑不动。我帮不上他的忙的想法，又一次冒出来。事实上，只有我能够帮助他，不能放弃努力。我的力气还没有全使出来。给我一点时间，只需要一些时间，让我努力。让我尽自己的全力。

　　我进产房前，住在病房，对面病房住的女孩，没有结婚，那个生下来已经死亡的男孩八个月大了，因为他的母亲还没有结婚，不得不做引产，被医生注射的一针管药液熄灭在他母亲的肚子里。他生下来前就已死亡，他在他妈妈的肚子里被停止了生命。他不知道一根细小的管子挤进来，是为结束他的生命。他以为那是他的妈妈递给他的粮草运输线。他一定是吃惊的，因为没有几个孩子在这种时间里能被脐带以外的另一根细线连接起来，他是一个例外，他被这根细线连带起来的瞬间，就停止了呼吸。

　　不知他是不是用脚或手拍打过他妈妈的肚皮。

　　他妈妈当时正被她的父母包围着。他们说不能生下来，我们不能养一个私生子，我们家不能做这样的事情出来，我们的脸没地方搁。我们不能让这个孩子毁了名声，你爹妈两个家系，条条缕缕沿袭至今，没出现过这种伤风败俗的事情。你不能让我们老了老了，没脸出门。我们死了那可以，不能没有脸面见人。我们活着，抬不起腿脚，抬不起头啊。往后，我们人不像人，鬼不像鬼，你怎么能忍心，让我们的老脸丢得没处掖藏，嗯？你想一想你的爹

文字很好地表现了一个准妈妈内心的无助与无力感，生命的密码就是这样进行了传递。

准妈妈在生产之前，都是和宝宝朝夕相处，这段经历也是每个准妈妈最难以忘怀的，作者用细腻的笔触进行了大量的心理描写，来阐述妈妈和宝宝的"矛盾"——喜悦与焦虑、绝望并存，妈妈盼望着自己的孩子能健健康康地顺利出来，这种心情会一直伴随着每个妈妈。这个时候，"我"退居次位，宝宝是世界上最重要的，并会为了他的健康而尽自己的全力。

在这里作者讲述了一个未婚妈妈的"痛"。因为没有结婚，一个孕育了八个月大胎儿的妈妈面对着家庭的阻力而做了引产。无论什么原因什么目的，结束一个已经生成的生命，这个过程本身是残忍的，是犯罪。没有对生命的基本的尊重，只能让更多的生命承受痛苦。

172

中国的未婚妈妈们面临着西方世界难以想象的困境。在这个受传统观念支配的环境下，从她们选择孕育起始，便开始了与环境的抗争。在作者回忆的事例中，有关于这个未婚妈妈父母的大量口语化细节，生动地再现了那些难堪的场景。在阅读的过程中，仿佛身临其境感受着父母的斥责和环境的压力。

面子和生命，在此没有可比性，因为面子比生命更重要。生命可以轻易制造，面子却是丢了很难找回。可以想见作者写作到这时的疼痛感。而这种疼痛感又为她的舞台表演增添了厚度和力度。

艺术表现本质上是悲伤的。对不合理的悲伤，对美好不可得的悲伤，对生命流逝的悲伤。

妈父母亲，我们怎么得罪你了，一把屎一把尿拉扯你成了人，我们有罪了？你让我们怎么活下去呢……求你啦，孩子的事，有什么呢，你以后好好地找个人，成个家，还能生，想生什么样的，生他，现在千万不要，生什么生。你对自己也得负起责任对不对。你做了对不起我们的事，你以后也没法好好地活啊，你自己也会被人的手指头戳疼喽。你现在小，不懂得，想不到以后的日子怎么过法，我们好歹是过来人，我们得为你着想。爹妈这一辈子该你的，不为你想，为谁想呢……话说回来，你也得为自己想一想，为我们想一想。一个孩子，没生下来，就不算个人儿。女人一辈子想生孩子，时间有的是，这个时候咱们不要他，是因为条件不成熟，等条件成熟了，再要不迟嘛，咱们什么都没有少……那多好，啊，你说这样子好不好？只要一点时间，绕过去现在，往前头走，跨过去这一段，咱们的路面就宽敞了，展悠悠的了。现在的情况是，这么走，越走越是别进了死胡同啊。孩子，你想想是不是这么个道理？咱们不要这么走法，啊？你爹妈给你跪下了……

于是，那个被他们称作孩子的青年女子，坚持到不能再坚持，同意引产，把她的孩子解脱出去。婴儿生下来是个死胎。但是那个女孩一直昏睡，不醒过来。她住我对门，身体一直往外出血。她中间醒过来一次，跟大夫说，你给我也打一针，让我一块儿死吧。女孩的父母说，那不行，你得好好活着。你是我们的。你不能这么想，你死了，我们怎么办，我们还活不活啦？净说阴雨天撮泥堆儿的话。爸爸妈妈在，你见天价好好的，啊？好好地活着。

我不用想我的身体怎么动，只管我怎么想，只管我的感受是什么。我在自己的回顾里，在自己对于身体和生育的感受中。我的身体完全不受规范的限制，它是自由的，柔韧的，沉重的，魔幻的，毁灭的，艰难困苦，而后再生。那种自身与新的生命一体的、经受磨炼的过程，把过去的自己，和新的历史阶段的自己，以及生育以后的自己，骤然间锻造成一个完整的、诚实可信的人。

这是谁的权利呢，生或者是死？大人无法决定，孩子自己也无法决定，他是那么可怜地待在一个角落，等着谁来决定他能不能够生，或者是不是非得死。只是不知道他自己愿意不愿意生，或者愿意不愿意死。他还没有能力、没有机会表达他的愿望。

我一面跟随着孩子一起深呼吸，一面想办法看见他，感觉着他的意见。我觉得他想生。因为我深呼吸的时候，他让我感觉到了一个整夺整的生命的存在，他配合着我一起呼吸，他骤然减轻了我的疼痛，他传递给我面对活着的方法：让我感觉到生理的疼痛不算什么，我们可以超度过去，这是我们的必经路途，我们要走的路的其中一段。这段路，我们能够渡过去，能往前面走。我们两个一起走。我们的力气是因为我们绑在一起而聚集出来的。他支持我，我感觉到了他的支持、他的爱护。他把自己缩成一个小团，等着穿越那个黑暗窄小的隧道。他是从容的，他准备着启程，他准备着艰难地爬雪山过草地。他以所占份额最小的团体，等待着上路去长征。他的道路幽深、危险，但他做好了准备。天哪，这个孩子对这个世界，对我，是这样的态度。

那一时刻，我体验到了世事存在中的大和小、多和少。

我清醒过来，我是唯一能够引领他穿越沙漠冰

是谁赋予一些人可以任意践踏生命？没有出生的孩子，以舞蹈的形式，从作者的心里诞生了出来。他的出生不是生命的延续，而是表达对生命终止的愤怒。

正如被引产的那个可怜的男孩，每个出生与未出生的孩子都无法选择自己的生死。这是作者面对那个事件后的感悟。"我"感受着自己体内孩子的温度，与他一起面对生产的压力和任何艰难险阻。在"我"看来，孩子比我更从容更有勇气，他仿佛具有巨大的力量，来支持、爱护我向前进。这里同样运用了大量的心理描写来激烈地刻画我对孩子的态度及孩子对于我非同一般的重要性。

174

终于，分娩后的一刻"我"得到了解脱，也同孩子一起勇敢地经历了这一刻。在死亡线上走过一遭的母亲，在血泊之中，在奄奄一息时，听到孩子那一声响亮的啼哭的时候，对一个生命未来的责任和引领已经开始。

生下孩子的妈妈，那一刹那是身体和心灵都被抽空了的人。

出生的孩子无法选择自己的生死，但长大后的孩子却能有意愿选择自己的名字。作者给侄女的"蓁"字，包含了作者对一个生命茂盛生长的期盼和祝福，孩子的反抗，也许不具有什么理性，却是一个生命体正在茂盛葱郁的显现。以两个孩子结尾，本就是对生命的报告。

川的人。我不是死亡之谷，我不是魔鬼，我是他的血亲。我领着他一步一步地迈过血肉模糊的隧道，去看见阴沉沉的天空。

外面在下雪。窗户开着。有雪花往房子里飘。

他们把孩子带走了。产房里只有我一个人了。右胳膊上仍插着吊针，催产素继续滴答着注进我的身体。身上没有遮盖的东西。两个多小时以后，我感觉到清冷。肚子瘪进去了，人空前地瘦小。溅到身上的血汁干了不少。身体仍停泊在血水里。血把我和床单粘连在一起。我试着从血水里把身体分出来，没有完成。伤口疼痛得动弹不了。我想拉出床单覆盖身体，最后拉出了床单的一个角，盖在够着的地方。很久以后，进来一个打扫卫生的女子。我说，请帮我找点东西盖，有点冷。她说可产房没有能盖的。看见风中飘动的窗帘，她说盖不盖窗帘？盖吧。她一把扯下窗帘，抖一抖，给我搭在身上。一块黑红黑红的绒布。

再次见到孩子，他饿得"啊啊"地叫，张大嘴，身体往一个方向斜着找，眼睛紧闭住。没有吃的东西给他，他又往另一个方向找，"啊啊"地将头朝向那个方向，身体跟着头的方向。我还是没有奶水给他。我跑出病房喊护士，护士说不用喂，吃不了什么。我急得满头大汗，我给不了孩子什么帮助。

他的小胳膊上戴着一个小牌，写着他的名字，写着我的名字。这确是我的孩子。

我给他起名叫巴顿。

我不知道他喜不喜欢自己叫这个名字。

我曾经给我的侄女起名叫"冯蓁蓁"，她长到十三四岁的时候反抗我，说她要叫"冯海燕"。

总评

　　这是一篇关于孕育生命的文章。作者运用绵密深邃的笔触刻画了一位伟大母亲的孕育及生产的过程。可以看出，作者非常精心，架构非常奇特。文章开始主要回顾了作者作为一名舞蹈艺术工作者赴巴黎参加展演，从而引出了作者作为一名准妈妈孕育新生命的过程。全文有着大量的心理描写，时刻展现了作者或平静或激荡的心理状态。

　　本文标题为《生育报告》，恰好是作者主演的舞剧名称，也是对于全文的准确概括。在第一部分中，作者远赴巴黎演出舞剧，每一次演出都是一次成长，因为每次都有新的感悟。她将舞台上的生育过程比喻为沐浴着阳光、生长在大地上的枝叶，肆意地蜿蜒着，这样的视角着实富有新意。而生长过程中生与死的较量也被作者很好地穿插了在了舞蹈表现中，细腻的刻画仿佛在我们面前展开了一幅画卷。

　　第二部分从舞剧中还原了真正的母亲孕育孩子的心理状态和现场。大量的心理描写，有作为母亲的亲身感受，有对孩子心理活动的想象，作者都大胆并激烈的传达给我们，让我们和她一起感受婴儿强烈的心跳与活力。这一部分非常生动，仿佛从纸上呼之欲出。第三部分通过未婚妈妈引产后，父母亲的态度使作者对于"妈妈"这个名词有了新的认识。最后部分即是母亲顺利生产后给予孩子的无限祝福与自由。

　　本文不是一篇普通刻画妈妈生育的文章，而是一位舞蹈艺术家用细腻且强烈的感情和非同寻常的视角，来讲述这一对于母亲来说伟大且平凡的过程。对于中学生来说，因为没有这种经历可能理解这一过程和感情有些吃力，但是作者的写作方式极其特别，其对腹中婴儿炽热的感情会引领读者步步随作者深入文中，从而感受一个母亲的伟大，呼唤起人们对生命的重新认识和应有的尊重。全篇文字流畅，奇特的比喻与细腻的心理活动描写都有益于开发读者的想象力，并运用到自己的写作中来。

一个女人的影像

女权主义是一个有点复杂的概念。20世纪中期开始，西方社会掀起了女性主义、女权运动的风潮，认为女性与男性在智力和能力方面并无区别，因此诉求两性平等的社会权利、政治权利。在文学领域，20世纪90年代前后，一批中国女作家曾以身体解放为旗帜，构建了中国的女性主义文学。然而，时至如今，女性在当今社会中的地位依旧不能与男性完全平等，中国如此，西方国家亦是如此。

这种不平等直观体现在社会分工、劳动报酬等方面。更为隐秘而深刻的是，这个社会所赋予女性的一些固有成见，已经在无形中绑架了女性，使之渐渐丧失了自我意识，成为这个社会期待并认同的"想象中的女性"。然而，此文中这个影像中的女人，却因为她的特立独行吸引了作者。

进入新千年之初，文化界有一种论调，认为随着生产技术的精密化和分工的精细化，女性的优势将得到彰显，女性将掌握更大的自主权，并由此宣称，21世纪将进入"她"世纪。然而，她世纪地提出，本就是掌握话语权者在遵从不平等的前提下好心的谦让。对于作者而言，无所谓他世纪，也无所谓她世纪。她的文字，她拍摄的影像，她的舞蹈，都在寻找和表现超越一切世俗规约的生命个体，并呈现她们的意义。

2003 年 10 月 24 日，汉堡当代实验艺术节的其中一天。

早晨起来简单收拾了一下，我开始写作。下午一点半，我停下来，吃了一点东西，去看博物馆。

晚上有我们的演出，导演要求五点以前赶到剧场。还有三个小时属于自己。这段时间里，我有两个去处，汉堡历史博物馆和汉堡艺术馆。若去历史博物馆，担心看不完；而去昨天没能看完的汉堡艺术馆，可以把剩下的部分继续看下去。可我更想去历史博物馆，就决定还是去最想去的地方。想好了去历史博物馆，确认了该乘坐的地铁线路，就放心踏实地迈步前行。这两个去处，要乘坐不同方向的地铁线路，但出门以后，我不知不觉走向的地方，和我心里想的截然不同，我发现自己竟上了去汉堡艺术馆方向的地铁。为有限的时间考虑，我将就着，好，去看汉堡艺术馆吧。不知是上苍帮我选择了方向，还是我自己的本能使然。

当代艺术部分，主要是装置艺术，这里面有一些是我喜欢的。比较起来，在这个艺术馆里，那些影像作品更吸引我，我听不懂语言，主要是从画面图像去观赏。看图像最好的地方，是不受任何影响，你可以从那些画面上直接感受东西。有一部关于一个女人的影像很不同寻常。

她像是艺术家那种女子，看懂的一些词语，说她想拍一部电影。她的面部肌肉很紧，一只耳朵上夹着一根香烟，左手里捏着半截香烟，不时抽一口，右手握着一听易拉罐啤酒，举起来几次，都没真的去喝，有点怪。她的声音是正常的，但画面放慢了。慢动作，把人变得什么也掩蔽不住，全部细微感觉都在神经的根须上、在表皮里。她的真实、自然，

近年来越来越流行一个词语：女汉子。这个颇具调侃意味的词语形象说明了女性在当代社会中的尴尬处境。她们面临着与男性相同的社会压力，却比男性更难受到社会认可，这就要求女性必须让自己男性化，以"汉子"的硬朗面对社会竞争和压力。

全然不是镜头能够阻拦的，而且，那种女人，跟一部机器，没有感觉到不同。以往的间接经验里，这种女人，没有人爱，女人通常不会喜欢和这种女人做朋友，男人也不愿意爱这种女人。从她的面部表情上看，觉着不会有异性去爱这一种女子。而越没有异性爱，女人越容易往男性化的方面发展，顶替生活和思想中缺少的男性元素。这是谁的错呢。在北京的时候，有一个女子跟我说，她这种人就得自己爱自己。现在想来，放到画面上这个女子身上，我估摸，她可能想不起来去爱护自己，或者不想过多地去爱惜自己。唉，这么说好像不够准确，是她不觉得通常意义上的女子对自己产生怜悯这种环节有什么必要，比如，做好吃的给自己吃，穿质地、样式尚好的衣服让自己快乐，多多地，把男子应该给予女子的爱，由女子自己展现出来，释放出来，表达出来，自己返回头去关爱自己。即把自己的关爱，加上来自其他的人们，比如家庭、社会环境或者男子，可能或能够给予自己的爱，一并发展出来，让这些关爱发生影响，产生作用，浓缩于此，在自己身上……每回听到这样的说法，都觉得这话这么说，或者这么想，没多大意思。但这确实是一个现实问题。好像不这么想，就是没想开的女子。我是觉得，女子无论怎么样，也不应该只拘泥于某一方面，或者太不现实，或者太现实。而这么想问题，有些过于现实。我也知道不现实不好，可太现实地活着，又有什么意思，有多少意思呢。

那个女子，显然不是这种思维的女子。她的爱，会来得很猛烈，而且，她也有特别粗心大意的时候，她并不想让自己更完美，她更在乎真实感受。她的真实，是顺着性子，去追求不做过多算计的那种活

在一个男权主义社会中，一个标准的女性应该穿什么样的衣服、保持怎样的姿态、以哪种口吻说话，都是被固定好的。而影像中的那个女子却不是传统印象中吸

法。她不会太多地想生活中的事，而想着工作，想着她喜欢的事情。在工作中，她把自己投入进去，即使是牺牲也在所不辞。所以，她想笑的时候，就笑，平时不为了给谁看，给谁听，想到为了什么才怎样，只是随心所欲地到达自己向往的地方，不在路上做盘桓，不在路上打算盘，不在路上摆姿势，不在路上可怜自己。

　　放慢的她，甚至有点精神分裂的感觉。是她自己的精神确实有问题，还是镜头本身有问题，镜头放慢了就可能把人的另一种潜质，即错乱的东西挖掘出来。人活在每一条细密的皱褶里，放慢了节奏，就显出了那些平时掩盖起来的皱褶。人笑，快的时候，就像一朵花；慢的时候，就有了不容易，笑得很干涩，笑得很无奈，很勉强，那么过分，笑得又很霸道，甚至笑得包藏恶意。笑的样子就像是在哭。这就如同打量，慢的时候，让人打量出正常中的非正常；非正常中的正常或者是混沌的，甚而至于模糊。慢是一种艺术化处理，看似夸张了生活，实际上它却是在抖擞生活。把一潭死水，变得稠密，那种溶解不开的稠密与顽韧，与混沌。但表现上，静寂如死水般的模样，只是偶尔冒泡，咕嘟两声。死于什么，这个水。止于什么，那个心。全在里边。

　　那个女子，欲喝啤酒却终于没去喝，是下意识的，说明她习惯性地手里要有一个啤酒。手势是拿捏住东西——握着啤酒一块做的，啤酒与她，啤酒与她和香烟，是一体的。

　　实际上，她会很快喝一口啤酒的，只是因为放慢了镜头，我们迟迟不能见到她的完成动作。而她只是停留在一小会儿时间里。这个短片只取她的这一小会儿时间里的全部生活状况。

引人，或者吸引男性的女子。她的真实让她不能被传统的男权社会所接受，因此，除了所有女性都要面对的不平等之外，她的真实还会让她面对更多质疑、更多不理解。因此，她是"孤独"的"甚至有点精神分裂的感觉"。

对于同为女性的作者来说，眼前这个女子，也许正因为她"有点精神分裂的感觉"而显得"诗性"。作者对于这个女性的感情是复杂的，有同情、有尊重、有钦佩、有不忍。无疑，这个女人身上最有魅力，也是最吸引作者的是，"她仅仅是以自己的方式活着"。

我喜欢这个短片，就因为它只有那么一小会儿长度，而它足够长，足以指证很多长时间里已经存在和那些在此之前尚未发现存在的东西。

抛开性别问题，单就作为一个人来说，她这样生活，没有不可以的地方。但是，为什么把她当作一个女子看时，她就不那么可以了？男子这样生活，被当成是艺术家的怪异行为；女子这样生活，没有人愿意把她想得接近自己、和自己有关。男人或者女人，出发点都在一个基本点上：她要是我的……她要是我……天哪，受不了。实际上，人们已经把她看成不可爱、不能接受的女人了。在心理上与她的距离拉得很远。

她看开了，就是不去想这些无能为力的事。但我觉得，当她是一个人的时候，她的作为女人的东西，会涌进心里，她的难过不比任何其他的人少。她是因为孤独，才走到更加地不多有女人去走的孤独的路。

只有她自己，还有几个与她一起工作的亲近的人，知道她的内心有多少柔情。不过，也许身边的人，能够感受到的柔情也会是有限的，因为她是以一种工作姿态与他们相处的，常常是随便的，而她是以保有个性的方式，即使说说笑笑是经常的。她的脾气也会比较大，投入到工作中去以后，人容易变成一头母鸡，护她的小鸡，别的都是她警惕和排拒的，她心宽似海，但偶尔狭隘起来，听不进去任何意见，甚而至于有些强迫症状。与她工作在一起的，只可能是那种将她当成母亲的人，当成兄弟姐妹的人，当成家人或朋友，包容她的麻烦，而分享她的如上游河源一样不绝的喷涌流水，分享她的如阳光一样创造性的照耀，分享她的如月色一般含蓄而厚重的美好。

她是诗性的。会在受到羞辱的时候隐忍、沉默，宽解他人。但某一天，她的忍耐到了极限，愤怒得像一头母狮。她是北半球长年不断刮的风。她懂得分享，懂得安静下来，慈眉善目地倾听他人。她总想大睡不醒，在睡梦中随便流逝在哪里。痛苦和爱，压得她弯下了腰，但她表达这些东西，是用那么迂回的方式，甚至是完全相反的办法。在她看来，这些东西，也许已经沉积得变了形状，不能或者无法去从一种角度说清楚。深重的生活，怎么就变成这种样子了呢，从什么时候开始，走上了这条轨道。从什么时候起，她走上去的路，再不能走下来。她获得了极大的自由，这是由她的生命和身体铺设出来的路，她走在这样的路上，自由自在地思想，生活，梦想，但她的疼痛，像底色一样铺展在她的脚步里。她痛苦地入睡，而一睡下，就不想醒来。那一时刻，她看起来柔美顺遂、姿态万方。阳光召唤她醒来，光亮是她的生活中最不吝啬与她相互给予的。她起来，迎接了自己的新的阳光。

她不想继续支离破碎地生活。但一走进新的一天，脚底生风，她被强劲的山风拖着走到每一个角落，被拽着说出任何好听和不好听的话。

其实，她仅仅是以自己的方式活着。要不然，她会哭起来，或者愤怒地咆哮赛过一头母狮。

这样的人，创造艺术，损毁自己。以后，她的肉骨，也会是暗灰色的，但却是跳跃过的，美好的弹力和韧性，有过的。

随后，我又看了另一个长长的纪录片，是世界性的危急事件，美国的、法国的、俄罗斯的，等等的非常事件，恐怖主义，自然发生的宇宙飞船爆炸，死亡是困惑所有人的问题。对于一个具体的人来说，死亡是个体生命的终结，是一个无比重要的令人惶恐的时刻。然而，放眼世界，死亡时刻上演。除了自然生命的终结，人类自相残杀，努力增长着死亡的数字。甚至，面对一个将死之人时，人类居然没有援救、没有关怀——人的冷漠比死亡更加可怕。

枪击里根，飞机失事，列宁去世，斯大林参加送葬仪式……还有一个发生在法国的恐怖事件，几个年轻人，其中有一个亚洲面孔的年轻人，在一个建筑物里向外射击，法国军人集中火力把他们一个个击倒。有的当下死去，亚洲人没死，尚有一丝气息，有人问他：你可以讲话吗？后面还有他们想知道的问题。那个亚洲人有一点声音出来。他们马上追问，但他身上的弹洞在流血，他一句话也没说出来，就死了。另一个法国的年轻人，还活着，有人拉着他的衣服，拖着他走，裤子被地面摩擦掉下来了，有人上前帮他把裤子往裤腰那里提一提，没完全提上来，那个拉他的人继续往前拉，他在这条路上，也死了。这伙人里的每一个人都死了。

这部纪录片节奏非常快，忘不了那一段非常画面，一个接一个往下走，一个一个地死去。

看完这些纪录片，我歇息了十来分钟，没等缓过神来，就出门去找地铁，我得抓紧时间赶往城市某一个方向的剧场。

这一天很长。这一天的每一段时间，由一个人匆匆赶路，连缀起来。

这个晚上，我和我的同伴将演绎不同于这些影像的生活景致，那是艺术家们表演的现实生活，虽然有不少抽象的元素在里面，观众需要努力地观赏、品味、思想，散场以后，还是会回到现实中来，他们提出了许多现实的问题。

我们的作品里，有戏剧，有音乐，有装置，有影像，有舞蹈。在一个多小时的演出中，我们确实真实地生活在舞台的人物中。

总评

在这篇不足四千字的短文中，作者探讨了两个十分重大的形而上问题——女性主义和死亡。文章进入这两个问题的切口十分巧妙，是作者利用短短三小时时间去参观的一个当代艺术展览。在这个展览中，两段影片打动了作者。

文章大部分主要着墨于第一个影片，也就是作者想要探讨的第一个问题。这个影片的内容十分简单，它展示的是一个外表和行为都有些特立独行的女子："她的面部肌肉很紧，一只耳朵上夹着一根香烟，左手里捏着半截香烟，不时抽一口，右手握着一听易拉罐啤酒，举起来几次，都没真的去喝，有点怪。"接着，作者从社会学的角度对这个女子做出了基本的判断："以往的间接经验里，这种女人，没有人爱，女人通常不会喜欢和这种女人做朋友，男人也不愿意爱这种女人。从她的面部表情上看，绝对不会有异性去爱这一种女子。"为什么没有人爱她？这是作者希望引发的思考，也是她着力探讨的问题。答案很简单，因为她不符合这个社会对于女性的设定——这些所谓的"设定"，正是禁锢这个女子，也是禁锢这个社会中所有女性难以自由生活的关键之所在。

接着，作者观看了另一部影片，这个影片的主题十分简单：世界各处的死亡。在这部快节奏的影片中，死亡轮番上演，让人顾不上思考，就像这个社会中，人渐渐冷漠，冷漠得忘了同情身边那些无时无刻死去的人一样。更可怕的是，人如果真的冷漠到如此程度，生与死又有什么区别？

表达沉重主题需要举重若轻，表现痛苦的现实需要节制和分寸，这是艺术的要求，也是写作者的自律。本文文字非常节制内敛，唯有这样，才有了尊严。

我与现代舞

作为一个在舞蹈方面没有任何基础的门外汉，作者因为与现代舞艺术家文慧的朋友关系，得以最大限度地接近并进入这种肢体艺术。九年间，作者参与了多部现代舞演出，可以说，已经逐渐变成一个不折不扣的专业舞者了。

对于这样一个零基础的舞者来说，是什么样的现代舞练习使她一步步走向专业的？九年的舞蹈生涯给作者带来了什么改变？在工作过程中，一个是完全业余的舞者、专业的文字工作者，另一个是科班出身、从事舞蹈工作多年的舞者，她们是怎样在相互了解的过程中逐渐碰撞出艺术火花的？让我们看看作者是怎么说的。

本文是作者对自己作为一个现代舞者的历史的梳理，也是一个现代舞者的精神成长史。

1998 年夏天，文慧的"生活舞蹈工作室"正式开始常规训练，她希望我做《生育报告》的编剧，也做舞蹈员。我不知道自己是否合适做舞蹈员。她一再表示她有让我参加她的作品这个想法很久了。我们一起练习，冬夏寒暑无阻。一年后，1999 年 7 月，进入该作品的排练。

实际上，这个作品是在排练过程中生成的。但刚开始谁也不知道这个作品该怎样推进，文慧让我写了一个又一个提纲和梗概，我对于用文字构造舞蹈作品很陌生，尤其是大的现代舞剧场作品，可资参照的蓄积十分有限，凭借想象，费了半天劲写出来，到文慧这儿，跟她想象中的有距离，而她确实说不清楚她究竟想要什么。她从中挑出一些词句，能刺激想象、激发灵感的词句，作为动机元素，让舞蹈员就这个词做即兴练习。我们接着谈，接着排练，我接着写，她接着从中挑拣词句做即兴练习。

我们的练习进行到四十多天以后，文慧意识到，她想做的这个现代舞作品，只能在开放的空间里，在实践中，在身体和心灵的融会中生产出来。因为当时那些身体并不知道要表达什么，它还没有做好表达的准备，也就是说，它还不是那个能表达所求的身体。只能从现有的身体出发，尝试着去训练它，并去发现它具备些什么东西，能够表达出什么东西，怎样表达出来，那个身体还有哪些发掘的可能性，从哪里入手，去激发，去感受，去培育。我们的思想和肢体的灵动，我们对思想和肢体的引导和控制，便是这部现代舞作品所能进行的全新构造。在新的意识和训练方法帮助下，每个人的身体慢慢苏醒，觉悟，它的表现潜力，和表现空间，逐渐被自己发现，被文慧发现，并加以彰显。我们的全部努力，

《生育报告》在作者的现代舞经历中有着非常重要的地位。它开启了作者的现代舞之路，并由此获得精神和灵魂的解放，确立了一个独立自由、不受约束的"我"。参见另一篇作品《生育报告》。

我们常说，艺术来源于生活，又高于生活。现代舞艺术也是这样，创作者必须一步步地在探索中发现那些真正来自内心深处的灵感的感受，由此产生令人期待的艺术作品，才能真正打动自己，打动更多的人。

旨在寻找和完成每一个自己。每个舞蹈员个人，有了不同以往的成长体验。

每一个人的身体里都住着另一个自己，等待被发现，等待被释放，这是艺术的目的，更是现代舞的目的。

我感觉到自己获得了解放，因为我不再被一种书面形式困扰，不再被捆绑着去"探索和发现"。我的手脚并用于舞蹈本身——在土地上，我能做什么，我曾经做过什么，我怎样成为"我"，并成为与大家一同协作的"我"——我这样理解，一个舞蹈员，和文慧想要他做的舞蹈。这个过程，我得以重新认识自己，发挥自己。文慧规定我以另一种方式，即叙述语言和生活舞蹈相融的方式贯穿、连缀和突出整个作品。语言生长在生活舞蹈里。语言叙述生活，叙述舞蹈。生活舞蹈引起语言。

《生育报告》排练的日子，文慧让我反反复复地做一些练习，有时，是其他专业舞蹈员们在做一种即兴练习，她觉得人们的身体质感、心理装备还没有完全走上愿望中的路，她觉得身体有些飘浮，就让我进去，做一些练习。很多时候，我做的练习，需要一边动作身体，一边加入叙述；有时候稍微单纯一些，只是在里面叙述，让她们听着我的声音，听着我的内容自然而然地进入状态，发现舞蹈动作，发现自我的表现形式。我在里边，恍惚觉得，乡村土坯教室里，一架偶然保存下来的旧风琴，正在我的手里，粗粗拉拉地起奏、轰鸣。我在为她们伴奏。有意思的是，每回我都忘记了排练的时候，自己同时作为陪练存在，有时仅仅是作为"伴奏"，在一旁尽启发、鼓励、催生的责任。但是，我往木地板上一待，就进到了它的世界，每回都像是第一次，都像是与她们生就谐和一致，即兴的舞蹈，即兴的弹奏，每个人全心全意地投入，很过瘾，也很有理性，扶持着、拓展着一种整体的空间概念。很多时候人

"自然而然"是作者反复强调的创作状态，对于现代舞、对于文学，对于更多的艺术门类来说，这都是最佳的创作状态。也许正是那些"我都忘记了排练的时候"，才有可能收获最高的艺术成果。

们慢慢改变姿态，没有障碍，没有虚饰，没有表演
欲念，也没有发泄和抱怨，不解和疑惑，无奈和忧
伤。我忘记了其他，灵魂进到的那个地方，让我动
心。那一时刻的感觉和发生的东西，攫获了我，因
为与活着这件事有关。展开了很多美好，也裸露了
摧折美好的缘由。总之，是非常复杂，又非常简单
的，是对世事的一点知觉。

那个时间里，我只是在村庄的房子里弹奏，或
者只是踩镫上马，在草地里行走。

也许正是在这些练习中，我不知不觉、但是比
较彻底地接纳了现代舞，可能因为它是以我喜欢的
方式进行的。

我对大家讲了自己感受到的女子的美，我说，
女子心里有多美，容貌就有多美。人越长大越是这
样。参加排练的每一个人，都更加朴素自然了，很
多时候真的都非常美好。

我和文慧同是 60 年代初生人，我们做的交流能
够更多、更深一些。我们相互感受着继续的成长，
推动着那种成长。她多次跟我说到这样的语言：现
代舞让我们看到更多，懂得更多，让我们看到自己，
看到别人。我知道，了解和创作现代舞，不知不觉
中，也成了我心里的需要，它也是我不想说话，尚
可以选择进行的一种创造和表达。至于现代舞能不
能够说出我的话，仍然需要去尝试，去发现我与现
代舞能够牵引起来的东西，寻找自己对那个作品、
对舞蹈剧场这种方式的可能性。就像多年前我选择
写作，是因为总能看见活着的缺漏，总想把存在的
东西，理出让人看见繁复、思考混沌、探望灵魂的
一些渠道；写作能够让人想到弥补，想到尽力，想
到长进。现代舞和写作一样，都是在沉浸、寂寞的

正所谓"相由心生"。容颜易老，
青春易逝，满面皱纹的时候，你
内心的爱和美、你的一切学识和
修养，都会毫不保留地浮现在脸
庞。

任何形式的专业训练都是一把双刃剑，它让人迅速掌握专业技巧的同时，也会让人丧失一些本真的灵感。正因如此，文慧非常看重"我"生活的本来状态，这种状态对于专业舞者来说是非常稀缺的。

文慧与"我"，一个技巧熟稔，一个状态自然，两人扬长避短，共同合作，才能创作出一流的舞蹈作品。

时空中去完成心灵的觉悟。

我知道，没有现代舞，我跟文慧还会是朋友，但不会像现在又是朋友，又是自由选择了共同爱好的合作伙伴，更多地去珍惜对方，并因珍惜这个人，而想到协助。在工作时，如同在生活中，都将自己最真实的、朴素的东西放到里边，她从她的角度使力气，最大限度地容纳不同的身体质感，舞蹈元素，情绪状态，并且把她的根本性的舞蹈观念，放在对于人的基点的尊重上。我从非专业舞蹈演员的角度行使力气，每一种练习，每一天练习，都努力去做。文慧处在关键的时候，精神容易紧张，我充当拾遗，去做她顾不过来或没有看见的工作，就是说人们思维上的，心里边的那些工作，那些工作，或许就是和她或他做一些练习，做一些倾谈，在她或他做完一种练习的时候，与之讨论那个练习，谈对那个练习的理解和把握。那个时间里，心理上，情感上，思维上，人们也许需要，毕竟是人在跳舞，人在完成舞蹈，人在使舞蹈具有品质和深度，人在使舞蹈具有人性浇灌后，消化悲苦、生长美丽的指望。心境停顿和坠落的感觉是阴惨的，我们在那样的情境里，盘桓的时日已经足够多了，被啄食的疼痛刻骨铭心。缩短一些什么，拉长一些什么？我们都希望那个集体的人们，每一天，都清静地，把自我的能量运送出去，通畅、明亮地投入进练习。那些牵制人、扭结人、阻碍人的东西，真真切切，成为舞者解放出来的坚韧的土地，成为放射人性光泽的平台。

有时候，尤其是间隔一段时间再行排练的时候，文慧打来电话，说头一天的排练，说我讲述的，或我练习时候的状态，对大家有特别有力的触动。她本来不踏实，担心大家的状态不对，她希望要的从心里流转出来的东西，人们没有，做不出来，现在看到我能进去，她就知道，人们都能进去了，只是时间问题。她是说，在某些方面，我没有障碍，而且我会一直往前。

排练结束以后，我们在回家的路上，或者电话里，经常沟通。

我喜欢现代舞的无规定性，这是吸引我的地方。内心的余地和力量，为思维的伸展，开辟出通过炽热气流的线路。它尊重所有摸索中的方式，不以简单的概念论断对错，而尊重它形成的真实过程；看重真实过程的方向、高度、审美趣味，和在那个方向上承载的重量和质量；看重它所选择的方法，是否能够准确地、人性化地表达出人与事物（或是那个作品）的本质。它更遵循自然规则。

人们慢慢学会掂量，掂量地下、地上的自由，之于人的更为严苛的含义。

舞蹈自身的规则，与自由是什么样的关系呢？文慧想通过努力，抓住既在规则中，又在规则之外的东西。她似乎看到那一个天地，可以更大更深地挥发她对生活舞蹈的理解。我还想不明白，一些原本的内容，和我们希望获得的意义，它们究竟是怎样的东西。包括现代舞的自由，在哪里，蕴含了什么。每一天练习出现的不同状态，生活在其中给予了怎样的支撑。现代舞的精神自由，在泱泱的表象中荡漾，被人痛苦地抓到。它是生活，又不完全是，是再植了的真实生活，灼晒日久，沤断了枝蔓，终成为凝练的"人真实地活着"。但是人真的能够面对真实存在的领域，正视"人活着"的事情，有足够的准备，去接纳"活着"，而不仅仅是打开"活着的场面"，做一个作品拿走，抛下"活着"？说真的，

真正的自由，并不是毫无限制、肆无忌惮。舞蹈中的自由就像法治社会中的自由，是必须有一个基本规则来约束的。

"自由"与"规则"的辩证关系，在任何形式的艺术，或者在日常生活中，都是非常值得注意的问题。

不是每一次都能够直接到达适当的位置，练习和思考一段时间以后，不得不做出一些调整，努力接近或者是努力到达那个位置。这个现代舞生活空间，对于"活着"的尊重，所占的比重大过浮躁，而且因为大家的努力，尊重"活着"的比重越来越大。这也是大家很看重和珍惜的方面。至于自己，我信守不开生活的玩笑。人们说过我的写作，比较多在规则之外。除了内心对于自由的渴望和护卫，给予我不被羁勒的勇气，我其实并没有注意到人为规则和自己的关系。我不很懂得规则，很少去意识它。没进到人为的规则里面，是天性不选择进去。没轮到我去思考它，已经这样了。它在我冒昧的年纪，帮助我选择了一些生长元素。几年前意识到这个问题以后，我一直在感觉它，没有人为规则，那片天地是怎样一些生长情况。它在我心里是模糊的、深奥的，有无限思维可能，因而我格外地敬畏它。这使得我酷爱无规则的艺术方式，以为世界的一部分真相源自那里。又在其中苦苦思量，在模糊中用劲潜游，它具有的特别魅力，让我着迷，吸引我去投入更多的精力。

好的现代舞作品，进入人心目里，就像好的著书；而好的著书，你会留存它们，沁心关注那里展示的存在有些什么可能性，感受和体味源自不懈探求的悲悯和关怀，而你便站在那个起点上，参与活着，参与担待，参与建设。

我还没有想好，"生活"与"舞蹈"，"人"与"舞蹈"，有怎样的关系？"生活舞蹈"，到底在多大程度上，从生活中延伸和再造人，比如作为子女，作为社会一分子，怎样长大、做人；作为妻子、母亲或父亲，作为家长，作为工作人员，每一天怎样生活、工作，怎样剥离流懈、漫怠、毁坏，怎样长进；怎样发现身边的内容，与你息息相关，也与别人相关……你想鼓励自己，也想鼓励旁人，于是，舞蹈产生了？

过往的岁月里，偌大一个北京城，三四个人，也许是五六个人，在春夏秋冬的傍晚，自觉地汇聚在一起，为心目中逐渐理解的"生活"的艺术，"人"的艺术，不弄虚作假，不虚张声势，诚实地从脚底下开始，从身体的最里边开始，寻找心灵与觉悟的契合，寻找人和生活的源地与本质，寻找行动的理由。然后试着向外延伸，延伸日常存在中，人能把握到的深度和力量。一个练习做下来，常常汗流浃背，然后大家围坐一圈，交流刚做完的练习。年轻的、不再年轻的人们，感受和倾谈这个排练厅里的训练，那些渗透在时间里的磨炼，可感可触，已然接续了作为人的日常功课——教人怎样做人。我记录切实的发现，也记载了困惑和隐痛。回过头来整理录音，仍然会被实际的场所迷惑，为已经过去的日子，为每个人真实的成长，和属于他们个人的表达，为每一束摩擦出来的灵焰，长时间地感动。

那种真实的存在，潮湿，饱满，富有质感，如清灯点燃。

每一天，我们和别的很多舞者一样，也在寻找"我们的现代舞"。我理解，漫长的实践过程，就是生活的一部分内容。因为看不见现成方式，只好一边走一边摸索。这需要每个投身其中的人，既然爱它，就倾心尽力，把它当成自己的一部分事情来做，当成自己的一部分生活去过，使自己和舞蹈一同成长。然后把你发现的，检索和感受到的，融化进"生活舞蹈"。有一天，能够创造出与自己相关，并

可以看出，现代舞之于"我"，已经不是简单的个人爱好，"我"已渐渐把现代舞当作了生活的一部分。更重要的是，现代舞让我渐渐看清了人生，看清了生活。一次次的舞蹈练习就像一步步的人生探索，虽然有可能无功而返，但只要有爱，就会义无反顾。

且能够超越自己，表达更多的人的舞蹈。

在这个过程里，人，自然而然地成为现代舞包容的第一元素。这决定了它必是心灵的舞蹈。由是，现代舞也唤起人对于艺术更深刻的要求。

没有现代舞，文慧还会是一个出色的东方舞编导，但拿不准她会不会像现在这样脚踏实地面对生活。没有现代舞，我发现的东西还是会比较多，但不会有舞蹈与人这一部分；我发现世界的方式不会从舞蹈开始，从舞蹈起步去理解人，看见人性，人道精神，进而以自己能够的方式进行舞蹈这样的路途。而当我能够试着进行这种创造和表达的时候，我明白，它们和我通过别的方向获得的，而且尊敬和蓄积的，是并向一致的，与我的思想取向是吻合的。我在舞蹈中，同样感受到心灵的自由和思维的宽敞，感受到沉默地存在，或是在生活中，或是在冥想中，或是在阅读和写作中，抑或是舞蹈中，都能拥有这个世界给予我的宁静、安详，尊严和长久。多少年来，我一直不想多说话，写作也不勤奋，皆因为我的想法，因为我对身在其中的这个世界难解怀疑忧虑，对于世事存有悲哀。人是和缓地存在着的，劳动，或者冥想。许多朋友对我说过要多写一些，说我写的东西还是有一点意义。而我固执己见，不以为表达具有乐趣，不觉得人能够表达什么，表达本身有什么意义。本质上我不太信任言说。当然这也和我的语言不能够表达出更接近我心里的声息有关。确实发现，沉默着能保存更完整的东西。只有在读到、看到、听到出色的文学、艺术、哲学、历史、思想，独步屹立在习以为常的日暮时，才感激表达，感激存在表达。就个人而言，我还是不想。我在欣赏那些进入我心里的创造的过程，已在和他们或它们做最好的交流，各处何方，见不见面，是不是朋友，都不重要，重要的是他们，或是它们最好的发现和创造已在我心里，他们或是它们的重要，和我的生命一样，最后，我进墓地的时候，他们或是它们，已与我融和为一体，我携带着他们或者它们给予我的好东西，但是我将会是死亡者，他们、它们却是永生的。一直以为，那种能够欣赏、曾经美好的共同性，也是永生的。我在许多时间里，在劳动中，或是终于舒缓下来，一个人坐在地毯上，阅读或冥想，保存和丰富那种超越存在的美好。我的生命在此间流逝。不能回避，无奈，赢顿，逃避，遁迹，啄蚀人类良知的退却的腐朽，那些传统文化里被人谅解的腐朽和没落，也已悄然地驻进我的血液，我在末世的腥风里，以另一种自以为清生，实与无为、与邪性相互容忍的同道形态漂荡。很多时间，我不以为意，反而沉浸其间，不拔出脚。

现代舞多多少少改变了我。

我很尊重的朋友、作家筱敏在一本书籍的前言，讲到书里所辑的人文随笔，她说那些作品，"是诚实的，正直的，善良的，可以分明地感知人性的温暖和关怀的热情，不但深入大脑而且流经心灵。"她还说了这样的话，"思想的自由远大于美学的意义。实际上，也唯有思想自由，方可能达至大美的境界。"我意识到，上佳的现代舞，也将如此重要的籽种融合于精神土壤，也有那些锐利、执着、超拔的随笔一般的意义。

我曾采访京郊山区特大洪灾，在六月的一个傍晚，泥石流瞬间冲走四个村庄，踏着河道的累累砾石进山，磨烂了我穿在脚上、备在包里的两双鞋，零星碰到农民从死亡之地往外运转一口锅、几根木

舞蹈是一种完全依靠肢体动作的艺术。作者的本职工作是编辑——一个用文字语言与世界沟通的人。有趣的是，她却并不信任演说。舞蹈的世界没有语言，但是，舞蹈动作本身便是语言，并且是一种从身体内部生发出来的语言，比起嘴里说出的话、手中写出的字，舞蹈的语言是不会骗人的。

条，他们说那个地方除了鬼，只有狼在叫。我继续往里走。那夜有二十三人遇难。无家可归的农民一面用铁丝网住石头修筑拦洪堤坝，一面跟我叙诉他们的家园，"想种一棵葱的土，也没有了"。后来跟踪采访到了灾民的搬迁地，找到那位年岁比我大一点的妇女张秀莲，她失去两个女孩，她的公公王玉勤失去了老伴，小叔子失去了媳妇和儿子。一家三杈，都有断枝。小叔子和公公被激流冲走，又被大浪掀到坡坎，被淤塞的树根挡住，死里逃生。张秀莲的丈夫在城里打工，逃过一劫，赶回无家无村的"老家"，却是痛不欲生。张秀莲说，人们夜夜能看见他们兄弟媳妇穿件蓝布褂子，漫山遍野游走，听见她喊叫儿子，让儿子回家吃饭、睡觉。张秀莲和丈夫、小叔子也回山里找了，什么也没找到。死去的小叔媳妇还是不肯歇息，夜夜有她的影儿，夜夜出去找儿子。而他们至今没有找到她的大女儿和小叔媳妇的尸骨。我安慰张秀莲，你还小，还可以再生。等出了张秀莲的家，背过去，为他们身心全是风霜，为这种"重新开始"的废话，痛哭。你看着孩子蓬蓬勃勃追赶着季节长，小胳膊小腿一天天有了力量，突然间，他们离你而去，你眼瞅着他们生，又眼瞅着他们死，而你和他们被分隔在两个世界里，你拉不住他们，也不能代替他们，他们是你的生命，是你灵魂中闪闪发亮的星星——但你无能为力，只能听凭命运的摆布。你空空荡荡，一无所有，你又回到了从前，回到了未被开发的童年。这十几年结婚、养育的岁月，就只能成为过去，成为你的痛苦记忆了。什么是开始？生孩子就是开始吗？眼泪哭不出，人的开始，哭不出那是一些什么内容，和步伐。

孩子让我知道，这个世界有什么，没有什么；要什么，不要什么；干什么，不干什么。孩子，和艺术、和宗教一样，让人回到原本没有装饰的地方。

王玉勤老人的二儿媳妇在傍晚，在看孩子吃饭的时候，和孩子一起被滔滔洪水湮没了，从此她的魂灵出没空山荒野，满世界去找她的小孩。都是母亲和孩子的事，都是土地和庄稼的事。我母亲常感激"千年的草籽，万年的鱼子"。草原上的人莫不知道，只要有一点土，有一点水，即使过去千年万年，草籽、鱼子还会生长。

若心枯萎了，再不有土，不有水？天哪，从哪里能长出一只救助他的手呢？

我们只不过是活在这一段时间。为什么跳舞？为什么阅读、写作？为什么恋爱、结婚？这是人的一件精神和物质的工作。延续人的一些生长。

需要面对的困难，过去有，现在有。困难是回到地面以后，从眼前开始迈出的一个一个脚步。我在排练厅和剧场里，得到孩子给我的初始的东西。这是磨炼。是我们的生活舞蹈包含的内容。

九年间，我和文慧、吴文光的生活舞蹈工作室合作，创作、演出了《生育报告》《与民工一起舞蹈》《身体报告》《时间 空间》《37.8℃》《裙子》等舞蹈剧场作品。并多次应邀参加国际艺术节、国际戏剧节、国际舞蹈节，以及欧美的剧场邀请的展演。其中《身体报告》获苏黎世国际戏剧节 ZKB 一等奖。由一名非职业舞者，成为有职业精神和职业空间的舞者。

即使将来跳不动舞了，不想跳舞了，我还会以真实的人的方式活着。

有一个晚上，我们站在凯旋门下。有雨，但在

上佳的艺术不是矫饰，也不是反复的堆砌。而是化繁为简，让人可以逐渐卸掉人生的负担、生活的重影，看清人的本质、生活的本质，进而思考那些亘古不变的人性之谜——"让人回到原本没有装饰的地方"。

九年的现代舞生涯对于"我"而言，最重要的收获并不是习得了什么舞蹈技巧，参与了哪些舞蹈演出，甚至不是认识了哪些同行朋友。最重要的是，它改变了"我"对生活的看法，改变了"我"的生活方式。它让我知道自己内心到底需要什么，让我真正能够"以真实的人的方式活着"。

雨中，有一炷圆形圣火，是不怕雨浇的，在雨中燃烧，两侧摆放着鲜花扎成的花圈。这个地方总是有鲜花，有花圈，纪念为人类新生活而死难的人，纪念人类曾经遭受的苦难，和人类不屈服于邪恶的斗争。圣火风雨无阻，昼夜不息，长明于凯旋门下。淋透衣衫，淋透身心，能够接进家门一炷星火？雨水浇灌了心田，圣火燃烧着羞惭。我们的脚步迟迟抬不起来。在外边，和在家乡一样，能感到历史的烙印，感到历史在人们心目中的分量。

那是在巴黎最后一场演出前，二十几分钟时间里，我一个人在排练厅静穆沉思，想到那天上午去卢浮宫看见耶稣受难的多幅油画像。血滴在他身上，我在画像前驻足良久。回想《圣经》，回想遥远的日子，回想心传纸授所描述的，和现实中的人们对于流血日积月累的经验。耶稣的面容，他与众人的距离，恰到好处，他的苦难，全部在心里，他没有交还给别人，没有推辞命定，转嫁责任，他的身上凝聚了所有的可能和锲而不舍，但也铁板钉钉地嵌进了牺牲。我站在耶稣像前，回想每一个人在自己的地方艰难存在的原义。这是在巴黎的最后一天，我冥想了耶稣受难的时间。之后，我走进舞台。我和摆放在舞台一侧的桌椅，伴随第一位观众进场，已在演出中了。

我回到原处，在原处起步。

总评

这篇文章可以与《我跳舞，因为我悲伤》一文对比着阅读。《我跳舞，因为我悲伤》主要讲述了作者与现代舞结缘的过程，以及作者对于现代舞精神的理解。本文则侧重于叙述自己在朋友文慧的指导下是怎样一步步练习现代舞，并从中收获新的生活感悟的。此外，两篇文章都用很大篇幅详细讲述了现代舞对自己生活和内心的改变。

在《我跳舞，因为我悲伤》中，作者认为，现代舞是一种精神的承载，只有那些内心有负重，并且希望倾诉的人，才能成为真正优秀的现代舞舞者。而在此文中，作者进一步谈到，现代舞练习改变了自己，让我无论何时都愿意"以真实的人的方式活着"。也就是说，作者认为，在接触现代舞之前，自己此前的生活方式多少有些"不真实"。对于现代都市中的人来说，"不真实"也许是一种司空见惯的生活方式。有多少人对这样的生活习焉不察，早已忘了真正"真实"的生活应该是什么样的。作者在结尾处提出，现代舞可以让人"回到原处，在原处起步"。不妨思考一下，这里所谓的"原处"指的是什么？

文章表达了我在现代舞的训练和表演中对舞蹈、对自我、对生命逐步深入的认识。由我和文慧排演现代舞开始，我开始对现代舞有了感性的认知。现代舞的演出过程中，我对于现代舞给自己的释放和重塑有了从感性到理性的进一步认知。采访的一次小经历，是我对于艺术表现和自我释放的深入考量。这样的文章，如果写作者不能很好地把握自己的思维层次，文章容易面目模糊。作者紧紧抓住了内心对现代舞的不同感受，层层深入，在回环往复中推进，才有了这样一篇质地细密条分缕析的文章。

在我心里，有一条通向你的路

　　无论是"少小离家老大回"的感怀，还是"近乡情更怯"的企盼，故乡对于每一个离家的人来说，都有着非同寻常的意义。远离家乡，不胜唏嘘。从古至今，有无数描写故乡或归乡的佳作，此文便是身在世界各个角落的作者的思乡之作。

　　中国素来讲究"落叶归根"，远方的游子无论走了多远，"根"都永远守在故乡。游子之"游"，是居无定所、漂泊不定，现代社会中，背井离乡的人越来越多，作为这些人中的一员，作者在这里想说的是，无论走过多少路，在"我"心里，永远有一条通向故乡的路。

　　"当灯火盏盏灭尽，只有一盏灯。当门扉扇扇紧闭，只有一扇门。只有一盏发黄的灯，只有一扇虚掩的门。不论飞越了天涯或走过了海角，只要轻轻回头。永远有一盏灯，在一扇门后，只因它有一个很美的名字，就有了海的宽柔。"这是台湾诗人万志为的《家》。不在乎是否能回去，只要心里有这样一条路，有这样一个地方，就有了根基，有了定准。这是作者在万水千山外的收获。

一

我离开家乡才知家乡与我的关系深重。离开之后的生长，对原本的生长有了重新发现，有了再植。灵魂是在后边的日子里感觉到并被它牵引的。我对自己走出去，感觉到高兴，有距离，能多知自己和原生地。我用很多时间去思想我生长的土地。它在我的觉悟里，在我的日子里。这些年我没间断借助写作、阅读和思想了解和认识它。

时间越久，越理解了生长和断裂合为一体的一些意义，那个过程，有非常多不可逆转的因素，无论悲喜，无可动摇。

在那里，劳动和土地，都在自己的轨道上运行，没有声息和渲染。尊重劳动和土地，尊重那段时间里，劳动、土地与自然规律千百年间形成的相契相就、而深浅不一的交融回合，成为我能够试着去做的工作。

劳动和土地蓄积了我们的历史，它的现实，就是今天需要面对的内容。

但是那片土地对一个人的浸淫，到底有多少，都是些什么；那片土地的苦难历史，和光荣，它的音质、颜色，它的宗教和地形，它的自然容貌和灾害，狂野的风沙和无法无天的雨雪，它的音乐和哭泣……启蒙了人们什么；后人真能理解其中的深义吗？它对我们活着、活下去有什么意义？

永远想不完全。这样，人在哪里又有什么不同。有与无——比如家乡的土地在不在身边，与在不在心里，是不同的，可是"有"和"在"，说到底，能够长久留存下去的是心灵里的"有"和"在"，而非现实中的"有"和"在"。心里有，在心里，形同

作为内蒙古人，作者与土地有着更为深刻的感情。对于她来说，土地与故乡一样，孕育了无数儿女的生命，又以无限的宽怀培育着离家的儿女。无论何时，故乡永远安然地守在那里，等待着远走他乡的游子们归来。

自由。

二

比利时的列日老城有一个"星期五早市"，在剧场旁边，我们去剧场路过那里。正赶上早市收场，技术总监苏明居然搜寻到一把马头琴，只有一市尺那么长。不知道是哪个年代，上天赐予哪个欧洲人这把蒙古人的乐器，苏明要我辨识。

从粗糙的历经磨砺的琴身、琴弓，和配置的新弦，从马头琴拙朴的未及演绎的形状，我似乎看见成吉思汗之子太宗窝阔台兴师北伐，雄师劲旅长驱直入欧洲大陆，某位蒙古男儿怀袍里贴揣着这把小臂长的马头琴，在漫漫无期的马上，饥寒交迫的深夜，刀箭纷飞的空隙，揩拭斑斑血渍，忏悔迷惘的灵魂，祈祷上苍饶恕残暴，企求内心哪怕一丝的安宁，由是，在遥远的欧洲，拉响马头琴，呻诵魂牵梦绕的蒙古高原，他的家乡。这把马头琴，是想家的蒙古人无暇顾及的遗物吗？这段长长的历史镶嵌了什么样的虚骄烈酷？物是人非，窝阔台远征军的亡灵，今安否？今安何处？

就见苏明摩挲着马头琴，知足得在原地乱走，眼睛眯成一条细线，嘴角挂起，对他意外获得的宝物爱不释手。这也是蒙古人的福了。想一想，地球原也是理路一致的，人人爱家，该回到自己地方的人和物，迟早回去。只是，有些断魂回归无路了。那把手臂长的马头琴，是不是远征蒙古人的心爱物，已无关紧要，它出不了原有的声音了。

忽然想起刘欢唱过的：千万里，千万里，我追寻着你……

在千万里遥远的异乡邂逅故乡的马头琴，这是多么奇妙的缘分。看着眼前的这把马头琴，作者不禁想象它的前世今世，那也正是故乡的前世今世，由此，作者对故乡的思念翻腾而来。

马头琴，是蒙古族的情感象征。无论何时何地，马头琴总能触动从蒙古高原走出的游子的思乡情愫。

上苍保佑大地。保佑灵骨慈安。

离开大家，我独自对着地图，往城北方向走。沉重的身心渐渐清静。来不及细看的教堂，拍摄下来。为了看它们，我会不会再来这里？很多地方，我去了就知道有一天还会来看一看。但是，在原处和来异处，都是可以瞭望的，都可以完成瞭望的，对于瞭望而言并没有本质分别。

三

远离家乡，常常思念。

那一年的一月，我去欧洲参加一个国际艺术节。因为想念家乡，不能入睡。

我待在船屋甲板上。

在远处的一点灯光下，在河水映斑的微晃中，在城市汽车的滚动中，在船舱里客厅传来的音乐中，在天空飘下的细雨和冷风泠泠的吹拂里，我一个人静静地坐着。想到很多事，但又什么都不知道，而把这种不知道印染在心里。

我穿着薄棉袄，把黑围巾围裹在头上，手很冷，有点僵硬，缩进袖子里。这是一个一生可能只来一次的城市。就像舞蹈与我，是一种偶然的接近。但毕竟舞蹈进入到我的心里。不知道往后的日子，人们会飘浮到哪里，在那个地方，能不能看见寺院，房屋，生长的土地，看见水和草？我们都有一些别样的记忆，比如战争、饥饿、流放、暗伤、争斗，泪若血汗，洪涝雪冻风暴。这些记忆跟我们的向往一样，根深蒂固，挥之不去。

在浑黄的记忆里待着，很多时候是那么想唱蒙古歌。身在哪里，都想念内蒙古，想到内蒙古，心里就有源远流长的声音。上苍赐予那片土地的东西南北、苦乐悲欢，几乎都埋在地下，稀疏的人们，游走在有草没草的地面上，出没在村庄边缘被开垦出来的一片片不太结果的无效地方，被干冽的西北风吹拂着，看见往日的脚印被沙石淘汰，日渐掂量出荒原的亘古，渊博，深不可测。寂静的黑蓝色的夜空下，地下的千古埋藏，从草地和耕种的庄稼地的缝隙里传诵出去。那些沉没了千古牺牲的滋味，有血海浮游出的真性，随西北风掠过每一根草，来到人心上。那就是草原上的声音。

它来到心里，又从心里传递出去。那声音消解了沉重吗？不，不会，沉重和血液一样。它在心里，也在躯体里。

声音自鳖黑中显现的时候，已经融化了千百年苦难，它回旋着，担负人们，穿越远古和天空。老少人们在混沌中学习默然领会。什么时候脱离过苦难深重的人呢，什么时候背弃过温善勤勉的心呢。可怜的人。千年的草籽在哪里，万年的鱼子在哪里，山坡上端坐的人啊为何哭泣。可怜的人……即兴词曲，我可以一直唱下去，唱到天亮。心灵自由得竟有些悲伤。唱到后来，明晰了一点点，心底最悲伤的地方，原是草地不复存在，草地里的人不真爱人了。

最勤奋的草，终于不再生长，最爱人的人，终于不再爱人了。这样的沉重，什么样的歌也唱不了它啊。

那片土地剩下挽留和摇撼，继续出落一些声息。

听见东方大陆腹地的干旱声音，就想一个人待着，守卫着那个声音，任由它在心里自由流动。是因为血在流。血往里流，也往外流，流到所有我能

"一生可能只来一次的城市"很多，故乡却只有一个。越是走到远离家乡的异处，作者越是"想唱蒙古歌"，这也正映照了开头那句话："我离开家乡才知家乡与我的关系深重。"

在这蒙古歌的歌声中，作者进一步思考了故乡与自己的关系："我的血是北方那个草地里蓄养出来的，这使我有力气走路，有力气在看见圣灵的地方感到亲和与温暖，感到安详与宁静。"

看见、听见、想见的地方。我的血是北方那个草地里蓄养出来的，这使我有力气走路，有力气在看见圣灵的地方感到亲和与温暖，感到安详与宁静。只是悲伤与日俱增。

四

在日常劳动中，在阅读、书写中，在留顿舞蹈中，我感觉到健康和力量。由此对赖以立足的土地，更由衷地尊重，向往着对于土地的更多发现。我知道，土地和我们的关系，是穷尽一生都不一定能够懂得其真义的，但是，人可以拾捡时日的埋藏所给予土地和人的光泽，给予土地和人的自由的烛照，这些都是得来不易，珍重更其不易的东西。人可以做的还有，就是去灌溉。人拥有的自由，说到底，其实只有思想，和灌溉。别的还能有什么？

通向故乡的那条路，也许无法再行走在上面，但内心里那条联系着故乡的路，是精神上永远挣不脱的脐带，也是今生今世最珍贵的拥有，它源源不断地输送来故乡土地的滋养。

总评

这是一篇有关故乡与思乡的抒情散文。作者用饱含深情的笔触，书写了一个游走他乡的游子对故乡的思念以及对故乡养育之恩的感激。

全文分为四个部分。第一部分直陈自己离开家乡后对故乡与土地的思考，"说到底，能够长久留存下去的是心灵里的'有'和'在'，而非现实中的'有'和'在'。心里有，在心里，形同自由。"也就是说，身体上的远行并非远离，心中常念便是陪伴。

第二部分讲述了作者在比利时的"星期五早市"邂逅马头琴的故事。这把千里之外的马头琴让作者无限思念起了故乡。但无论如何，作者此刻能做的，只有以"□望"的姿势祈祷"上苍保佑大地，保佑灵骨慈安"。

第三部分开头便直抒胸臆："远离家乡，常常思念"。作者在这一部分中充分表达了自己对故乡大地的感恩，"我的血是北方那个草地里蓄养出来的，这使我有力气走路，有力气在看见圣灵的地方感到亲和与温暖，感到安详与宁静。"同时，故乡给了我生命、给我了血液、给了我力气，自己却徒留沉重，因此，"我"为这样的故乡和这里的人感动，为了他们"悲伤与日俱增"。

最后一部分，作者着重提及"灌溉"二字——"人可以做的还有，就是去灌溉。""人拥有的自由，说到底，其实只有思想，和灌溉。"这里的灌溉，不仅是游子对故乡的反哺，更重要的，是以远离他乡的成长完成对故土的滋养。

时下写故乡、写思乡的文章很多，但很容易流于共名，失于空洞和平庸。文章如果不能写出故乡和"我"的内在关联，不能写出故乡和"我"的生长性，是很难脱颖而出让人记住的。但书写故乡，又是人们最需要表达的情感。如何抓住故乡和"我"的精神联系，抓住故乡和"我"的生长性，不妨多读读这篇文章。